Kate Bateman

Kate Bateman écrivit sa première romance pour tenir le pari à un dollar que lui avait lancé son mari, persuadé qu'elle n'arriverait jamais à la finir. Elle lui prouva qu'il avait tort en rédigeant un roman historique qui se déroulait pendant la Renaissance italienne. Quand elle ne voyage pas vers des destinations exotiques « pour faire des recherches », Kate mène une double vie en tant qu'experte en art et en antiquités pour plusieurs émissions télévisées au Royaume-Uni.

Princesse sans couronne

Aux Éditions J'ai lu

SECRETS ET MYSTÈRES

1 – Cette étrange intruse
N° 11752
2 – L'amour décodé
N° 12187
3 – Adorable chipie
N° 12348

Diaboliquement vôtre
N° 12878

LES CÉLIBATAIRES DE BOW STREET

1 – Les mariés du secret
N° 13028
2 – Les meilleurs ennemis
N° 13155

KATE

BATEMAN

LES CÉLIBATAIRES DE BOW STREET – 3

Princesse sans couronne

Traduit de l'anglais (États-Unis)
par Agathe Nabet

J'AI LU

Si vous souhaitez être informée en avant-première de nos parutions et tout savoir sur vos auteures préférées, retrouvez-nous ici :

www.jailu.com

Abonnez-vous à notre newsletter et rejoignez-nous sur Facebook !

Titre original
THE PRINCESS AND THE ROGUE

Éditeur original
St. Martin's Paperbacks, an imprint of
St. Martin's Publishing Group

Pour Madeleine, qui a jeté ses diamants
par la fenêtre d'un train.

1

Paris, juin 1815

La princesse Anastasia Denisova leva son marteau.

— Anya, non ! Pas ton diadème !

Anya jeta un rapide coup d'œil à sa meilleure amie avant de reporter son attention sur l'étincelant joyau qui se trouvait devant elle.

— Nous ne pourrons pas le cacher tel quel. Il faut le diviser en petites pièces impossibles à identifier.

Elizaveta gémit, se résignant apparemment à l'inévitable, et Anya s'efforça d'étouffer sa culpabilité à l'idée de détruire un aussi bel objet. C'était un moindre mal vu leurs ennuis. Elle adressa des excuses silencieuses à l'orfèvre qui avait façonné cette splendeur et serra les dents quand son marteau s'abattit avec un bruit ignoble.

La monture d'or s'émietta et deux diamants de la taille d'un petit pois glissèrent sur la table. Elizaveta rattrapa l'un d'eux avant qu'il tombe par terre. Anya donna encore quelques coups de marteau pour détacher le reste des pierres, puis les rassembla en un petit tas.

— Et maintenant, le pain.

Elizaveta poussa un nouveau gémissement, de protestation, cette fois.

— Nous avons déjà cousu des bijoux dans nos jupes. Et dans ton manteau. Nous n'avons pas besoin d'avaler ceux-ci.

— Tu as vu ce qui se passait dehors. Les gens sont désespérés. Nous devons prendre toutes nos précautions.

Anya attrapa le pain qui se trouvait sur la table, préleva une portion de mie et y fourra un des diamants les plus petits.

Elizaveta la regarda faire avec une sorte de fascination morbide.

— Et comment ferons-nous pour les récupérer ?

— En triant le contenu de nos pots de chambre, je suppose, répondit Anya, qui sourit en voyant sa grimace horrifiée.

Elizaveta se leva, outrée.

— Tu es une princesse de Russie ! Cousine au second degré du tsar. Dixième, dans l'ordre de succession au trône ! Tu ne devrais pas avoir à fouiller dans...

— Le caca ? suggéra Anya en ricanant.

— Anya, un tel langage...

— ... ne sied pas à une princesse. Je sais, dit-elle avant de retrouver son sérieux, la triste réalité de leur situation reprenant ses droits. Il y a toutefois pire que de devoir inspecter le contenu de son pot de chambre.

Elizaveta pressa le bras de son amie d'un geste compatissant.

— Ma foi, si tu penses qu'il faut envisager les choses ainsi...

— Absolument.

Anya lança la boule de mie de pain au fond de sa gorge, but une bonne gorgée d'eau et avala le tout.

Voilà seulement une semaine, elle n'aurait pas envisagé un instant de détruire l'héritage familial. Mais Dmitri était encore en vie, alors.

L'année passée, après l'abdication de Napoléon, son frère était arrivé à Paris en compagnie du diplomate russe Carl Osipovich Pozzo di Borgo. Quand Bonaparte avait été exilé sur l'île d'Elbe, Dmitri avait estimé le climat politique suffisamment apaisé pour qu'Anya le rejoigne dans la capitale française. Elle ne se l'était pas fait dire deux fois.

Paris s'était révélé aussi merveilleux qu'elle l'imaginait : fascinant, élégant, dépaysant. Ils avaient visité galeries et musées, avaient été invités à des réceptions et à des bals. Ces derniers mois s'étaient déroulés dans un vertigineux tourbillon de pique-niques en bord de Seine et d'essayages chez la modiste.

L'audacieuse évasion de Napoléon de son île prison avait brutalement mis fin à cette période idyllique. Dmitri assistait au Congrès de Vienne, et Anya avait naïvement cru que Bonaparte serait arrêté bien avant d'atteindre Paris. La défection du maréchal Ney qui avait retourné une grande partie de l'armée française « royaliste » au profit de Napoléon fut un terrible choc.

Quand les troupes stationnées devant les murs de la ville avaient pris la fuite et que le roi Louis avait quitté la capitale, Elizaveta avait pressé Anya de l'imiter. Celle-ci n'avait toutefois pas voulu regagner Saint-Pétersbourg sans Dmitri. Dans sa dernière lettre, qui remontait à dix jours, il expliquait qu'il accompagnait di Borgo en Belgique pour assurer la liaison avec le général britannique Wellington.

La nouvelle de la bataille, près de la ville belge de Waterloo, était arrivée. si les alliés britanniques et les troupes prussiennes avaient vaincu Napoléon, le coût en vies humaines avait été exorbitant.

Anya s'était dit qu'elle n'avait pas à s'inquiéter pour Dmitri. Il était diplomate, pas soldat. Il n'avait aucune raison d'approcher un champ de bataille. Il était trop occupé pour écrire, voilà tout. Elle avait bien envisagé de se rendre à Bruxelles, mais on ne trouvait plus aucune voiture. Les citoyens affolés avaient raflé à peu près tout ce qui était doté de roues pour quitter la capitale. Et comment l'aurait-elle retrouvé dans cette confusion ? Elle avait donc décidé de rester à Paris et d'attendre qu'il vienne la chercher.

Anya contempla les pierres étincelantes. Elle se rappelait à peine la visite du général di Borgo. Tout ce dont elle se souvenait, c'était que le sang avait quitté son visage lorsqu'il lui avait annoncé la mort de Dmitri. De l'effroi qui avait étreint son cœur, des bras d'Elizaveta autour d'elle tandis que son chagrin explosait sous forme de sanglots, bruyants et irrépressibles.

Deux jours avaient passé et ses larmes avaient séché. Un gouffre de tristesse douloureuse demeurait.

Elle allait rentrer à Saint-Pétersbourg avec Elizaveta, même si elle n'en avait guère envie. Que lui restait-il là-bas ? De somptueux palais désertés, hantés par les fantômes des jours heureux. Ses parents étaient morts cinq ans plus tôt, emportés par la même fièvre. Maintenant que Dmitri était parti à son tour, sa parentèle masculine se limitait à un lointain cousin moscovite qui l'avait harcelée pour qu'elle l'épouse – le premier coureur de dot venu à avoir demandé sa main.

Son père avait éconduit de nombreux prétendants, au fil des ans. Des hommes comme cet intriguant de Vasili Petrov, qui ne la désirait pas pour elle-même, mais pour le prestige que lui vaudrait un mariage avec une princesse de sang royal. Anya tenait à ce que son union – comme celle de ses parents – soit fondée sur le respect et des sentiments mutuels. À la Cour, elle avait été témoin de trop de mariages arrangés malheureux pour envisager de s'en contenter.

Après la mort de leur père, Dmitri s'était chargé de repousser ses prétendants. Désormais, il ne serait plus là.

Elle chassa le mélange de douleur et de chagrin qui l'assaillait. Elle devait faire montre de sens pratique, ne serait-ce que pour le bien d'Elizaveta. Elle détacha un autre morceau de mie de pain, y inséra un diamant et l'avala.

Cacher des pierres précieuses dans leurs vêtements lui était apparu comme la chose à faire, vu l'instabilité de la situation. La route était longue de Paris à Saint-Pétersbourg, et deux femmes seules feraient une cible de choix pour d'éventuels voleurs. Si les bagages d'Anya venaient à être volés, il leur resterait les bijoux cousus dans l'ourlet de son manteau. Et si on lui volait aussi son manteau, les diamants qu'elle venait d'avaler seraient leur dernier recours.

Elle se demanda sombrement combien de temps il faudrait aux diamants pour cheminer à travers son corps. Plusieurs jours, probablement. Ses anciens précepteurs auraient été horrifiés s'ils avaient su qu'elle en était venue à réfléchir à un calcul aussi obscène.

Elizaveta acheva de coudre un ras-de-cou en perles dans la doublure d'une robe de promenade, puis ramassa la miche de pain entamée.

— Cela suffit. Tu vas te rendre malade si tu en avales davantage.

Elle rassembla les pierres restantes dans un réticule et drapa les vêtements nouvellement lestés sur son avant-bras.

— Je vais faire du thé.

Selon Elizaveta, le thé était le remède à tous les maux.

Une fois son amie partie, Anya écouta les bruits de la rue absurdement ordinaires. Charrettes brinquebalantes, chants d'oiseaux, cris des commerçants. Comment le monde pouvait-il continuer à tourner comme si de rien n'était ? Comment était-il possible de se sentir aussi seule parmi des centaines de milliers de personnes ? La douleur dans sa poitrine s'intensifia. Heureusement qu'Elizaveta était là. Sans sa très chère amie, elle aurait été vraiment seule au monde.

Un bruit de pas retentit dans l'escalier. Trop lourd pour qu'il s'agisse d'Elizaveta. Anya fronça les sourcils. Une autre visite du général di Borgo ? Comme elle se levait et s'avançait vers la porte, celle-ci s'ouvrit après qu'on eut frappé un coup bref. Elle se figea.

— Comte Petrov ! articula-t-elle. Voilà qui est... inattendu.

Et ce n'était certainement pas un plaisir.

En Russie, on avait coutume de dire : « À l'étranger, même la visite d'un corbeau fait plaisir, pourvu que ce soit un corbeau russe. » En l'occurrence, ce n'était pas vrai. La visite de Vasili Petrov ne lui faisait absolument pas plaisir. Si cela n'avait tenu qu'à elle, elle aurait préféré ne plus jamais poser les yeux sur lui.

À Saint-Pétersbourg, on disait de lui qu'il était beau, avec ses cheveux blond pâle et ses yeux d'un bleu froid, mais Anya le connaissait depuis l'enfance. C'était un être sournois et rancunier, toujours à manœuvrer pour être bien vu. Un paon qui passait son temps à lisser ses plumes, et se vantait avec une égale fierté de ses conquêtes féminines et de ses gains au jeu. Elle étrécit les yeux. Il était tiré à quatre épingles, son uniforme bleu clair orné d'un galon doré. Contrairement au général di Borgo, qui avait encore la tête bandée sous son chapeau cabossé, Vasili ne donnait pas l'impression d'avoir approché le moindre champ de bataille.

— Vous venez d'arriver à Paris ? demanda-t-elle. Vous avez participé à la bataille de Belgique ?

Vasili retira ses gants immaculés, avant de les replier soigneusement dans sa paume.

— Hélas, non ! Nous sommes arrivés quelques heures après la retraite française. Tout était déjà terminé.

Une vague d'indignation la submergea. Pourquoi un vaurien tel que Vasili avait-il été épargné alors que des hommes aussi braves et bons que Dmitri avaient péri ?

Vasili fit claquer ses gants contre sa cuisse et balaya sa silhouette du regard comme s'il cherchait d'éventuels défauts.

— J'ai appris la mort de votre frère. Recevez mes condoléances, princesse.

À lui seul, son ton guindé et dénué d'émotion était une insulte. Comment osait-il ? Dmitri était un héros, mort en servant son pays, alors que lui…

Il fit un pas vers elle. Anya étouffa un cri de surprise quand il posa un genou en terre et s'empara de sa main. Elle tenta de se libérer, mais il la tenait fermement.

— Princesse Anastasia – Anya –, murmura-t-il. Le départ de Dmitri vous oblige à trouver un nouveau protecteur. Il vous faut un époux. Je vous prie de me faire l'honneur de…

Incrédule, horrifiée, Anya secoua la tête.

— Ne soyez pas ridicule ! Je vais rentrer à Saint-Pétersbourg. Seule. Je n'ai besoin de la protection de personne.

La main de Vasili lui étreignit douloureusement les doigts.

— Non, princesse. Vous allez m'épouser.

2

Anya ravala une bouffée de colère.

— Mon père a rejeté votre demande, il y a trois ans. Ainsi que mon frère, quand vous avez insisté. C'est ma dot qui vous intéresse, Vasili. Vous ne vous intéressez absolument pas à *moi*.

Un sourire cynique retroussa le coin de ses lèvres sous sa moustache blonde. Anya avait toujours détesté les hommes à moustache.

— Je ne le nie pas, répondit-il froidement. Pourquoi devrais-je m'excuser d'être ambitieux ? Nous formerons une bonne équipe, vous et moi. Vous savez tenir une maison, donner des ordres aux domestiques. Vous ferez une excellente hôtesse.

Il balaya le visage d'Anya d'un regard si lubrique qu'elle en frissonna de dégoût.

— Vous avez conscience de votre beauté. Admettez-le, vous aimiez avoir tous les hommes à vos pieds à la Cour, n'est-ce pas ? Votre masque de princesse de glace ne m'impressionne pas – je saurai le faire fondre. Coucher avec vous ne me demandera pas un gros effort.

Anya libéra sa main d'un geste sec. Son expression dut trahir son dédain car il haussa un sourcil amusé.

— Qu'y a-t-il ? Je saurai vous faire aimer cela.

Elle jeta un coup d'œil affolé vers la porte. Où était passée Elizaveta ?

Vasili l'observait attentivement. Il se redressa soudain et l'attira contre son torse. Anya poussa un cri et tenta de s'écarter, mais ses mains se refermèrent telles des menottes autour de ses poignets.

— Vous n'avez pas voix au chapitre, princesse, grinça-t-il. Nous allons nous marier. Dès que j'aurai trouvé un prêtre.

— Lâchez-moi immédiatement !

Une lueur belliqueuse s'alluma dans le regard de Vasili.

— Vous m'épouserez si je ruine votre réputation.

Le sang d'Anya se figea dans ses veines.

— Je vous défends de me toucher !

— Qui m'en empêchera ?

Le dégoût la submergea quand il écrasa sa bouche sur la sienne. Ses lèvres dures cherchaient à la châtier. Elle eut beau secouer la tête et se débattre violemment, il était plus grand et plus fort qu'elle. Sa langue sondait ses lèvres, cherchant à en forcer l'entrée. Elle poussa un cri, réussit à dégager un poignet et le gifla. De toutes ses forces. Il recula en chancelant et étouffa un juron.

Elle s'essuya la bouche du dos de la main en le foudroyant du regard.

— Je ne vous épouserai *jamais*, Vasili Petrov. Vous êtes un traître !

Une bouffée de triomphe submergea Anya avant qu'elle réalise l'ampleur de ce qu'elle venait de reconnaître devant lui. Elle s'en serait mordu la langue.

Dmitri lui avait dit en confidence qu'il soupçonnait Vasili, ou un de ses proches, de transmettre des informations aux Français. Il comptait enquêter dès son retour de Vienne.

Vasili étrécit les yeux.

— Bien. Nous pouvons parler franchement à présent, n'est-ce pas ? Cela rendra les choses plus simples.

Il lissa ses cheveux en désordre. Anya lui retourna son regard hostile.

— Votre frère vous a donc parlé de moi, résuma-t-il. Cela ne m'étonne pas. Vous avez toujours été proches tous les deux. Il pensait que j'aidais les Français ?

— L'avez-vous fait ?

— Il se trouve que oui. Ils paient extrêmement bien.

Il admettait sa trahison avec une telle désinvolture qu'Anya en eut le souffle coupé. Les informations qu'il avait vendues avaient causé la mort de milliers d'hommes. La mort de Dmitri.

— Sale traître ! souffla-t-elle, furieuse. Espèce de salaud !

Vasili gloussa.

— Tss, tss. Quel langage, princesse.

Anya se retint d'effacer d'une gifle son petit air suffisant.

— Dmitri a intercepté une de mes lettres, reprit Vasili. Il vous l'a envoyée.

Elle n'eut pas besoin de feindre l'innocence.

— Non.

— Ne mentez pas ! Où est-elle ?

— Je n'ai jamais reçu de lettre. Je le jure.

L'expression de Vasili se fit glaciale. Avant qu'Anya ait eu le temps de comprendre ses intentions, il la frappa au visage d'un revers de main. La stupeur succéda à une douleur aveuglante, puis à la rage. Jamais personne ne l'avait frappée. Elle posa la main sur sa joue en feu et le fusilla du regard, les yeux embués de larmes.

Il eut un sourire mauvais.

— Peu importe. Que vous possédiez ou non des preuves, votre frère est mort. Et la loi interdit à une femme de témoigner contre son époux.

L'horrifiante simplicité de son plan laissa Anya sans voix. Cette infâme brute ricanante voulait l'épouser pour s'assurer de son silence.

Vasili recula vers la porte.

— Vous allez rester ici jusqu'à mon retour. N'essayez pas de vous enfuir, je vous retrouverai où que vous alliez. Et cela m'ennuierait beaucoup d'avoir à vous pourchasser.

Il jeta un coup d'œil à sa joue brûlante et lui décocha un sourire narquois.

— Votre frère vous a toujours laissé beaucoup trop de liberté. Mais vous apprendrez à respecter votre mari.

Anya lui lança un regard noir, puis sourit.

— Jamais.

Vasili perçut la présence d'Elizaveta derrière lui une fraction de seconde trop tard. Il commençait à peine à pivoter sur ses talons qu'elle abattait de toutes ses forces un vase chinois sur sa tête. Ce dernier vola en éclats quand il entra en contact avec son crâne. Les yeux de Vasili se fermèrent et il s'effondra sur le tapis avec un bruit sourd des plus satisfaisants.

— Tu es arrivée à pic ! s'exclama Anya. Merci.

Elizaveta considéra le corps inerte de Vasili avec une grimace de dégoût. Un filet de sang suintait à l'arrière de sa tête. Anya réprima un haut-le-cœur.

— Il est mort ?

— Je ne sais pas et je m'en moque, répliqua Elizaveta. Il mérite la mort pour t'avoir menacée comme il l'a fait.

Elle tâta le corps de Vasili de la pointe de sa bottine et laissa fuser un soupir déçu.

— Il est juste évanoui, annonça-t-elle.

Les mains d'Anya tremblaient. Vasili venait de mettre en évidence une déplaisante vérité : sans protecteur masculin, elle était dangereusement vulnérable. S'il avait vraiment tenté de la molester, elle n'aurait sans doute pas eu la force de l'en empêcher. Elle préférait ne pas penser à ce qu'il se serait passé si Elizaveta n'était pas intervenue.

Elles quittèrent la pièce en hâte. Anya verrouilla la porte et laissa tomber la clef dans le vase chinois – désormais privé de son frère jumeau – qui se trouvait à côté de la porte.

— Nous ne pouvons pas rester ici maintenant qu'il nous a retrouvées.

— Faut-il que nous allions chercher les autorités ? demanda Elizaveta. Ou le général di Borgo ?

— Je doute qu'on puisse nous aider, répondit Anya. De surcroît, la ville est en plein chaos. Ce qui est peut-être un mal pour un bien. Si nous disparaissons maintenant, il sera d'autant plus difficile de nous pister.

Elle savait que Vasili mettrait sa menace à exécution. Il était affreusement fier et détestait se faire damer le pion. Elle se précipita dans sa chambre, Elizaveta sur ses talons. Vasili s'attendrait qu'elle regagne la Russie. Même si elles parvenaient à lui échapper pendant leur voyage, il les rattraperait à Saint-Pétersbourg et tenterait à nouveau de mettre son plan à exécution. Elles devaient aller ailleurs et le semer pour de bon.

— Je pourrais mettre en scène un faux suicide, dit-elle.

Elizaveta se rembrunit.

— Pourquoi ?

— Pour faire diversion. Je laisserai une lettre expliquant que je ne supporte pas l'idée de vivre sans Dmitri et que je préfère mourir plutôt qu'épouser Vasili.

La voix d'Anya s'était brisée sur le nom de son frère, mais elle ne pouvait laisser libre cours à son chagrin. Elle devait réfléchir. Agir.

— Tu penses qu'il y croira ?

— Cela vaut la peine d'essayer. Et au moins, cela nous laissera un peu de temps avant qu'il parte à notre recherche.

Anya parcourut la chambre du regard. Elle avait une armoire remplie de vêtements, un nécessaire de toilette en argent, toutes sortes d'objets luxueux qu'elle avait toujours tenus pour acquis.

— Nous allons devoir abandonner tout cela, déclara-t-elle à regret.

Elizaveta acquiesça, puis choisit un sac de dimensions modestes dans lequel elle entreprit de ranger quelques effets indispensables. Après quoi, elle attrapa la cape de voyage d'Anya et le réticule contenant les diamants.

— Dieu merci, nous ne les avions pas laissés à côté avec lui.

Anya sortit son coffret à bijoux gainé de cuir de l'armoire.

— J'ai quelques pièces d'or. Et nous pouvons emporter d'autres bijoux. Vasili n'a aucun moyen de savoir s'il en manque.

Elle attrapa la sacoche qui lui servait à ranger ses aquarelles et y fourra sa paire de bottines préférée, un châle et quelques chemises.

— Dépêchons-nous ! Dieu sait combien de temps il nous reste avant qu'il se réveille.

Elle se rua vers le petit secrétaire d'angle, en sortit une feuille et un crayon, et griffonna un message annonçant son intention d'aller se jeter dans la Seine. Cela fait, elle rejoignit Elizaveta dans l'entrée. Mille pensées contradictoires lui encombraient l'esprit.

Seigneur, comment les choses en étaient-elles arrivées là ? En l'espace de quelques jours, elle venait de passer d'une vie de paisible contentement à la plus terrifiante incertitude. En s'enfuyant, elles allaient connaître le sort de n'importe quel simple citoyen ; elles devraient faire leur chemin dans le monde sans la protection d'un titre ou d'une fortune.

Cette idée avait quelque chose d'étrangement séduisant. Si Anya n'avait peut-être jamais affronté les difficultés de la vie sans l'appui de sa famille, de sa fortune ou de son statut social, à la cour de Russie, elle avait développé une forme de ruse en apprenant à survivre aux scandales et aux machinations. Elizaveta et elle n'étaient pas sottes, elles étaient déterminées et avaient de la ressource. Elles sauraient relever ce défi. Et franchement, le sort qui les attendait pouvait-il se révéler plus effroyable que celui que lui destinait Petrov ?

Elle en doutait.

Elle prit une profonde inspiration pour se donner du courage. C'était peut-être la fin, mais c'était aussi le début de quelque chose d'autre. L'occasion de découvrir ce que la vie avait à offrir. Jusqu'ici, elle n'avait jamais été autre chose qu'un moyen de s'enrichir ou un pion politique ; il était temps de voir ce qu'elle pouvait accomplir par elle-même.

Elle saisit la main d'Elizaveta.

— Tu es sûre de vouloir venir avec moi ? Je peux te donner de quoi regagner Saint-Pétersbourg si tu le souhaites.

Elizaveta lui étreignit la main.

— Je ne t'abandonnerais pour rien au monde, ma chérie. Comment vois-tu la suite ?

— Nous allons tâcher de trouver une voiture en partance pour la Belgique. Là-bas, il y aura beaucoup de soldats blessés qui veulent rentrer chez eux. Nous nous attacherons à leurs pas en nous faisant passer pour des veuves ou des femmes qui cherchent leurs maris. Nous irons en Angleterre. Vasili ne pensera pas à nous chercher là-bas. Tu dois te trouver un nom anglais, conclut-elle.

Elizaveta plissa le nez.

— Smith ? Brown ? Quel était le nom de cette famille, dans le livre que nous lisions l'an passé ? Bennett ?

— Parfait. Tu seras Elizabeth – non, Lizzie – Bennett. Ou Smith, si tu préfères. Et je serai Anna. Anna Brown. À partir de maintenant, la princesse Anastasia Denisova est morte.

3

Un an plus tard. Septembre 1816

Sebastian Wolff, comte de Mowbray, considéra le mort qui gisait à ses pieds avec un froncement de sourcils et lâcha un soupir agacé.

Il n'était pas habillé pour enquêter sur un meurtre. Il s'apprêtait à aller à l'opéra, avant de se rendre dans le bordel de Mme Haye, à Covent Garden, quand ses deux meilleurs amis, Benedict Wylde et Alex Harland, avaient fait irruption au Tricorn Club, pour le réquisitionner en même temps que sa voiture.

Alex avait émis un sifflement moqueur à la vue de sa tenue de soirée.

— Quelle élégance, dis-moi !

— Oh, fiche-moi la paix ! avait répliqué Sebastian aimablement. Tu es jaloux, c'est tout. Que se passe-t-il ?

— Conant a un boulot pour nous, avait répondu Benedict. Un meurtre. Derrière une taverne, près des docks.

Sir Nathaniel Conant était leur supérieur, le chef de Bow Street, ce qui faisait de lui le chef de la police de Londres.

— Je ne vois pas en quoi cela nous concerne, avait rétorqué Sebastian. Il ne se passe pas un soir sans qu'il y ait un meurtre dans ce quartier. Ce n'est pas notre territoire. En quoi ce meurtre-là diffère-t-il des autres ?

— Il semblerait que le défunt soit un étranger. Le tavernier l'a vu boire avec un autre homme et il les a entendus parler russe ou prussien – dans une langue étrangère, en tout cas. Ils semblaient en termes amicaux, pourtant, un quart d'heure plus tard, notre homme était retrouvé mort derrière le pub, la gorge tranchée.

— Je ne vois toujours pas en quoi cela nous concerne, avait grommelé Sebastian. Deux étrangers ont un désaccord et l'un d'eux meurt. À cause d'une femme, sans doute. Ou d'une partie de cartes. C'est au magistrat local de se charger de cette affaire.

Alex avait secoué la tête.

— Ce qui intéresse Conant, c'est qu'il puisse s'agir d'un Russe. Le ministère des Affaires étrangères est à la recherche d'un espion qui aurait transmis des informations aux Français avant Waterloo. Ils pensent que quelqu'un a prévenu Napoléon de l'arrivée des Russes.

— Le salaud, avait maugréé Benedict.

Sebastian avait acquiescé. Tous trois avaient gardé des cicatrices de leur passage dans les fusiliers, qui s'était achevé par le carnage de Waterloo. Que tous trois aient survécu relevait du miracle.

— Et la transmission d'informations se poursuit. Une délégation russe est arrivée à Londres la semaine dernière et Conant veut que nous laissions traîner nos oreilles un peu partout. Nous sommes chargés d'enquêter sur tout ce qui impliquerait des Russes, de près ou de loin. Morts ou vifs.

Sebastian avait ricané.

— Que « nous laissions traîner nos oreilles » ? Elle est bien bonne, celle-là. Je n'en ai plus qu'une seule d'oreille qui fonctionne, grâce à Bonaparte.

— J'ouvrirai l'œil, et le bon ! renchérit Alex, pince-sans-rire.

Leur humour macabre fit glousser Benedict. La détonation d'un canon à Waterloo avait irrémédiablement détruit l'ouïe de l'oreille gauche de Sebastian. Quant à Alex, il avait perdu une partie de sa vision périphérique lors de la même explosion.

Leur voiture avait oscillé avant de s'immobiliser au bout d'une ruelle sombre. Leur descente de voiture avait été saluée par les sollicitations grivoises des deux catins.

— Venez donc par ici, mes tout beaux ! Sally va vous faire passer un bon moment.

Sans leur prêter attention, Benedict s'était dirigé vers la taverne.

— Je vais parler au tenancier.

Sebastian avait salué d'un hochement de tête l'agent posté à l'entrée de la ruelle pour protéger la scène du crime et s'était glissé entre les bâtiments, suivi d'Alex.

Les meurtres étaient monnaie courante dans les taudis qui s'agrégeaient autour des docks. Le cours de la vie humaine n'y était pas très élevé.

Sebastian plissa le nez pour bloquer l'odeur nauséabonde d'urine et de bière éventée qui se mêlait aux effluves fétides du fleuve. On entendait le grincement des bateaux au mouillage par-delà le roulement des charrettes et les cris de colère qui fusaient parfois. Un rat fila se réfugier derrière un tas de détritus.

Le sang et la mort ne le perturbaient pas. Il en avait tant vu pendant ses années dans l'armée qu'il était immunisé. Parfois, le fait que cela ne l'affecte pas l'inquiétait un peu. Ses émotions, bonnes ou mauvaises, semblaient distantes, sans importance. Avait-il perdu la faculté d'être horrifié ou surpris ?

Il chassa cette pensée et s'accroupit, évitant avec soin la flaque de sang qui luisait sur les pavés crasseux. Il ne voyait pas l'intérêt de ruiner ses bottines. Le mort portait des vêtements ordinaires, rien de voyant qui aurait pu attirer l'attention d'un voleur. Sa posture évoquait celle d'une marionnette dont on aurait coupé les fils. Sebastian fouilla dans les poches de l'homme et en sortit un porte-monnaie de cuir.

— Ce n'est pas un vol, dit-il.

Alex désigna la main de l'homme.

— Il porte une chevalière au petit doigt. Celui qui souhaitait sa mort n'en avait pas après son argent.

Sebastian retira la bague du doigt du cadavre et plissa les yeux pour l'étudier. Il faisait trop sombre pour en déchiffrer le blason, aussi la glissa-t-il dans la poche de son gilet.

— Je vais la rapporter chez moi pour l'étudier de plus près.

Alex se pencha pour examiner le cou de l'homme.

— La coupure est nette, presque professionnelle. Quelqu'un qui sait manier une lame. Pas de traces de lutte. Le pauvre diable n'a sans doute rien vu venir.

Sebastian se redressa et imagina la scène.

— Il l'aura surpris par-derrière. Il a placé le bras en travers de son cou et il a tranché avant de le laisser s'affaisser sur le sol. Pas un bruit. Le genre efficace et sournois.

Il jeta un coup d'œil au visage du mort et éprouva un bref élan de pitié. L'homme était jeune, à peine trente ans, peut-être le même âge que lui. Trop jeune pour mourir. Surtout de cette façon-là, si loin de son pays.

Benedict apparut au bout de la ruelle.

— Avons-nous une description du suspect ? s'enquit Alex.

— Le tavernier dit qu'il portait un chapeau qui cachait une partie de son visage et un pardessus épais. Il était grand avec des cheveux blond clair.

— Un grand Russe blond, résuma Sebastian en levant les yeux au ciel. Voilà qui rétrécit sérieusement la liste des suspects.

Son sarcasme fit sourire Alex.

— Il y a des immigrés russes dans toute la ville. Il pourrait s'agir d'un homme qui aura reçu une instruction militaire, un ancien soldat peut-être, si on se fie à la précision de la blessure.

— Il n'est peut-être même pas russe, soupira Sebastian. Le tavernier a pu se tromper. Ils parlaient peut-être cornique ou gallois. Nous perdons notre temps.

Benedict haussa les épaules.

— Je doute que nous puissions en apprendre davantage ici. Filons. Les magistrats locaux prendront le relais.

— Conant a donc dit qu'il voulait que nous écoutions ce que racontent les Russes ? dit Sebastian de retour dans la voiture. Au Tricorn ?

Le Tricorn, ce club qu'ils avaient ouvert à leur retour de Waterloo, était devenu un des cercles de jeu les plus fréquentés de Londres. Sebastian, Alex et Benedict y avaient vécu ensemble jusqu'à ce que Benedict et Alex se marient et déménagent, quelques mois plus tôt.

Sebastian ne l'aurait jamais admis à voix haute, mais ses amis lui manquaient. En dépit du bruit et de l'agitation du club, les appartements privés étaient lugubrement silencieux. Soucieux de préserver son domaine, il n'y amenait jamais aucune femme, pour autant, l'ambiance était sinistre quand il n'y avait que lui et les domestiques qui vaquaient à leurs occupations.

Il ne se sentait pas seul. Bien sûr que non. Il se demandait toutefois s'il ne devait pas prendre un locataire. Des centaines de célibataires rêvaient sûrement de vivre au-dessus d'un tripot…

— Oui, quoique en toute discrétion, dit Alex.

Sebastian réalisa dans un sursaut qu'il rêvassait.

— Nous ne voulons pas que la délégation russe sache que nous suspectons un de leurs compatriotes.

— Je n'ai encore vu aucun Russe au club, dit Sebastian. Et s'il en venait, je doute qu'ils échangent des informations sensibles dans un lieu aussi bondé.

— Ils le pourraient s'ils parlent russe et pensent que personne ne les comprend, rétorqua Alex. Ou s'ils sont très saouls. *In vino veritas*, comme on dit.

— Et qu'est-ce que cela changerait ? grommela Sebastian. Tu parles russe, toi ? Parce que moi pas.

— Je connais quelques jurons, gloussa Benedict. Et je sais commander à boire. Mes connaissances ne vont pas plus loin.

— Nous devrions peut-être dénicher quelqu'un qui parle russe, suggéra Alex. Nous le chargerions d'écouter les conversations du club.

Sebastian tira sa montre de la poche de son gilet.

— Sapristi ! J'ai déjà raté la première partie de l'opéra. Je ferais aussi bien d'aller directement à Covent Garden.

— Ce n'est pas dans un bordel que tu trouveras une femme décente, fit remarquer Benedict.

— C'est bien pour cela que j'y vais, riposta Sebastian avec un sourire destiné à l'agacer. Ce sont les femmes indécentes qui me plaisent.

Alex se pencha en avant, laissant pendre ses mains entre ses genoux.

— Tu travailles trop et tu joues trop depuis que nous ne sommes plus là.

— Sornettes ! ricana Sebastian. Je ne parie jamais. Je bois rarement jusqu'à l'excès. Les femmes sont mon seul vice. Quel est donc votre objectif, messieurs les hommes mariés ? Sous prétexte que vous êtes désormais pieds et poings liés, vous voudriez que tout le monde se retrouve pris au piège. J'ai l'impression d'entendre deux grenouilles de bénitier. Je n'ai pas encore envie de me ranger, figurez-vous. Ma vie de dépravé m'amuse beaucoup trop.

— Franchement, le mariage n'est pas si mal, s'esclaffa Alex.

Sebastian leva les yeux au ciel.

— Tu n'as rien de mieux à faire que de me harceler à propos de ma vie amoureuse ? répliqua-t-il. Je me demande si ce n'est pas parce qu'il ne se passe plus rien d'intéressant entre vos draps que ma vie vous intéresse tant. On tente de vivre par procuration, mes amis ?

L'insulte fit ricaner Alex.

— Pas moi. Ce soir, Emmy est à un gala de charité, mais je te prie de croire que dès son retour, elle me fera savoir à quel point je lui ai manqué.

Son sourire satisfait tira à Sebastian une grimace de dégoût.

— Je ne suis pas non plus à plaindre dans ce domaine, déclara Benedict avec suffisance. Le mariage n'a rien à envier au célibat, Sebastian.

— Je n'ai jamais dit cela. Je m'étonne juste que vous puissiez vous contenter d'une seule et même source de satisfaction jusqu'à la fin de vos jours. Je trouve que c'est du gâchis. Quand on pense à toutes ces femmes disponibles, qui ne demandent qu'à être aimées...

Alex secoua la tête.

— Tu n'as pas assisté à beaucoup de réceptions ces derniers temps.

— Parce que je suis las de me défendre contre les stratagèmes de toutes ces débutantes et de ces matrones délaissées. Aucune femme ne vaut la peine qu'on affronte, à l'aube et au pistolet, un époux courroucé ou un père offensé.

Sebastian s'adossa confortablement à la banquette.

— Ce qu'il y a de bien avec les catins, c'est qu'elles sont honnêtes et sans chichis. Elles n'attendent rien d'autre qu'une partie de jambes en l'air au tarif prévu. Avec elles, pas de sentiments blessés, pas de scènes à n'en plus finir au moment de la séparation. Et elles n'espèrent pas qu'on les épouse.

Il observa ses amis tour à tour.

— Que vous ayez tous deux trouvé une femme avec laquelle vous souhaitez passer le restant de vos jours est extraordinaire. Mais cela ne m'arrivera pas.

Il se rembrunit. Cette conversation ressemblait furieusement aux fadaises romantiques que les femmes échangent complaisamment autour d'une tasse de thé. Sebastian était cynique, il savait depuis toujours que l'amour romantique avait autant de chances d'exister qu'il y en avait de rencontrer une vierge dans un bordel. Cependant, depuis qu'il avait vu Alex et Benedict – des débauchés finis – se métamorphoser en maris heureux, cette certitude se trouvait ébranlée.

— Vous vous êtes tous les deux sentis irrésistiblement attirés par vos épouses au premier regard, c'est bien cela ? demanda-t-il.

Ses amis hochèrent la tête.

— Pourtant vous aviez déjà été attirés par d'autres femmes avant de les rencontrer, preuve que l'attirance physique ne suffit pas. Il doit y avoir autre chose. Une étincelle qui les distingue de toutes les autres.

— Je crois qu'il s'agissait surtout d'irritation au début, avoua Alex en souriant à ce souvenir.

— Moi, j'avais envie de l'étrangler, gloussa Benedict.

— Eh bien, voilà, dit Sebastian. J'attends toujours de trouver la belle qui m'irritera suffisamment pour que j'aie envie de l'étrangler. D'ici là, j'ai l'intention de jouir de mon statut de célibataire.

Alex soupira.

— J'avais pensé que nous dînerions ensemble. Lagrasse me manque. Cela fait des semaines que je rêve de son pudding.

— Désolé, je lui ai donné sa soirée, annonça Sebastian. Nous sommes presque arrivés à Covent Garden, ajouta-t-il en regardant par la fenêtre. Je vais aller faire un tour chez Haye – Harwood prétend que les plus jolies filles de Londres sont chez elle. Vous pouvez me déposer là.

4

— Qui veut mes violettes ? Un penny le bouquet !

Anya traversa la place animée de Covent Garden, adressant un signe de tête amical à plusieurs commerçants qui proposaient leurs marchandises au milieu du pittoresque et plus grand marché à ciel ouvert de la capitale. Elle esquiva la charrette d'un marchand de quatre saisons et adressa un sourire à la vendeuse de tourtes à l'anguille. Si elle n'avait jamais trouvé le courage de goûter à ses spécialités, l'odeur qui s'échappait de ses paniers ne la mettait pas moins en appétit.

Elle avait beau vivre à Londres avec Elizaveta depuis près d'un an, la myriade d'images et de sons du marché lui paraissait toujours aussi étrange et exotique. C'était un tel contraste après les dorures des palais étincelants qu'elle avait connus à Saint-Pétersbourg ou le raffinement culturel de Paris. À Londres, la beauté et la laideur se côtoyaient si étroitement qu'elles formaient un tout. Immondes caniveaux et fleurs éblouissantes, mort atroce et vie lumineuse, danger et excitation – tout ce mélange formait une métropole fascinante.

Anya grimpa les marches conduisant au modeste logement qu'elle partageait avec Elizaveta. Covent Garden n'était pas le plus élégant des quartiers, mais il convenait parfaitement à son désir de passer inaperçue. Elle n'avait pas du tout envie de se mêler aux membres de la haute société qui résidaient à Mayfair, quelques rues plus à l'ouest.

Non que leurs finances leur eussent permis un tel luxe. Elle avait été obligée de vendre presque tous ses précieux diamants, rien que pour payer le loyer de ce minuscule appartement et son salaire, bien que généreux, leur permettait tout juste de maintenir un modeste train de vie. Du fait de sa proximité avec les théâtres et l'enclave chic de St James's, Covent Garden demeurait un quartier très prisé.

Elizaveta leva les yeux de son ouvrage quand Anya pénétra dans leur petit salon.

— Comment se portait la duchesse douairière aujourd'hui ?

— Elle était dans une forme éblouissante, répondit Anya en ôtant son chapeau.

— Qui s'est attiré les foudres de son déplaisir cette semaine ?

— Lady Jersey. Il semblerait que le vin qu'elle a servi à sa soirée constituait « une insulte aux vignerons du monde entier ».

Elizaveta gloussa. Toutes deux se régalaient des critiques acerbes que la vieille duchesse adressait à la haute société. C'était encore plus drôle que de lire la presse à scandale.

À leur arrivée à Londres, Anya avait été consternée de réaliser qu'elle n'avait jamais été formée à exercer le moindre emploi digne de ce nom. Elle s'était rendue dans une agence de placement, naïvement persuadée que sa parfaite maîtrise de l'anglais, du russe et du français, ainsi que ses connaissances étendues en matière de littérature, d'histoire et de géographie suffiraient à la qualifier pour une place de gouvernante ou de préceptrice. Il lui avait fallu déchanter.

Derrière son bureau, la directrice du bureau de placement au visage émacié avait laissé fuser un gloussement cynique.

— Vous êtes-vous regardée dans un miroir, mon enfant ? Croyez-moi, aucune épouse ne voudra vous savoir à moins de cent lieues de son mari ou de ses fils ! Ce qu'elles veulent, c'est une gouvernante laide et sans grâce, de préférence moustachue et pleine de verrues, afin qu'elle n'offre aucune tentation.

Anya s'était sentie sombrer.

— Je peux enseigner les bonnes manières et le respect de l'étiquette à des jeunes filles.

— Je crains de n'avoir aucune demande pour cela.

— Je pourrais peut-être être traductrice chez un éditeur, dans ce cas ?

La femme avait émis un reniflement dédaigneux.

— Il n'y a guère de travail maintenant que les soldats sont revenus du front. Tout le monde en cherche. Et peu d'hommes veulent engager une femme pour autre chose que le plaisir.

— Je ne veux pas faire cela, avait répondu Anya d'un ton ferme.

La femme lui avait adressé un coup d'œil spéculateur.

— Vous êtes sûre ? Vous êtes jolie. Je pourrais vous recommander dans les meilleurs établissements.

— Je vous remercie, mais c'est non.

La femme avait haussé les épaules. Le moral d'Anya était encore descendu d'un cran, pourtant elle avait affiché un sourire enthousiaste. Elizaveta dépendait d'elle.

— Je pourrais peut-être apprendre un métier. Le travail ne me fait pas peur. Je pourrais être apprentie.

— Vous êtes un peu trop âgée pour cela, avait répliqué la femme. Quel âge avez-vous ? Vingt ans ?

— Vingt-deux.

— Hmm. Les couturières aiment les très jeunes filles, pour les former. Les modistes aussi. Allons, du nerf, ma fille ! avait ajouté la femme en voyant l'air abattu d'Anya. J'ai une offre à vous proposer : dame de compagnie de la duchesse douairière de Winwick. C'est une vraie harpie, je vous préviens. Au moins quatre-vingts ans et complètement excentrique. Elle a horreur des sottes – elle a renvoyé quatre secrétaires rien que cette année. Mais le salaire est généreux. Si vous tenez le coup le temps qu'il faut pour en voir la couleur.

Anya avait réprimé une grimace.

— Cela me semble parfait. En quoi consistera mon travail ?

— La duchesse souhaite que vous lui rendiez visite quatre jours par semaine pour lui faire la lecture, l'aider dans sa correspondance et faire tout ce qu'elle vous demandera d'autre.

— Je le ferai.

L'emploi s'était finalement révélé parfait. Anya avait immédiatement apprécié la duchesse. Tranchante et remarquablement observatrice, la vieille dame avait des opinions bien arrêtées – qui se révélaient généralement justes – et adorait le scandale et les ragots. Ses commentaires cinglants sur les personnalités en vue de la bonne société étaient extrêmement amusants, et malgré leur très grande différence d'âge, une amitié n'avait pas tardé à naître entre elles. Anya en était venue à considérer la vieille dame comme une grand-mère de substitution.

La douairière avait tenté à plusieurs reprises de convaincre Anya de venir vivre dans sa vaste demeure de Grosvenor Square, mais la jeune fille avait refusé, invoquant Elizaveta et son propre besoin d'indépendance. De récents événements l'avaient cependant amenée à reconsidérer ce choix. En effet, Elizaveta s'était trouvé un prétendant – un beau jeune homme, adorablement distrait, qui exerçait la profession d'avocat et se nommait Oliver Reynolds.

Elizaveta avait réussi à s'employer comme couturière chez Ede & Ravenscroft, un tailleur de Chancery Lane spécialisé dans les tenues de cérémonie. On y confectionnait les robes d'avocats à la cour ainsi que les capes bordées d'hermine portées par les pairs du royaume à la séance d'ouverture du Parlement. Ils avaient fait connaissance le jour où Oliver – affreusement pressé – était venu acheter une nouvelle robe d'avocat afin de plaider à l'Old Bailey. Il avait mis le feu à la sienne en la laissant traîner trop près du poêle. Elizaveta s'était occupée de lui, et à la fin de cette rencontre, ils étaient aussi épris l'un que l'autre.

Elizaveta coupa l'extrémité de son fil, lissa du plat de la main la bordure de fourrure qu'elle venait de coudre et jeta un coup d'œil à la pendule qu'Anya avait achetée au mont-de-piété. Contrairement aux belles pièces issues des manufactures russes, cette porcelaine tendre, de fabrication anglaise, évoquait le glaçage d'un gâteau qui aurait fondu au soleil. Le couple aux couleurs criardes qui soutenait l'habillage de la pendule était déséquilibré et semblait perpétuellement ivre. Anya l'adorait.

— Je ferais bien de me préparer, annonça Elizaveta.

— Tu vois Oliver, ce soir ?

— Oui. Nous retournons voir Edmund Keane dans le rôle de sir Giles Overreach, à Drury Lane.

— Il paraît qu'il était tellement impressionnant à la première que Mme Glover s'est vraiment évanouie sur scène.

— Oh, oui, gloussa Elizaveta, il est terrifiant ! Ce qui me donne une bonne excuse pour me blottir contre Oliver et lui pour passer le bras autour de moi !

— Petite coquine, s'esclaffa Anya.

Le bruit de quelqu'un trébuchant dans l'escalier, suivi d'un juron étouffé, les interrompit. Elizaveta leva les yeux au ciel d'un air enamouré.

— Ce doit être lui !

Anya secoua la tête. Avec sa silhouette longiligne, Oliver donnait l'impression d'avoir atteint l'âge adulte sans avoir eu le temps de s'habituer aux dimensions de son corps. Il n'arrêtait pas de se cogner ; s'il y avait quelque part un encrier à renverser ou des marches sur lesquelles trébucher, il était certain de les trouver.

Heureusement, son apparente maladresse dissimulait un esprit aussi affûté qu'un rasoir. C'était un formidable avocat, redoutablement intelligent, quoique parfois enclin à se perdre dans d'obscures digressions. Elizaveta, avec son bon sens et sa nature organisée, formait le complément parfait à son style aléatoire. Anya ne doutait pas qu'ils seraient merveilleusement heureux ensemble.

La perspective de leurs fiançailles la forçait cependant à s'interroger sur son propre avenir. Si elle appréciait son emploi auprès de la duchesse douairière, il ne lui donnait guère l'occasion de rencontrer des hommes de son âge.

Contrairement à Elizaveta, fortement enracinée dans la classe des travailleurs, Anya se retrouvait dans une voie sans issue, généralement réservée aux parentes pauvres, quoique bien nées. Elle figurait dans une catégorie située au-dessus des domestiques et des artisans, mais en dessous de la gentry et de l'aristocratie, qui vivaient du revenu de leurs domaines et de leurs investissements.

Elle avait appartenu à ce monde-là en Russie, bien sûr. Et malgré l'annonce de sa disparition, elle ne craignait pas que son domaine soit réparti entre les membres restants de sa famille. Quelques semaines après leur arrivée à Londres, elle avait écrit à Lermontov, son chargé d'affaires à Saint-Pétersbourg, pour l'avertir qu'elle envisageait un séjour prolongé en Europe de l'Ouest. Elle l'avait chargé, au cas où quelqu'un – et particulièrement un certain Vasili Petrov – le lui demanderait, de feindre la plus complète ignorance quant à l'endroit où elle se trouvait. Les Lermontov étant les conseillers financiers des Denisov depuis plus d'un siècle, Anya avait toute confiance en sa discrétion.

L'arrivée d'Oliver interrompit ses ruminations.

— Bonsoir, mademoiselle Anna, la salua le jeune avocat en soulevant son chapeau, révélant ainsi des cheveux blonds en désordre. Et bonsoir, Lizzie, ajouta-t-il, son sourire s'élargissant lorsqu'il croisa son regard. Navré d'être en retard. J'ai cru voir un rat dans l'escalier de mon cabinet, et quand j'ai voulu le chasser, il s'est avéré qu'il s'agissait d'un chaton. Le pauvre petit était trempé. Une brute sans cœur aura sans doute cherché à le noyer, je suppose.

Ses sourcils se rejoignirent, formant une ligne désapprobatrice.

— Je ne pouvais pas le laisser mourir là, bien entendu. J'ai dû aller chercher du lait et trouver quelqu'un pour veiller sur lui. Résultat, déclara-t-il en écartant les bras, je suis en retard. Êtes-vous prête ? Nous allons devoir nous dépêcher si nous ne voulons pas manquer le premier acte.

Elizaveta échangea un coup d'œil amusé avec Anya, puis gratifia son bien-aimé d'un sourire éblouissant.

— Vous êtes un être généreux, Oliver Reynolds. Ce n'est pas donné à tout le monde d'être aussi gentil.

Oliver s'empourpra.

— Laissez-moi juste mettre mon chapeau et mes gants, et nous pourrons partir, reprit Elizaveta.

Elle passa dans la chambre à coucher et réapparut un instant plus tard.

— Je suis prête. Tu es sûre que cela ne te dérange pas de rester seule ? ajouta-t-elle à l'adresse d'Anya.

Anya lui assura que non. Elle se retint de déclarer que si quelqu'un s'avisait de l'ennuyer, elle ne manquerait pas de lui briser un vase sur le crâne – Elizaveta ne goûtait guère les plaisanteries au sujet de Petrov.

— Je ne compte pas m'attarder longtemps ici, expliqua-t-elle. Je dois aller chez notre voisine. J'ai promis à Charlotte de poursuivre la leçon des filles. Passez une bonne soirée, tous les deux.

5

Une demi-heure plus tard, Anya entrait par la porte de service dans la maison close la plus sélecte de Londres et souriait à la propriétaire des lieux, sa voisine et amie Charlotte Haye. La mère maquerelle était à la pointe de la mode, sa chevelure blonde savamment agencée et sa voluptueuse silhouette mise en valeur par une robe de soie lavande.

Anya se débarrassa de ses gants et de son bonnet.

— Les filles sont prêtes ?

— Oui. Tess a hâte de réussir à lire un chapitre entier d'une traite et Jenny a fait des lignes d'écriture toute la semaine. Amy est avec un client, elle vous rejoindra dès qu'elle sera libre.

Le sourire d'Anya s'atténua. Quand elle avait réalisé que la maison voisine de leur modeste appartement était une maison close, elle avait été consternée. Toutefois, une rencontre avec Charlotte sur les marches du perron avait été suivie d'une invitation à prendre le thé qui lui avait permis de découvrir que la fameuse Mme Haye était une des femmes les plus gentilles et spirituelles qu'elle ait jamais connues.

La décoration intérieure de l'établissement était digne de la résidence d'un ambassadeur. Charlotte n'avait pas regardé à la dépense pour rendre ses chambres aussi luxueuses et agréables que possible, une stratégie qui s'était révélée payante car l'endroit était fréquenté par une clientèle des plus fortunées et aristocratiques.

Quoique très belle femme, Charlotte ne s'occupait personnellement d'aucun client – ce qui ne l'empêchait pas de recevoir quantité de propositions. Anya ne lui avait jamais demandé comment elle était devenue une des plus éminentes pourvoyeuses de plaisir de la capitale, toutefois, certains détails glissés par Charlotte l'incitaient à penser qu'un incident malheureux et la duplicité d'un fiancé l'avaient amenée sur le chemin de ce que la plupart des gens considéraient comme du déshonneur. Il n'y avait pas, et il n'y avait jamais eu, de M. Haye.

Charlotte, de son côté, ne s'était jamais enquise du passé de sa jolie voisine. Anya s'était présentée à elle sous le nom d'Anna Brown et Charlotte n'avait jamais mis sa parole en doute.

Les sentiments d'Anya au sujet du plus vieux métier du monde étaient mitigés. Il lui semblait évident que les jeunes femmes qui vivaient avec Charlotte étaient bien traitées – cette dernière veillait sur elles comme une mère poule. Elle les tirait de la rue et les installait chez elle dès qu'une place se libérait. Chacune avait sa propre chambre, était nourrie et blanchie, sans compter la contraception et les visites du médecin. Elle examinait personnellement les gentlemen désireux de rendre visite à « ses filles » et encourageait celles-ci à ne jamais se forcer à accepter les caprices d'un client. Leur exigence ne faisait qu'ajouter à leur attrait.

Anya n'avait jamais entendu aucune des filles se plaindre de la vie qu'elle menait. De fait, la plupart semblaient considérer que Charlotte leur avait épargné la misère, la violence et la faim. Anya était toutefois sûre que ces filles auraient préféré gagner leur vie autrement si elles en avaient eu la possibilité. Un jour qu'elle prenait le thé avec Charlotte, elle avait suggéré que leur apprendre à lire et à écrire pourrait les aider à abandonner la prostitution si elles le souhaitaient. Charlotte avait acquiescé et, depuis lors, Anya consacrait les soirées qu'elle ne passait pas auprès de la duchesse douairière à « faire l'école » aux filles.

— Vous allez devoir vous contenter du petit salon, ce soir, annonça Charlotte de sa belle voix de gorge. Je fais retapisser le bureau. Je préviendrai Winslow de diriger les visiteurs vers le salon rouge. Vous ne devriez pas être dérangés.

Anya gagna donc l'avant de la maison pour aller retrouver ses élèves.

— Tout ça, c'est rien qu'un tas de bobards, Jen, lâcha Tess à l'instant où Anya pénétra dans la pièce.

— Il serait plus convenable de dire : « Je crains de ne pas partager ton avis, Jenny », corrigea-t-elle avec flegme.

La frimousse couverte de taches de rousseur de Tess rosit d'embarras et les deux jeunes filles s'empressèrent de lui faire la révérence.

— Pardon, mademoiselle Anya. Je savais pas que vous étiez là.

— Ce n'est pas grave, Tess. J'ai entendu bien pire. Vous devriez cependant songer à surveiller votre langage. Si vous deveniez l'assistante d'une modiste, par exemple, il faudrait vous montrer polie avec les clientes.

Anya dissimula un sourire face à l'ironie de la situation – elle était mal placée pour faire la leçon à quiconque en matière de vocabulaire. En privé, Elizaveta lui reprochait ses « obscénités indignes d'une princesse ». Sa pratique de la langue anglaise l'avait amenée à adopter un nombre impressionnant de jurons depuis son arrivée à Covent Garden.

Jenny s'approcha du secrétaire dans un angle de la pièce et Anya fit signe à Tess d'ouvrir le livre de contes dans lequel elle avait appris à lire.

— À votre tour de lire, Tess. Jenny, vous écrivez sous sa dictée.

Les deux filles hochèrent docilement la tête.

— Le... petit... cha-pe-ron... rouge, articula Tess, son doigt glissant sous les mots au fil de sa lecture.

— Très bien, dit Anya en lui adressant un sourire d'encouragement. Continuez.

— Il... é-tait... une... fois...

La porte s'ouvrit et Anya tourna la tête, s'attendant à voir Charlotte avec un plateau de thé. À la place, elle découvrit un homme qu'elle n'avait encore jamais vu, et l'espace d'un instant, elle eut l'impression absurde que Tess venait de convoquer le loup du conte qu'elle était en train de lire.

L'homme s'immobilisa, la main sur la poignée, et sa bouche s'incurva sur un sourire qui lui donna l'impression d'avoir très chaud et très froid en même temps.

— Bonsoir, mesdemoiselles. Navré de vous interrompre, je cherche Mme Haye.

Anya ressentit un tressaillement étrange au creux du ventre. La voix de l'homme était à la fois rauque comme du papier de verre et douce comme du velours.

Jenny et Tess, qui s'étaient levées précipitamment, s'avancèrent et s'arrêtèrent à quelques centimètres de lui, parlant toutes deux en même temps.

— Mme Haye est dans le salon du fond, milord, répondit Jenny d'une voix haletante.

Tess le gratifia d'une œillade provocante.

— C'est un plaisir de vous voir ici, milord. Y a-t-il quelque chose que je puisse faire pour vous ?

— Ou moi ? ajouta Jenny en battant des cils.

Mais le regard de l'homme était rivé sur Anya. Il la scrutait avec une telle audace qu'elle sentit ses joues s'échauffer. Elle pinça les lèvres pour lui signifier sa désapprobation.

Ses traits avaient quelque chose de méditerranéen ; sa ténébreuse sophistication évoquait un corsaire déguisé en gentleman. Elle n'avait encore jamais vu quelqu'un d'aussi irréprochablement beau. Que faisait donc un homme pareil dans un bordel, alors qu'il pouvait avoir toutes les femmes qu'il voulait d'un simple claquement de doigts ?

Une curieuse sensation se déploya dans son ventre. L'idée de cet homme faisant des choses – le genre de choses que les hommes font avec une femme dans un bordel – lui donnait chaud et la perturbait. Pourtant – si séduisant soit-il –, ce ne serait certes pas elle qui lui fournirait ce qu'il était venu chercher.

Elle se racla la gorge, s'apprêtant à présenter ses excuses, mais il parla le premier, tout en adressant un charmant sourire aux deux femmes qui se trouvaient devant lui.

— Auriez-vous l'obligeance d'aller chercher Mme Haye, mesdemoiselles ?

Si subtile que fût sa manière de les éconduire, Tess et Jenny n'en furent pas moins visiblement déçues. Tess jeta un coup d'œil à Anya par-dessus son épaule.

— Nous allons y aller toutes les trois, dit-elle, histoire d'éviter à Anya de rester seule avec le visiteur.

Celui-ci secoua la tête.

— Ce ne sera pas nécessaire, affirma-t-il en maintenant la porte grande ouverte pour inviter Jenny et Tess à sortir.

Faute de choix, elles s'exécutèrent, et Anya sentit son cœur se loger dans sa gorge quand l'homme referma la porte derrière elles. La moitié de la pièce les séparait encore, pourtant, un frisson - pas tout à fait de la peur, de la vigilance, plutôt - courut sur sa peau.

Elle ne bougea pas tandis qu'il s'avançait vers elle. Il la balaya lentement du regard, la soumettant à une brûlante évaluation, s'attarda sur ses lèvres et laissa échapper un rire bref, presque incrédule.

— Ma foi, je dois reconnaître que j'étais sceptique, quand on m'a juré que Mme Haye proposait les plus jolies filles de Londres, mais je constate que c'était la pure vérité.

Il fit un pas vers elle et Anya surprit une subtile bouffée de son parfum. Ses yeux sombres se rivèrent aux siens.

— Je ne suis pas homme à tergiverser. Et vu l'endroit où nous nous trouvons, je sais que vous n'attendez de moi ni compliments ni vaines platitudes. Dites votre prix.

6

Anya resta un instant sans voix, puis se redressa, remarquant au passage que l'homme la dépassait d'une bonne tête. Ses yeux se trouvaient au niveau du diamant de son épingle de cravate.

— Je crains que vous ne fassiez erreur, monsieur. Aucune somme d'argent ne saurait m'inciter à vous divertir.

Une lueur, d'ennui, ou peut-être d'amusement, s'alluma brièvement dans son regard.

— Allons, dites-moi juste combien. Je paierai Mme Haye et nous monterons à l'étage.

Anya n'en croyait pas ses oreilles. La part d'elle-même qui n'était pas clouée de stupéfaction et de colère se sentait paradoxalement flattée qu'il semble aussi déterminé à louer ses services. Une impulsion malicieuse l'incita à répliquer :

— Er si je vous dis qu'une nuit avec moi vous coûterait cinq cents livres ?

— Je les paierais.

Elle leva vers lui un regard choqué – et comprit qu'il était tout à fait sérieux.

Qui diable était cet homme ? Jenny l'avait appelé « milord » ? Il devait être riche comme Crésus, et... très impatient, s'il était disposé à dilapider une somme aussi exorbitante pour passer une nuit avec une inconnue.

De près, elle distinguait ses lèvres pleines et le chaume de barbe qui lui bleuissait les joues. Son pouls se mit à palpiter dans sa gorge.

Le coin de sa bouche tressaillit quand il se pencha vers elle comme s'il s'apprêtait à lui partager quelque ragot de choix.

— Je me sens tenu de préciser que je n'ai pas vraiment besoin de votre compagnie toute la nuit, déclara-t-il en soumettant son visage à la caresse de son regard. Deux heures devraient suffire pour concrétiser tout ce que j'ai en tête.

Anya se sentit soudain à l'étroit dans son corset. Le plus insolent libertin de la cour de Russie ne se serait jamais permis de lui parler ainsi.

— Je suis certain que nous nous entendrons, murmura-t-il. Mais peut-être devrions-nous nous en assurer ?

Il se rapprocha. Anya mit un point d'honneur à ne pas reculer. L'air s'épaissit entre eux et se mit à vibrer. Elle soutint son regard d'un air de défi quand il leva la main pour lui effleurer la joue du bout des doigts.

Il avait ôté ses gants. La caresse de ses doigts laissa dans son sillage un frisson aussi subtil que des flocons de neige.

Il écarta les doigts, les fit glisser le long de sa mâchoire, son pouce l'incitant délicatement à relever le menton et Anya eut alors la certitude d'être séduite par un expert. Son souffle s'était fait haletant et elle n'avait plus une once de volonté à lui opposer.

Non qu'elle l'ait souhaité, d'ailleurs. Elle sentit son souffle tiède sur son visage… L'occasion était trop belle. L'homme était clairement un libertin, mais pourquoi se serait-elle privée du plaisir de se laisser embrasser ? Elle était à la fois curieuse et fascinée.

Ses lèvres touchèrent les siennes. Ni hésitantes ni impatientes, juste ce qu'il fallait de pression, et Anya ferma les yeux. Il l'embrassa de nouveau, un peu plus fermement cette fois, et elle entrouvrit spontanément les lèvres. Son murmure d'approbation fit courir un frisson le long de sa colonne vertébrale.

Quand la pointe de sa langue parcourut la couture de ses lèvres, ses genoux menacèrent de la trahir. Des hommes avaient déjà tenté de l'embrasser ainsi par le passé, mais elle avait toujours reculé, dégoûtée. En revanche, ce qu'il lui faisait là était… *délicieux*. Cet homme n'avait pas conscience de son rang, il ne craignait pas de l'offenser. C'était juste un homme manifestant son désir à une femme.

Ses dents capturèrent sa lèvre inférieure et une myriade d'étincelles crépita dans tout son corps. Anya se hissa sur la pointe des pieds, saisit les revers de sa veste et l'attira vers elle pour lui retourner la caresse de sa langue – avec un enthousiasme ingénu. Sa bouche avait un goût de cognac. Un goût de péché. Elle aurait voulu continuer à faire cela toute sa vie.

Elle prit à peine conscience du cliquetis de la porte, heureusement, les réflexes de l'homme se révélèrent meilleurs que les siens. Il laissa retomber sa main et s'écarta d'elle. Quand Charlotte pénétra dans la pièce, tel un ange drapé de soie mauve, une distance parfaitement respectable les séparait.

Il se tourna vers elle avec une aisance que démentait la tension qui vibrait encore dans la pièce. Anya recula d'un pas et s'efforça de calmer le rythme de sa respiration. Bonté divine ! Que venait-elle de faire ?

— Lord Mowbray ! s'exclama Charlotte avec un sourire éblouissant.

Il s'inclina sur la main qu'elle lui tendait.

— Bienvenue, enchaîna-t-elle. Nous n'avions pas encore eu l'honneur de votre visite. Je suis certaine que nous saurons satisfaire à tous vos besoins. Je vois que vous avez fait connaissance avec ma chère amie, Mlle Brown ?

L'homme se tourna vers Anya avec un sourire amusé.

— Nous n'étions pas encore arrivés aux présentations.

— Qu'à cela ne tienne, dit Charlotte. Mlle Brown, le comte de Mowbray.

Il s'inclina et Anya se fendit d'une courte révérence, riant intérieurement de ce respect des formalités, alors qu'il l'embrassait passionnément l'instant d'avant.

— Sebastian, dit-il. Je sens que vous devriez m'appeler Sebastian.

— Milord, répondit-elle, à seule fin de le contrarier.

Elle fut ravie de le voir froncer les sourcils. L'aristocrate qu'il était devait avoir l'habitude qu'on se plie à ses désirs. Un soupçon d'insubordination ne lui ferait pas de mal.

— Mes filles ont hâte de vous rencontrer, assura Charlotte.

— Je ne souhaite pas en rencontrer d'autres. Mon choix est fait. J'aimerais louer les services de Mlle Brown.

Charlotte gratifia Anya d'un bref regard interrogateur avant de laisser fuser un rire discret.

— Oh, je crains que ce ne soit pas possible ! Mlle Brown n'est pas une de mes filles.

Anya ramassa le livre de contes que Tess avait abandonné et le serra contre sa poitrine, tel un bouclier. Elle était encore tremblante et un peu haletante.

— En effet, je ne le suis pas, confirma-t-elle. Passez une bonne soirée, lord Mowbray.

Elle se dirigea vers la porte, mais il s'interposa et adressa un regard noir à Charlotte.

— Madame Haye, si vous cherchez par ce moyen à me soutirer davantage d'argent, c'est tout à fait inutile. Vous connaissez ma réputation ?

Charlotte hocha la tête.

— Vous savez donc que vos tarifs, aussi exorbitants soient-ils, ne sont pas de nature à me faire peur.

Il s'approcha de l'encrier que Jenny avait abandonné sur le secrétaire, y trempa une plume et se mit à écrire sur une feuille blanche.

— *Je soussigné, Sebastian Wolff*, dit-il tout en écrivant, *m'engage à verser à Mme Haye, de Covent Garden, la somme de cinq cents livres.*

Il agrémenta sa signature d'une fioriture, tendit la feuille à Charlotte et arqua un sourcil impatient.

Charlotte adressa à Anya un regard incrédule presque comique.

— Il ne s'agit pas d'une ruse, milord, assura-t-elle en hâte. J'adorerais empocher votre argent, mais Mlle Brown n'est pas à vendre. Quel que soit le prix.

Anya écouta à peine cet échange. Elle n'entendait plus que le tintement dans ses oreilles alors qu'elle était enfin parvenue à établir le lien qui s'obstinait à lui échapper depuis qu'elle avait entendu le nom de Sebastian Wolff.

Cet homme était le petit-neveu de son employeuse.

Elle n'avait encore jamais rencontré aucun parent de la duchesse douairière. Elle avait vu quelques portraits, bien sûr, pour autant, le superbe spécimen qui se tenait devant elle ne présentait que peu de ressemblance avec les jeunes gens bruns qui figuraient sur ces tableaux.

La duchesse lui avait semblé très attachée au plus jeune de ses neveux. S'il venait souvent la voir à Grosvenor Street, Anya n'avait jamais été présente lors de ses visites ; elle veillait à s'éclipser chaque fois que la duchesse attendait du monde. Moins elle verrait d'aristocrates, mieux cela vaudrait.

Le risque d'être reconnue, tant par ses relations parisiennes que pétersbourgeoises, étaient certes minces, mais tant qu'elle ne serait pas certaine de la mort de Vasili Petrov – ou de son mariage avec une infortunée créature –, elle refusait de prendre le moindre risque.

Wolff fixa sur elle un regard ardent.

— Vous êtes sûre que je ne peux pas vous faire changer d'avis, mademoiselle Brown ?

Anya ravala un ricanement nerveux. Cet homme était la tentation incarnée.

Son nom lui allait comme un gant. Wolff – le loup. Elle avait vu un vrai loup en Russie. Alors qu'elle se promenait à cheval avec Dmitri, un mâle solitaire les avait accompagnés, courant parallèlement à la file des arbres. Elle avait guetté les éclats de fourrure argentée entre les troncs et le craquement de la neige sous ses pattes tandis qu'il avalait les kilomètres, soutenant aisément le rythme des chevaux.

Cet homme avait le même regard fixe, la même grâce sinueuse. Il exsudait de lui la même menace subtile. Anya frissonna. Sous ses dehors civilisés, Sebastian Wolff était un individu dangereux.

Elle avait cru que l'agression de Vasili, à Paris, l'avait à jamais dégoûtée des hommes, pourtant, elle avait été très tentée de prendre la main de Wolff et de le laisser l'entraîner à l'étage. De le laisser lui donner le plaisir qu'il semblait si certain de pouvoir lui procurer.

Cette pensée la choqua suffisamment pour l'inciter à réagir.

— Bonsoir, milord.

Le menton haut, elle se dépêcha de quitter la pièce, suivie par le rire de Charlotte. Alors qu'elle se ruait dans les cuisines, elle tomba sur une grappe de filles surexcitées qui jacassaient comme des pies.

— C'est vrai ? demanda Amy en lui attrapant le bras. Le grand méchant Wolff ? Il n'était encore jamais venu ici.

— C'est *lui*, je vous dis, insista Jenny. Mon amie Kitty l'a vu des centaines de fois au théâtre.

— Le dernier de la Maudite Trinité, soupira Amy avec respect.

— La Maudite Trinité ? répéta Anya.

— C'est comme ça que tout le monde les appelait avant. Lord Mowbray, lord Melton et lord Wylde. Avant la guerre, avant qu'ils deviennent comtes. C'étaient trois des plus grands débauchés. Mais Melton et Ware ont fini par se marier. Il ne reste plus que Mowbray.

La grande Meg, une rousse splendide, gloussa.

— Je me demande ce qu'il aime. On doit pas s'ennuyer avec un grand type comme ça. Vous croyez qu'il aime qu'on lui fasse pleurer le cyclope ?

Joignant le geste à la parole, elle replia les doigts pour les rapprocher de son pouce, comme si sa main enserrait un tuyau.

Jenny feignit de frissonner.

— Et vous avez vu la taille de ses mains ? Je vous le dis, les filles, un type comme ça, je le fais pas payer !

Anya attrapa son bonnet et ses gants et gagna la porte. Elle ne tenait pas à entendre la suite de cette conversation, mais ne put s'empêcher de tourner la tête quand elle entendit Charlotte arriver.

— Alors ? Qu'est-ce qu'il veut, Charlotte ? demanda Jenny.

— Laissez-moi m'occuper de lui ! supplia Amy.

— Je ferai tout ce qu'il voudra, assura Meg.

Charlotte paraissait étrangement agitée. Deux plis verticaux étaient apparus entre ses sourcils.

— Il ne veut pas le plat de résistance, dit-elle en coulant vers Anya un regard que celle-ci fut incapable de déchiffrer. Juste de quoi se détendre un peu.

Les filles poussèrent un soupir de déception collectif, tandis que l'estomac d'Anya se retournait de dégoût. Après avoir prétendu qu'il ne voulait qu'elle, lord Mowbray semblait disposé à accepter les gâteries de n'importe quelle autre femme, finalement. Anya se dit qu'elle n'était pas déçue.

— Nancy, c'est toi la meilleure pour les jeux de mains. Vas-y.

Les autres filles protestèrent, mais Nancy donnait l'impression d'avoir reçu les clefs du paradis. Anya réprima un pincement de... jalousie ? Certainement pas. Elle n'avait aucunement envie de faire *cela* à un homme. Toutes ces pratiques lui avaient semblé dégoûtantes quand les filles les lui avaient décrites dans l'idée « d'enrichir son éducation ».

Elle ne put cependant s'empêcher de se demander à quoi ressemblait Sebastian Wolff nu et... *excité,* et l'image qui s'insinua dans son esprit refusa de le quitter. Que se serait-il passé si elle avait dit oui ?

Agacée par ses propres divagations, elle agita ses gants à l'adresse de Charlotte au-dessus des têtes des filles.

— À demain, Charlotte !

Elle laissa échapper un soupir de soulagement tandis qu'elle gravissait les marches qui conduisaient à son appartement. Ses lèvres étaient encore toutes frémissantes et le sang lui battant aux tempes.

Elle avait rencontré Sebastian Wolff. *Embrassé* Sebastian Wolff. Ç'avait été merveilleux. Extraordinaire. Mais une chose était sûre : elle ne devait plus jamais le revoir.

7

Une semaine après cette troublante rencontre, Anya entra dans la bibliothèque de la grand-tante de Wolff, la duchesse douairière de Winwick.

— Ah, vous voilà, Anya ! s'exclama la duchesse, assise à son élégant secrétaire de bois de rose. J'ai un cadeau pour vous, ajouta-t-elle en désignant un grand livre relié de cuir posé devant elle. C'est un recueil de contes russes. Regardez ces illustrations !

Anya la rejoignit. Son cœur se serra tandis que des souvenirs doux-amers l'envahissaient ; l'alphabet cyrillique était si beau. Elle caressa du bout des doigts l'image rehaussée d'or d'un prince aux cheveux blonds dans un jardin et d'un oiseau de feu perché sur un pommier. Les illustrations étaient aussi richement décorées que celles d'un manuscrit médiéval.

— Merci, souffla-t-elle. Je ne sais que dire. C'est magnifique.

— C'est entièrement en russe, précisa la douairière, le regard étincelant de défi. Je l'ai trouvé chez un marchand de livres rares, sur Publishers' Row. Je me suis dit que vous pourriez le traduire en anglais, après quoi je le ferais éditer. J'aime l'idée d'être un mécène littéraire. Nous ferions imprimer un tirage à part, dont j'offrirais des exemplaires à mes amis.

— Je trouve que c'est une merveilleuse idée.

— Elle m'est venue la semaine dernière, à la réception de l'ambassadeur de Russie. Loin de moi l'idée de dénigrer vos compatriotes, ajouta-t-elle avec un petit reniflement dédaigneux, il n'empêche que la nourriture était de qualité inférieure. Et Dorothea Lieven est une effroyable commère. Elle veut tout savoir sur tout le monde. J'aurais voulu que vous la voyiez s'efforcer de mettre le grappin sur lord Castlereagh – une vrille de vigne vierge sur un treillage !

Anya dissimula un sourire. Les journaux et les caricaturistes raillaient souvent l'ambassadeur, dont l'épouse était bien plus habile que lui en matière de relations diplomatiques.

— Il y avait là toute une ribambelle de vos compatriotes, ajouta la duchesse. Le tsar Alexandre nous a expédié ce qu'on appelle une « délégation commerciale ». Je serais étonnée que vous n'en connaissiez pas quelques-uns.

Elle gratifia Anya d'un regard qui se voulait innocent, mais qui ne la dupa pas une seconde : la douairière allait à la pêche aux anecdotes scandaleuses.

— L'un d'entre eux semblait particulièrement populaire auprès des dames, lâcha la duchesse avec une nonchalance étudiée. Un héros de guerre, paraît-il. Le comte Petrov.

Anya sentit son visage se vider de son sang.

— Quoi ?

La duchesse l'observait attentivement, l'œil brillant.

— Il a raconté une histoire extraordinaire. Figurez-vous qu'il est à la recherche de sa fiancée qui a disparu juste après qu'il lui a demandé sa main. Il n'a reçu aucune demande de rançon, pourtant il est convaincu qu'elle a été enlevée et amenée ici même, à Londres. Il la cherche depuis des mois. Il n'a jamais perdu espoir de la retrouver en vie. N'est-ce pas romantique ?

— Non !

Anya avait pratiquement crié. La douairière eut un petit hochement de tête satisfait, comme si ses soupçons se trouvaient confirmés, et Anya jura intérieurement. Elle aurait dû se douter qu'elle ne parviendrait pas à garder éternellement son histoire secrète.

— Peu lui importe que ses ravisseurs l'aient déshonorée, ajouta la duchesse d'un ton suave. L'amour qu'il a pour elle pardonnera tout affront. Il est prêt à l'épouser en dépit du déshonneur.

Anya ne pouvait rester silencieuse. Le sang lui martelait les tempes. Elle se cramponna à sa colère, qui lui semblait préférable à la peur qui l'avait transpercée en apprenant que Vasili était à Londres.

— *Il* pardonnera tout affront ? Ce n'est pas *son* honneur qui est en jeu ! Le droit de pardonner – ou non – revient à la femme, déclara-t-elle en frappant le plateau du secrétaire du plat de la main. Voilà ce que je déteste dans la « bonne société ». Si une femme est prise contre son gré, elle est déshonorée. Si elle se donne à un homme *de son plein gré*, avant le mariage, elle est déshonorée. Et pourtant, personne n'attend d'un *homme* qu'il soit vierge le jour de ses noces. Quelle injustice !

— Bravo ! gloussa la duchesse. Je suis bien d'accord. La société est bâtie sur ce genre d'inégalités et d'attentes ridicules. Si la fiancée du comte Petrov a disparu, je suis sûre qu'il existe une explication bien plus raisonnable qu'un enlèvement. Peut-être n'avait-elle pas envie de l'épouser, qui sait ?

déclara-t-elle en regardant Anya rougir. De fait, je pense que c'est *exactement* ce qui s'est passé.

Anya croisa son regard et sentit sa résistance s'émietter.

— Nous sommes devenues amies, vous et moi, ces derniers mois, n'est-ce pas ? reprit la duchesse d'une voix douce.

— Oui, madame. Et je vous suis très reconnaissante de votre gentillesse à mon égard.

— Allons donc, ricana la vieille dame. Savourer la compagnie d'une jeune femme intelligente n'est pas de la gentillesse. La plupart des jeunes filles de la bonne société ne sont que des sottes futiles et bien élevées. Je profite bien plus de vous que vous ne profitez de moi. Et vous pouvez me faire confiance pour garder vos secrets, mon enfant. Vous *êtes* la fiancée disparue de Petrov, n'est-ce pas ? La princesse Denisova ?

Anya soupira.

— Je suis la princesse, ou du moins, je l'étais. Mais je ne suis *pas* la fiancée de Petrov. Il voulait m'épouser et j'ai refusé. Plusieurs fois. Il n'a pas apprécié d'être éconduit.

— Les hommes l'apprécient rarement, commenta la duchesse avant de se rembrunir. S'en est-il pris à vous, mon enfant ?

— Il l'aurait fait si Elizaveta ne l'avait pas assommé en le frappant sur le crâne avec un vase. J'ai tenté de faire croire que j'avais mis fin à mes jours et nous avons fui Paris pour nous réfugier ici. J'espérais qu'il m'oublierait.

— Ce n'est pas le cas, apparemment, commenta la duchesse sombrement. Quelle histoire. J'imagine que c'est pour cette raison que vous n'avez jamais voulu assister à aucune réception en ma compagnie ?

— En effet.

— Ma foi, il est là désormais, que ce soit par hasard ou à dessein. Savez-vous que la bonne société me fatigue ces derniers temps ? ajouta-t-elle d'un air malicieux. J'ai bien envie de me retirer à la campagne. Vous pourriez me tenir compagnie ? avança-t-elle en refermant le livre de contes. Et emporter ce recueil avec vous. Vous seriez plus à même de vous concentrer à Everleigh.

Anya ne put se retenir de serrer la duchesse dans ses bras. La vieille dame se raidit de surprise, avant de lui retourner son étreinte avec un petit rire affectueux.

— Là, là, tout va bien se passer. Vous vous souvenez du plus jeune de mes neveux, Sebastian ?

Anya se redressa, alarmée. Si elle se souvenait de lui ? Elle ne cessait de penser à lui depuis une semaine. Leur baiser avait alimenté toutes sortes de rêves enfiévrés et troublants.

Elle avait fini par demander à Charlotte ce qui s'était passé après son départ. Étonnamment, au lieu d'accompagner Nancy à l'étage, lord Mowbray avait présenté ses excuses et pris congé.

Elle n'aurait pas dû éprouver de soulagement. Cet homme était un inconnu. Un célibataire en bonne santé qui avait le droit de satisfaire ses besoins physiques comme bon lui semblait. Elle n'aurait pas dû se soucier de ce qu'il faisait, ni avec qui.

Il n'empêche qu'elle s'était réjouie.

— Je ne crois pas que vous l'ayez rencontré, enchaîna la duchesse. Pas plus que son frère aîné, Geoffrey. Ce dernier est l'héritier du duché, bien sûr, mais il est un peu rabat-joie. Sebastian est mon préféré. Tout débauché qu'il soit, il a le cœur sur la main. Je lui demanderai de nous escorter jusqu'à Everleigh afin de renforcer notre protection.

— Oh, ce ne sera pas nécessaire ! s'empressa d'affirmer Anya. Il est certainement très occupé. Ne m'avez-vous pas dit qu'il est propriétaire d'un cercle de jeu ?

— En effet, confirma la duchesse avec une pointe de fierté. C'est un établissement très prisé. Cela dit, vous avez raison. Il est très pris par ses affaires. Je pourrais peut-être lui demander de nous prêter deux solides gaillards. On n'est jamais trop prudent.

Anya retint un soupir de soulagement. L'idée de revoir Sebastian Wolff la... perturbait.

— Combien de temps vous faut-il pour faire vos bagages ? s'enquit la duchesse.

— Une heure, tout au plus. Et j'aimerais dire au revoir à Elizaveta. Elle finit son travail à 16 heures.

— Elle est également la bienvenue. Il y a vingt-deux chambres à Everleigh.

— Elle ne voudra pas quitter son emploi, répondit Anya. Ni son amoureux. Et je pense qu'elle sera contente d'avoir l'appartement pour elle seule.

La douairière eut un hochement de tête compréhensif.

Tandis qu'elle regagnait Covent Garden, Anya éprouva une fâcheuse impression de déjà-vu. Partir à la campagne était une sage précaution, mais elle détestait l'idée de devoir s'enfuir. Cela s'apparentait à de la lâcheté. Le fait de devoir *une fois de plus* se cacher de Petrov la mettait en rage.

Si elle avait été un homme, elle aurait affronté Petrov en duel depuis longtemps. Elle lui aurait fait payer son comportement avec elle et sa trahison. Justice aurait été rendue.

En tant que femme, elle n'avait pas ce recours, et n'avait plus personne pour se battre à sa place. Combien de fois devrait-elle encore interrompre le cours de sa vie pour échapper à des hommes tels que Petrov ?

8

Benedict servit deux verres de cognac et les tendit. Alex accepta le sien en le remerciant, mais Sebastian s'arracha à peine à sa morose contemplation du feu.

— Alex, sais-tu pourquoi notre ami regarde l'âtre en fronçant le sourcil comme s'il avait l'intention de le démolir ? s'enquit Benedict en emplissant son propre verre. Quelqu'un aurait-il eu l'audace de moquer la coupe de sa redingote ? Ou de railler son nœud de cravate ?

Alex émit un ricanement amusé.

— Je crains que ce ne soit encore pire que cela. La fin des temps nous guette. Sebastian a enfin rencontré une femme capable de lui résister.

— Pas possible ? s'écria Benedict, qui s'assit dans un fauteuil et laissa sa jambe pendre par-dessus l'accoudoir. Dis-m'en davantage.

Sebastian leur jeta un regard mauvais. Assis dans des fauteuils de cuir identiques, ses amis l'encadraient tels deux irritants serre-livres.

— Oh, lâchez-moi la grappe !

— Je parie que c'est ce qu'*elle* a dit, gloussa Benedict. En termes plus choisis, bien sûr. Où donc a-t-il rencontré cette miraculeuse créature ?

— Chez Mme Haye, répondit Alex. La semaine dernière. Sebastian a voulu louer ses « services », or, il s'est avéré que la dame qu'il avait prise pour une des filles n'était là qu'en visite. Et ni la perspective de gagner cinq cents livres ni l'immense pouvoir de séduction de notre ami n'ont réussi à la faire succomber.

Benedict écarquilla exagérément les yeux.

— Et pourtant, quelle femme pourrait résister à tant de glorieuse virilité ? À cette expression torturée ? Personne ne réussit mieux que notre Sebastian à paraître aussi intensément romantique. Pas même Byron, déclara-t-il en se retenant de rire. Cette femme devait être aussi aveugle que sotte, Sebastian. Tu l'as échappé belle.

Sebastian lui décocha un regard venimeux.

— Ferme-la avant que je te fasse passer par la fenêtre !

— Tu ne peux pas, gloussa Benedict. Nous sommes chez moi. Ce serait effroyablement grossier. Et Georgie te tuerait. C'est une farouche opposante à la défenestration. Surtout quand il s'agit de son époux.

— Elle finirait par me pardonner, répliqua Sebastian.

Benedict s'esclaffa et repartit à l'assaut.

— Cette mystérieuse dame a-t-elle un nom ?

— Anna Brown. Mais si c'est son vrai nom, je suis le prince de Galles. Elle a un accent étranger. Français, mâtiné d'autre chose. Elle n'est assurément pas anglaise.

Ce nom d'Anna Brown ne lui correspondait pas, songea Sebastian avec irritation. Il évoquait une vieille fille morose et desséchée et non l'appétissante beauté aux yeux bleus dont le moindre regard était un défi et dont le corps l'attirait de façon coupable.

— Il l'a cherchée toute la semaine, reprit Alex, qui savourait visiblement l'embarras de Sebastian.

Et comme tu peux le constater à sa mine, il a fait chou blanc.

— À croire qu'elle s'est évaporée, grommela Sebastian. J'ai interrogé les filles du bordel, mais elles n'ont rien voulu me dire.

Aucune somme d'argent n'était parvenue à leur délier la langue. Leur loyauté avait stupéfié Sebastian. Il avait eu beau leur faire miroiter des montants qui leur auraient permis de changer de vie, aucune d'elle n'avait parlé, ce qui leur avait valu son respect. Selon son expérience, la plupart des gens avaient un prix à partir duquel ils oubliaient morale et alliances. Or, en gardant le silence, ces filles avaient protégé Mlle Brown.

Celle-ci avait visiblement su gagner leur confiance et leur affection. Du temps qu'il avait passé à l'armée, Sebastian savait qu'inspirer un tel dévouement n'était pas une mince affaire.

Retrouver quelqu'un dans une ville de plus d'un million d'habitants était certes difficile, mais pas impossible. Après son échec à la maison de passe, il s'était tourné vers ses ressources de Bow Street et ses contacts dans les bas-fonds, persuadé qu'ils parviendraient à découvrir la véritable identité de « Mlle Brown » et à la localiser en un rien de temps.

Ils avaient échoué.

— Nous sommes censés être les meilleurs enquêteurs de Londres, gronda Sebastian. Notre réseau d'informateurs s'étend jusqu'au bout de la terre. Comment une petite femme parfaitement reconnaissable peut-elle nous échapper ? Cela défie l'entendement.

Benedict sirota une gorgée de cognac, puis :

— Pourquoi la cherches-tu si elle s'est refusée à toi ? Ce n'est pas la seule femme au monde.

Sebastian avala une gorgée d'alcool et s'efforça de trouver les mots qui lui permettraient de ne pas passer pour un fou. Lui-même avait du mal à comprendre ce qui lui arrivait.

— Il y avait chez elle... quelque chose. Je ne sais pas comment dire. Cette fille est un mystère. Une énigme. Je veux savoir pourquoi elle m'a repoussé. J'ai horreur des affaires non résolues.

Alex et Benedict échangèrent un regard entendu qui le hérissa. Il finit son verre et s'en resservit un autre.

Quand il avait vu Anna Brown chez Mme Haye, il en avait presque perdu l'usage de la parole. Il avait vu des centaines de belles femmes et couché avec bon nombre d'entre elles au fil des ans, mais aucune n'avait eu le pouvoir d'interrompre la course du monde, comme elle l'avait fait ce soir-là. L'impression de reconnaissance avait été si fulgurante qu'il avait eu l'impression de recevoir un direct à l'estomac. Et pourtant, c'était impossible, car il ne l'avait jamais rencontrée. Tous ses sens s'étaient néanmoins tendus vers elle, curieux, avides. Byron, Shelley ou un autre de ces poètes exagérément dramatiques aurait dit que son âme lui avait lancé un appel, ou quelque autre sornette écœurante. Cette réaction n'en demeurait pas moins la plus forte qu'il ait jamais éprouvée envers quiconque et il voulait l'explorer plus avant.

— Peut-être que tu ne lui as tout simplement pas plu, risqua Benedict.

Sebastian considéra la fenêtre d'un air pensif. Il dédommagerait Georgie des frais de réparation.

— J'ai vu que je lui plaisais, grommela-t-il.

Il savait interpréter les réactions des femmes. Il avait vu l'étincelle d'intérêt, la fascination dans son regard. Sa réaction enthousiaste à son baiser n'avait pas été feinte non plus. Il savait que s'ils n'avaient pas été interrompus, ses baisers auraient eu raison de sa réserve, il l'aurait emmenée à l'étage et aurait consacré des heures délicieuses à lui faire l'amour. Ils auraient émergé de cette rencontre aussi comblés et heureux l'un que l'autre. Il savait satisfaire ses partenaires. Il y mettait un point d'honneur. Mais les choses étaient restées inabouties entre eux et cela le... contrariait.

— Peut-être est-elle mariée ? avança Alex.

— Elle ne portait pas d'alliance, répliqua Sebastian. Et elle ne savait pas embrasser.

Il avait trouvé son enthousiasme ingénu tout à fait charmant.

Benedict et Alex échangèrent un nouveau regard, sourcils haussés, en apprenant qu'il y avait eu un baiser.

— Une veuve, alors ?

— On ne me l'aurait pas présentée comme *Mlle* Brown, dans ce cas.

Les trois amis se plongèrent dans un silence songeur.

— J'aurais dû offrir davantage, marmonna Sebastian.

— Et voilà, soupira Alex. Tu crois toujours que l'argent a le pouvoir de régler tous les problèmes.

— C'est souvent le cas. Admets-le. La vie est bien plus facile maintenant que nous en avons.

— Quel cynisme, s'agaça Alex.

— Ce n'est pas la *seule* femme à l'avoir rejeté, dit soudain Benedict. Souviens-toi, Alex, il y a déjà eu cette fille, la première fois que nous sommes venus à Londres... Comment s'appelait-elle ? Une fille un peu godiche, brune... Du Norfolk.

— Julia Cowes, répondit Sebastian d'un ton las.

Il aurait dû se douter que Benedict ferait allusion à cette triste farce. Il avait alors dix-neuf ans, et était relativement innocent. Grisé par ce premier séjour dans la capitale, il s'était bêtement convaincu qu'il était amoureux. Il n'avait guère tardé à déchanter.

Alex claqua des doigts.

— C'est cela ! La belle Julia. À un moment, j'ai cru que tu allais lui demander sa main.

— Sa main n'était pas la seule chose qu'elle était prête à me céder, répliqua Sebastian, pince-sans-rire. Il y avait aussi les hypothèques écrasantes de son père et les colossales dettes de jeu de son frère. Dès qu'elle a appris que je n'étais qu'un fils cadet sans titre et sans fortune, elle m'a laissé tomber comme une vieille chaussette. Je la remercie de m'avoir révélé à quel point les dames de la haute société pouvaient être intéressées.

— Une leçon salutaire, murmura Alex.

— Figurez-vous qu'elle m'a justement rendu visite le mois dernier, dit Sebastian. Elle s'est mariée avec le vieux Skeffington pendant que nous étions au Portugal.

— Il a au moins soixante ans, non ? avança Benedict.

— En effet. Mais il est aussi riche que le roi Midas, ce qui fait de lui un excellent parti, du moins financièrement. Julia pensait qu'une liaison pourrait m'intéresser, vu que son mari est souvent absent.

Benedict leva les yeux au ciel.

— Je t'en supplie, dis-moi que tu as refusé.

— Évidemment. Pas de femme mariée. Jamais.

— Je ne tromperai jamais Emmy, déclara Alex avec ferveur.

— Et je ne tromperai jamais Georgie, renchérit Benedict. Pas seulement par crainte des représailles, mais parce que je ne *veux* coucher qu'avec elle.

Sebastian secoua la tête, feignant d'être dégoûté par leur monogamie.

En vérité, les mariages de Benedict et d'Alex comptaient parmi les plus heureux qu'il connaisse. Tous deux avaient eu la chance de faire un mariage d'amour. En plus de désirer leur partenaire sur le plan physique, ils avaient un lien fait d'humour et de valeurs partagées.

La famille de Sebastian était l'antithèse de cela, un sordide enchevêtrement d'infidélité et de scandale. Son père et sa mère n'étaient pas mariés au moment de sa conception – c'était le secret le moins bien gardé de la haute société. La première épouse du duc, lady Sarah, était morte en donnant le jour à son demi-frère aîné, Geoffrey. Sebastian était le fruit d'une liaison du duc avec une comtesse italienne d'humeur instable, Maria Wolff, elle-même déjà veuve.

À la mort de lady Sarah, le duc s'était dépêché d'épouser Maria, déjà enceinte de ses œuvres, afin de légitimer l'enfant qu'elle portait et s'assurer ainsi un héritier « de rechange », au cas où Geoffrey se révélerait de santé aussi fragile que sa mère.

Le mariage avait été malheureux. La mère de Sebastian était une femme trop fougueuse pour se contenter de jouer les duchesses à la campagne. Elle était retournée à Londres, où elle avait pris une série d'amants, tandis que le duc restait à la campagne, où il avait continué de mener sa vie de débauché en compagnie d'actrices et de courtisanes, de plus en plus jeunes à mesure qu'il vieillissait.

La mère de Sebastian était morte de la variole quand il avait huit ans et son père avait juré qu'il ne se remarierait plus jamais. Les femmes, déclarait-il, ne valaient pas la peine qu'on se donnait pour les avoir. Pour montrer une solidarité perverse avec sa mère si pleine de vie – et afin de prendre ses distances avec son père dominateur –, Sebastian avait adopté le nom de Wolff en pension, et l'avait conservé depuis lors.

Il n'était guère étonnant qu'il ait, sur le mariage, une opinion pour le moins amère.

— Je ne suis pas surpris que tu aies pensé que Mlle Brown accepterait tes cinq cents livres, déclara Alex comme s'il avait suivi le fil des pensées de son ami. Julia n'aurait pas laissé passer une telle occasion. Comme la plupart des femmes, en fait.

— Ce qui m'amène à me demander pourquoi Mlle Brown a refusé, répliqua Sebastian. Elle ne donnait pas l'impression de rouler sur l'or. Sa robe était de qualité convenable, mais elle datait de plusieurs saisons. Et elle ne portait aucun bijou.

— Il n'y a qu'une explication possible, déclara Benedict. Si elle n'est pas déjà mariée ou veuve, c'est que c'est une vierge qui attend une proposition honorable.

— Que ferait-elle dans un bordel ? objecta Sebastian. Aucune femme respectable ne saurait être l'amie d'une mère maquerelle et d'un troupeau de filles légères. Cela n'a aucun sens.

Le mystère de toute cette situation le hantait. Non seulement il ne comprenait pas pourquoi Mlle Brown s'était refusée à lui, mais il ne comprenait pas davantage ce qui l'avait incité, lui, à refuser la jolie remplaçante que Mme Haye lui avait proposée ce soir-là. Il avait perdu tout intérêt pour les autres femmes.

Ce qui était sacrément irritant. Où diable était-elle donc passée ?

— Assez parlé de la vie amoureuse de Sebastian, ou plutôt de son absence de vie amoureuse, dit Alex.

A-t-on des nouvelles des Russes et de notre espion potentiel ?

Benedict secoua la tête.

— Georgie et moi avons assisté à la réception des Lieven, l'autre soir et nous avons été présentés à toute la délégation russe, y compris le prince Troubetskoï. Je l'ai invité à venir jouer quelques parties de cartes au Tricorn Club, reste à savoir s'il me prendra au mot.

— Et je n'ai pas réussi à déterminer à qui appartient le blason gravé sur la chevalière du mort de l'autre soir, avoua Sebastian. Je poursuis mes recherches.

— La Redoutable Duchesse Douairière était présente chez les Lieven, précisa Benedict avec un sourire. Elle prétend que tu ne lui as pas rendu visite depuis des lustres.

— Elle exagère, grommela Sebastian. J'ai encore dîné avec elle la semaine dernière. Du reste, elle m'a annoncé qu'elle comptait se rendre à Everleigh pour une semaine ou deux. Oh, bon sang ! s'exclama-t-il en se frappant le front. Elle m'a demandé de lui prêter deux hommes pour l'escorter. J'ai complètement oublié.

Il jeta un coup d'œil à la pendule.

— Quand part-elle ? demanda Benedict.

— Aujourd'hui.

— J'en connais un qui va prendre un savon, gloussa Alex.

Sebastian se leva et vida le fond de son verre.

— Il est trop tard pour que je lui trouve un accompagnateur. Je vais devoir y aller moi-même.

Ce n'était pas sans raison que la bonne société appelait sa tante la Redoutable Duchesse Douairière, il n'empêche que la vieille dame était l'un des seuls membres de sa famille auquel il était vraiment attaché. Il aurait détesté qu'il lui arrive malheur. Et puis, une promesse était une promesse. Il était peut-être un fieffé débauché, mais il tenait toujours parole.

Benedict jeta un coup d'œil dehors.

— On dirait qu'il pleut, annonça-t-il avec un sourire horripilant. Amuse-toi bien.

Sebastian lui adressa un geste obscène en usage depuis la Bataille d'Azincourt et maudit son propre sens du devoir familial dans trois langues différentes.

9

Perdue dans ses pensées, Anya traversait le marché aux fleurs grouillant d'activité. Ce fut un pur hasard qu'elle lève les yeux au moment précis où un homme de haute taille descendait les marches du perron de Charlotte. Les visiteurs masculins ne manquaient pas chez Haye, à toute heure du jour ou de la nuit, cependant, quelque chose dans l'éclat de cette chevelure pâle et dans la stature de l'homme l'alerta aussitôt.

Elle se baissa derrière le stand d'une marchande de fleurs. Un relent suffocant d'eau croupie et de jacinthe très épanouie lui emplit les narines quand elle risqua un coup d'œil derrière un seau de tulipes.

Ses pires craintes furent confirmées ; Vasili Petrov se tenait sur le trottoir, l'air contrarié. Tandis qu'elle l'observait, il redressa son chapeau, plissa le nez de dégoût à la vue d'un vendeur de bouquets en haillons, et prit la direction de St James's d'un pas décidé.

Anya inspira longuement, s'efforçant de retrouver son calme, et ordonna à ses mains de cesser de trembler. Elle était en proie à une vague nausée. Seigneur ! Si elle avait marché un peu plus vite ou si elle ne s'était pas arrêtée pour admirer ce bonnet dans une vitrine de Bond Street, elle se serait retrouvée nez à nez avec lui.

Que faisait-il à Covent Garden ? Était-ce un simple hasard qui l'avait amené pratiquement sur le pas de sa porte ? Ou un motif plus inquiétant ?

Ébranlée, elle alla frapper à la porte de Charlotte.

— Cet homme, dit-elle sans préambule. Le blond qui vient de sortir…

Charlotte pinça les lèvres.

— Le comte Petrov ? Un de vos compatriotes, je crois. Il ne sera plus jamais autorisé à remettre les pieds ici, je vous le garantis.

Anya sentit son estomac se contracter d'effroi.

— Pourquoi ? Qu'a-t-il fait ?

— Il a demandé si j'avais des filles russes et je lui ai répondu que non. Son choix s'est porté sur Tess, mais au bout de quelques minutes, elle est redescendue et s'est plainte qu'il l'avait giflée. Il a prétendu qu'elle lui avait demandé de lui faire mal et qu'il s'était emporté, sauf que Tess dit qu'elle n'était pas d'accord. Je lui ai demandé de partir. Vous le connaissez ? ajouta Charlotte en fronçant le sourcil.

— Je sais qu'il avait mauvaise réputation avec les femmes à Saint-Pétersbourg, dit Anya, éludant habilement la question. Je suis contente qu'il ne soit pas le bienvenu chez vous.

Elle afficha un sourire désinvolte et s'empressa de changer de sujet, comme si elle se désintéressait de ce Russe grossier.

— J'étais venue vous annoncer que je pars à la campagne avec la duchesse. Quelques semaines, je pense. Puis-je vous demander de garder un œil sur Elizaveta ? Je n'aime pas l'idée de la laisser seule dans l'appartement.

L'expression de Charlotte s'adoucit.

— Bien sûr que vous pouvez. Ne vous inquiétez pas pour elle, je doute qu'elle passe beaucoup de temps seule ! Son avocat viendra sûrement lui tenir compagnie, dit-elle avec un sourire bienveillant.

— Merci, souffla Anya. Il faut que j'aille préparer mes bagages. La douairière veut partir sans attendre. Dites à Tess de travailler sa lecture !

Quand elle monta chez elle, Anya avait encore le ventre noué à l'idée d'être passée aussi près du danger. La présence de Petrov à Covent Garden et le fait qu'il s'informe sur la présence de filles russes ne lui disaient rien qui vaille. Était-il parvenu à retrouver sa trace ?

Elle remplit un petit sac de voyage, notant avec un détachement amusé que ce dont elle avait besoin ne prenait guère de place. Quand elle avait voyagé de Saint-Pétersbourg à Paris, elle avait au moins quinze malles de vêtements, chaussures et accessoires divers. S'il lui arrivait de regretter sa luxueuse garde-robe, elle était également très fière de la façon dont elle avait appris à économiser depuis son arrivée à Londres. Elle avait pris l'habitude de marchander avec les commerçants afin d'obtenir le meilleur prix et de porter ses robes plus d'une saison.

Quand Elizaveta rentra, elle lui parla de l'apparition inattendue de Petrov.

— Quelle effroyable coïncidence ! murmura Elizaveta, horrifiée. Imagine qu'il t'ait vue.

Anya hocha la tête.

— Ce n'est pas rassurant. C'est pourquoi je pars à la campagne avec la duchesse. Aucun risque de le croiser là-bas.

— Veux-tu que je t'accompagne ? Je suis sûre de pouvoir m'arranger pour…

— Inutile. Même s'il te voyait, je doute que Petrov te reconnaisse. Et je sais que tu vas apprécier la compagnie d'Oliver.

Anya rit en la voyant rougir et la serra dans ses bras.

— Ce sera mortellement ennuyeux, tu sais. Pas de théâtre, pas d'opéra... Tu t'amuseras davantage ici.

Elle s'écarta et considéra son amie d'un air grave.

— Promets-moi d'être prudente. Nous savons toutes les deux de quoi il est capable.

Elizaveta hocha la tête.

— Toi aussi, ma chérie.

Anya vérifia à plusieurs reprises que personne ne la suivait quand elle regagna Grosvenor Square, mais ne remarqua rien de suspect. Elle trouva la douairière prête à partir.

— Vous semblez soucieuse, mon enfant. Que se passe-t-il ?

Le regard de la duchesse était aussi scrutateur que celui d'un corbeau.

— Le comte Petrov se trouvait à Covent Garden, tout à l'heure. Il a interrogé ma voisine, Mme Haye. Je suis inquiète à l'idée qu'il ait réussi à retrouver ma trace.

La douairière se leva en s'aidant de sa canne à pommeau d'argent.

— Je vois mal comment il y serait parvenu, ma chère. Cela dit, c'est une bonne chose que nous allions à la campagne, n'est-ce pas ? On n'est jamais trop prudent.

Anya acquiesça.

— Vous êtes sûre de vouloir toujours partir ? Je ne voudrais pas vous mettre en danger.

— Allons donc, un peu de danger ajoutera du piquant à ma vie, croyez-moi.

Elle remercia Mellors, son majordome au visage indéchiffrable, quand il l'aida à monter dans la voiture qui attendait.

Les berlines anglaises étaient très différentes des troïkas russes, ne serait-ce que parce qu'elles étaient entièrement closes. Anya grimpa dans la cabine luxueusement aménagée. John, le robuste cocher, avait rangé son modeste bagage dans le coffre extérieur.

La couleur du ciel semblait annoncer de la neige, ou au moins de la pluie. La duchesse déploya un plaid doublé de fourrure sur ses genoux et s'adossa à la banquette tapissée de velours. Anya cala les pieds sur la brique chaude qu'on avait déposée sur le plancher, et resserra sa cape de voyage autour d'elle. C'était une cape bleu pâle, rehaussée de broderies argentées et bordée d'hermine, qu'elle l'avait achetée à Paris et dans l'ourlet de laquelle elle avait cousu des diamants avant sa fuite. Chaque fois qu'elle la portait, Elizaveta disait en plaisantant qu'Anya ressemblait à Snégourotchka, la princesse des neiges du folklore russe.

— Prête, Votre Grâce ? s'enquit le cocher.

— Un instant ! s'écria Anya.

La duchesse lui adressa un regard interrogateur, et Anya la gratifia d'un sourire d'excuse.

— C'est une tradition russe. Il faut observer une minute de silence pour s'assurer un voyage en toute sécurité.

La douairière gloussa.

— Quelles étranges et merveilleuses traditions vous avez, ma chère. À quoi peut bien servir une minute de silence ? À se souvenir des choses que l'on aurait oublié d'emporter, peut-être ?

Anya rit.

— Je n'en sais trop rien, mais tout le monde le fait.

— Très bien, respectons donc une minute de silence. Le ciel nous préserve d'être bloquées par un orage.

Les deux femmes demeurèrent silencieuses quelques instants.

— Voilà qui devrait suffire, déclara la duchesse en regardant par la fenêtre, les sourcils froncés. Je ne vois pas les cavaliers censés nous escorter. J'en avais pourtant réclamé à Sebastian, mais ce vaurien a dû oublier. Tant pis. John a un tromblon sous son siège, déclara-t-elle avant de frapper le toit de la berline du pommeau de sa canne. En route !

La voiture quitta les écuries pour s'engager sur Grosvenor Square, avec son jardin central parfaitement entretenu et cerné d'une élégante barrière peinte en noir. Chaque résident des maisons qui entouraient le square possédait une clef du portail d'accès au jardin.

La berline s'engagea bientôt dans Park Lane, puis prit la direction du péage de Knightsbridge. Les immeubles cédèrent la place aux arbres et aux champs, et un courant d'air froid s'insinua dans la voiture.

Le domaine de la duchesse était situé à plusieurs heures de route, à l'ouest de Londres. Anya observait avec intérêt le paysage changeant. Quand elle avait fait voyage avec Elizaveta depuis la Belgique, l'année passée, elles étaient trop fatiguées et trop inquiètes pour se soucier de la vue. Et depuis leur arrivée, elles n'avaient pas eu assez d'argent pour s'aventurer hors de la capitale.

Un troupeau de moutons serrait les rangs pour se protéger du froid. L'hiver arriverait peut-être de bonne heure cette année. Charlotte lui avait dit que l'Angleterre ne connaissait pas de chutes de neige aussi impressionnantes qu'en Russie, ce qui ne la dérangeait pas car elle préférait la chaleur.

L'idée qu'elle ne reverrait peut-être jamais sa terre natale fit naître en elle une bouffée de mélancolie qu'elle s'empressa de chasser. Pour aussi difficile que soit la vie en Angleterre, Elizaveta et elle y étaient en sécurité.

Du moins y avaient-elles été jusqu'ici. La présence de Vasili à Londres remettait tout en question. Avait-il trouvé un indice lui indiquant qu'Anya se cachait là ? Elle frissonna à cette pensée et fut plus que jamais heureuse de quitter Londres.

Elles dépassèrent Hammersmith, passèrent devant un pub appelé le Dog and Duck et traversèrent une vaste étendue de lande, du nom de Hounslow Heath. Le ciel s'était progressivement assombri, projetant sur le paysage une lueur sinistre qui reflétait les pensées d'Anya.

Elle jeta un coup d'œil attendri à la duchesse qui s'était endormie, la tête calée dans l'angle du dossier capitonné, la bouche légèrement entrouverte.

La pluie se mit à tomber et Anya jura intérieurement. Les Russes considéraient certes qu'en voyage la pluie portait chance, mais des routes embourbées risquaient de les ralentir. Les nuages semblaient être descendus presque jusqu'au niveau du sol, formant une espèce de brouillard.

Un cri alarmé retentit soudain au-dessus d'elles. Un craquement semblable à un coup de tonnerre brisa le silence et la berline eut un soubresaut. Les chevaux ruèrent dans les brancards en hennissant de détresse et la duchesse se réveilla en sursaut. Anya s'accrocha à la poignée de cuir près de la portière comme la voiture tanguait et se balançait sur ses ressorts.

Elle plissa les yeux pour tenter d'y voir à travers la vitre que martelait la pluie : trois cavaliers avaient émergé du couvert des arbres au sommet d'une colline et fondaient sur eux au galop. Son ventre se noua de frayeur. Les trois hommes portaient un chapeau enfoncé bas sur le front et une écharpe dissimulait la moitié de leur visage. Ils étaient armés.

Elles entendirent le tromblon de John rugir au-dessus de leurs têtes.

— Que diable se passe-t-il, John ? lança la douairière.

— Des bandits de grand chemin, milady, cria le cocher – un cliquetis métallique s'éleva tandis qu'il s'efforçait de recharger sa pétoire. Trois de ces démons foncent droit sur nous !

Un nouveau coup de feu retentit, en provenance des brigands, cette fois. Il y eut un bruit, comme si on avait lancé une poignée de gravier contre la portière de la berline, et Anya se baissa instinctivement. John lâcha un juron.

— Dieu du ciel ! s'exclama la duchesse. Avez-vous été touché, John ?

— Oui, madame ! Au bras. Je...

Les trois assaillants furent sur eux avant qu'il ait le temps d'en dire plus.

— La bourse ou la vie ! hurla le plus proche en faisant volter son cheval.

Ses compagnons se postèrent de l'autre côté de la voiture, prêts à faire feu. La douairière se raidit d'indignation.

— Non, mais quel toupet !

Le cœur d'Anya battait la chamade, pourtant, l'exclamation de la vieille dame lui tira presque un sourire. La duchesse poussa un soupir exaspéré, comme si être victime d'une attaque n'était qu'un désagrément ordinaire. Elle glissa la main entre les coussins de la banquette et en tira une petite bourse.

— Au temps pour votre minute de silence, ma chère. Des bandits de grand chemin ! Ne vous inquiétez pas, je garde toujours un peu d'argent au cas où. Ouvrez la fenêtre, je vous prie.

Une pluie glaciale gifla le visage d'Anya quand elle s'exécuta. La douairière lança la bourse par la fenêtre. Elle tomba avec un tintement assourdi devant les sabots de la monture du chef.

— Tenez, s'écria-t-elle avec humeur. Vous n'aviez aucune raison de blesser mon cocher, espèce de brute !

Le chef descendit de cheval et ramassa la bourse. Il la fit rebondir dans le creux de sa main, évaluant son contenu, puis la fit disparaître dans les replis de sa veste crasseuse.

— Bien, reprit la douairière, je suis certaine que vous avez un logis qui vous attend, messieurs. Quant à moi, je déteste être immobilisée dans le froid. Écartez-vous, à présent.

Anya retint son souffle, priant pour que l'incident soit clos, mais le chef secoua la tête.

— Non. Descendez de voiture.

Anya se rembrunit. L'homme avait la voix pâteuse. Était-il ivre ? Un frisson glacé courut le long de sa colonne vertébrale. Descendre de voiture ? Voilà qui était inhabituel. Pourvu que ces ruffians n'aient pas autre chose en tête…

— Descendre ? Certainement pas ! répliqua la duchesse d'un ton impérieux. Il pleut.

Anya étouffa un cri quand la portière fut brutalement ouverte.

— J'ai dit, descendez !

L'homme se pencha en avant et agrippa le bras d'Anya. Elle recula, luttant pour se libérer.

— Lâchez-la !

La duchesse voulut frapper l'homme de sa canne, un peu tard, hélas ; il avait déjà tiré Anya hors de la voiture. Elle tomba sur la route et poussa un cri tandis qu'une douleur lui traversait la cheville.

— C'est elle ? s'enquit le chef d'une voix rauque en regardant les deux autres cavaliers.

Il saisit le bord de sa capuche et la rabattit en arrière afin de révéler son visage. Désorientée, Anya leva les yeux sur l'homme le plus proche, mais entre son chapeau et son écharpe, elle ne vit qu'une paire d'yeux clairs. Des yeux qui se plissèrent tandis qu'ils l'observaient.

— *Da*. C'est elle. Partons.

L'estomac d'Anya se contracta quand elle reconnut son accent. Russe. Ce n'était pas des bandits de grand chemin. Ces hommes étaient des *ravisseurs*. Comment Vasili avait-il su où la trouver ?

— Allez ! Prenez-la !

Le chef tira sur le bras d'Anya pour la forcer à se relever, puis la poussa vers un des cavaliers. Elle commença à se débattre et projeta le poing dans la mâchoire de son ravisseur. L'homme jura et recula. Elle profita de son avantage pour le griffer au visage. Son écharpe glissa, révélant une vilaine figure au teint bistre qu'elle n'avait jamais vue.

— Arrête, femme ! dit-il en la secouant si vigoureusement que ses dents s'entrechoquèrent.

Le cavalier à l'accent russe se penchait pour la hisser sur son cheval quand le troisième homme cria :

— Vite ! Quelqu'un arrive. Un cavalier.

Anya perçut le martèlement sourd d'un cheval lancé au galop et reprit espoir. Elle tourna les yeux vers la route.

Un cheval noir venait de surgir au tournant, la crinière et la queue flottant au vent. Le cavalier, sombre silhouette, était presque couché sur l'encolure, les pans de son manteau ondulant autour de lui telles les ailes d'un cavalier de l'Apocalypse sorti de l'enfer. Anya retint son souffle.

Le cavalier se redressa sur sa selle ; il avait un fusil à la main. Il n'allait quand même pas essayer de tirer sur un cheval au galop ? Anya eut à peine le temps de formuler cette pensée qu'elle le vit ajuster son tir – droit sur elle. Son cœur cessa de battre.

L'homme qui se tenait près d'elle lâcha un juron. Une détonation retentit et un nuage de fumée s'éleva au bout du canon de l'arme du cavalier. La main qui retenait le bras d'Anya mollit et son ravisseur s'affala sur le sol. Ses yeux étaient grands ouverts et un filet de sang s'écoulait du trou dans sa poitrine.

Un des deux autres brigands tira à son tour et la monture abandonnée du chef bondit et fila sur la route. Le cavalier qui approchait baissa la tête et tira de nouveau, avec un pistolet, cette fois. Le Russe s'affaissa sur sa selle – mort. Son cheval se cabra, et le corps glissa sur le côté. Terrifié, le cheval s'élança vers la colline, mais le pied du mort resta coincé dans l'étrier ; le corps inerte rebondit, retenu par la jambe, au gré de la course éperdue de l'animal.

Anya comprenait à peine ce qu'elle regardait. L'écharpe du troisième et dernier brigand avait glissé, et elle eut le temps de voir ses traits. L'homme lâcha un cri rauque, éperonna sa monture et s'élança à l'assaut de la colline à la suite de son défunt complice.

Anya se retourna – et réprima un hurlement quand l'énorme cheval de son sauveur s'immobilisa juste devant elle. L'animal se cabra, et elle crut qu'il allait la piétiner. Dieu merci, le cavalier se maintint en selle avec une habileté consommée qui suscita son admiration. Étant elle-même cavalière, Anya avait conscience de la force qu'exigeait la maîtrise d'une bête aussi impressionnante.

Elle leva les yeux, le cœur battant, tâchant de discerner les traits de l'homme qui avait volé à son secours, mais sa silhouette se détachait à contre-jour sur le ciel gris et la pluie la gênait. C'est alors que la voix sèche de la douairière s'éleva depuis l'intérieur de la voiture.

— Ma foi, Sebastian, quelle arrivée ! Enfin, mieux vaut tard que jamais.

10

Sebastian reprit le contrôle de sa monture écumante, le cœur lui martelant les côtes.

Dans quel guêpier sa grand-tante s'était-elle fourrée ?

Il avait lancé Éclipse dans la bataille sans réfléchir. Après tant d'années passées dans les fusiliers, foncer sur l'ennemi dès que celui-ci faisait feu était devenu une seconde nature et il avait efficacement réglé leur compte à ces bandits. Il était juste désolé de ne pas avoir rechargé son fusil assez vite pour éliminer le troisième homme.

Il jeta un coup d'œil au cocher, qui s'efforçait de nouer un mouchoir autour de son avant-bras ensanglanté.

— Vous avez été touché, John ? La blessure est profonde ?

— Rien de méchant, milord. Juste quelques plombs. Heureusement que ces gredins n'avaient que des carabines, et pas des fusils comme le vôtre. Elles ne sont pas aussi précises, déclara-t-il en décochant un grand sourire admiratif à Sebastian. C'était un sacré coup, milord, surtout sur un cheval au galop !

Sebastian lui retourna son sourire.

— Encore heureux ! J'ai passé trois ans dans les fusiliers. Pour autant, je ne pensais pas utiliser un jour ce talent en Angleterre.

Rassuré quant à la blessure du cocher, il reporta son attention sur sa tante. Penchée à la portière, celle-ci le regardait d'un air légèrement amusé, mais ce fut la femme qui se tenait près de la berline, celle qui portait une cape bleu ciel, qui retint l'attention de Sebastian. Un éclair de reconnaissance, aussi vif que brûlant, le traversa de part en part.

C'était *elle* ! La femme du bordel. Que diable faisait-elle à bord de la voiture de sa grand-tante ?

— Vous ! s'exclama-t-il avant de fusiller sa tante du regard. Bon sang, que se passe-t-il ?

La douairière lui décocha un sourire de félicitation.

— Je suis si contente que tu sois arrivé, Sebastian. Juste à temps. C'est néanmoins dommage que tu aies été obligé de les tuer.

Il jeta un coup d'œil au cadavre sur le bord de la route.

— C'était des brigands. Ils auraient fini au bout d'une corde de toute façon. Je me suis contenté d'accélérer la procédure.

— Certes. Malheureusement, on ne peut pas interroger des morts, observa la duchesse avec un froncement de sourcils.

— Pourquoi voudriez-vous les interroger ?

— Ce n'était pas de simples bandits. C'était des ravisseurs.

— Pourquoi chercherait-on à vous enlever ? répliqua Sebastian, perplexe.

— Je te ferai remarquer que je suis une cible de choix, répliqua la douairière, feignant de se sentir offensée. Pour autant, ce n'est pas moi qu'ils voulaient, enchaîna-t-elle en tournant les yeux vers la jeune femme à la cape bleue. C'est elle.

Sebastian regarda la superbe jeune femme.

— Je ne pense pas que vous vous connaissiez, dit la douairière. Anna, voici mon petit-neveu, Sebastian, comte de Mowbray. Sebastian, voici Anna Brown, ma dame de compagnie.

— Anna Brown ? répéta Sebastian d'un ton dédaigneux.

— C'est cela, répondit la fille avec une pointe de défi dans le regard qui accéléra les battements de son cœur.

— Et Mlle Brown est votre dame de compagnie, dites-vous ?

— Oui, répondit la douairière. Il me semble que c'est ce que je viens de dire. Cela fait près d'un an qu'elle est auprès de moi. Aurais-tu quelque chose à dire à ce sujet ?

— Juste qu'on vous a bernée.

Les yeux étrécis, il soumit la jeune femme à un examen attentif.

Elle se redressa et le gratifia d'un coup d'œil dédaigneux, malgré ses vêtements souillés de boue et ses cheveux en bataille. Il était toujours en selle, pourtant elle réussit l'exploit de le regarder de haut.

Seigneur, elle était aussi éblouissante que dans son souvenir.

Par la faute de cette femme, il venait de s'infliger une semaine d'abstinence et une série de rêves absurdement érotiques. Il s'était réveillé plus d'une fois en proie à l'extase – un phénomène qui ne lui était pas arrivé depuis sa prime jeunesse. Et maintenant, contre toute logique, l'objet de ses plus brûlants fantasmes se tenait devant lui, à Hounslow

Heath, choquée, débraillée, et cependant incroyablement sublime.

Sebastian la fixa durement.

Ses yeux bleus étaient frangés de cils légèrement plus sombres que ses cheveux couleur de miel – des cheveux épais qui retombaient sur ses épaules. Sa peau était pâle, à l'exception de ses pommettes, telles des roses sur la neige.

Il sentit son sexe durcir, mais la beauté de cette jeune femme l'agaça. Il était clair qu'elle se faisait passer pour ce qu'elle n'était pas.

— Ce n'est pas une dame de compagnie, déclara-t-il sans ambages. C'est une...

Il s'interrompit, incertain.

— Une mystificatrice, acheva-t-il. Avez-vous vérifié le contenu de votre coffret à bijoux récemment ? Je ne serais pas surpris d'apprendre qu'elle vous a volée.

Pas étonnant qu'elle n'ait pas voulu de son argent, chez Mme Haye. Elle chapardait probablement chez sa grand-tante.

La belle accusa visiblement le coup.

— Comment osez-vous ? Je ne ferais *jamais*...

La duchesse éclata de rire.

— Mon pauvre Sebastian, tu fais complètement fausse route. Jamais Anna ne me volerait. Allons, pourquoi te montres-tu aussi désagréable ?

— C'est évident. Elle essaie de t'amadouer, d'entrer dans tes bonnes grâces afin de gagner ta confiance.

— Sornettes ! déclara la duchesse d'un ton sans réplique. C'est une jeune femme en grand danger, ajouta-t-elle plus doucement en jetant un coup d'œil à Anna.

— Vraiment ? répliqua Sebastian. Et pourquoi lui voudrait-on du mal ?

Anna cilla et les deux femmes échangèrent un regard complice. La colère de Sebastian s'accrut. Elles lui cachaient quelque chose. Toutes les deux.

— Quel est votre *vrai* nom ?

La jeune femme eut un soupir résigné.

— Anya.

— Anya, répéta-t-il. Excellent. Nous progressons. Vous êtes russe ?

Cela expliquerait l'accent qu'il avait décelé chez Mme Haye. Russe, mêlé d'une pointe de français. Intriguant.

— Oui.

— Anya comment ?

— Mon nom de famille n'est pas important.

Il haussa les sourcils.

— Si ces hommes avaient l'intention de vous enlever, je dirais qu'il est d'une importance vitale, vous ne croyez pas ?

Le sarcasme lui fit froncer les sourcils.

— Anya… Ivanov.

Son infime hésitation ne lui avait pas échappé. Ivanov était un des patronymes les plus répandus de Russie, l'équivalent de Smith ou Brown en Angleterre. La petite intrigante persistait à lui mentir.

— Qui pourrait vouloir vous enlever ? Vous devez de l'argent à quelqu'un ?

— Rien de tout cela, soupira la duchesse. Anya était la dame de compagnie de la princesse Denisova. La princesse a mis fin à ses jours à Paris l'an passé, mais certaines personnes à Saint-Pétersbourg refusent de croire à sa mort. Et comme la pauvre Anya a été témoin des derniers instants de sa maîtresse, elles veulent l'interroger à ce sujet.

— Pourquoi ne pas l'interroger directement ?

— Anya refuse d'évoquer ce sujet douloureux et je comprends sa réticence à raviver de pénibles souvenirs. La princesse n'est plus de ce monde, il n'y a rien de plus à ajouter, déclara la duchesse. Je l'emmenais justement à Everleigh pour lui permettre d'échapper à ceux qui la tourmentent. Apparemment, ils se sont révélés plus déterminés que nous ne l'avions anticipé.

L'expression pensive de sa tante fit réfléchir Sebastian. Il lui avait déjà vu cet air calculateur. Celui-ci précédait généralement un sermon cinglant ou quelque annonce stupéfiante et forcément offensante.

— Hmm, plus j'y réfléchis, plus cela a du sens.

— Quoi ? demanda-t-il, méfiant.

— Anya a clairement besoin d'une protection qu'une vieille dame sans défense et une poignée de domestiques ne sauraient lui apporter à Everleigh. Elle a besoin de quelqu'un qui a l'habitude de frayer avec la canaille. Tu dois la protéger, Sebastian. Ramène-la au Tricorn Club avec toi.

— Quoi ? Non ! s'exclama Sebastian.

— Certainement pas ! s'écria Anya au même instant.

— Je ne peux pas vous laisser aller jusqu'à Everleigh sans escorte, protesta Sebastian.

La douairière agita la main.

— Balivernes. Je n'imagine pas être attaquée *deux fois* dans la même soirée. John est à peine blessé et il y aura assez de domestiques pour me dorloter à mon arrivée. Alors que vous seriez vulnérable à la campagne, maintenant qu'ils savent que vous êtes avec moi, ajouta-t-elle à l'adresse d'Anya. Vous ne trouverez pas mieux que Sebastian. Vous pouvez rester sous sa protection jusqu'à ce que ceux qui vous cherchent renoncent et s'en retournent chez eux.

— Attendez une minute..., dit Sebastian.

La duchesse le gratifia d'un sourire innocent qui ne le trompa pas un instant. Bon sang, elle avait décidé de se mêler de ses affaires et il se demandait quelles étaient ses motivations.

Elle ne cherchait pas à jouer les marieuses, de cela, il était certain. Aussi belle fût-elle, elle ne lui aurait jamais imposé une roturière en guise d'épouse potentielle. Même avant qu'il devienne comte, on avait attendu de lui qu'il choisisse une aristocrate s'il souhaitait se marier. Ce qu'il ne souhaitait certes pas.

Voulait-elle qu'il fasse d'elle sa maîtresse ? Il en doutait. Sa tante semblait sincèrement attachée à elle, il ne l'imaginait pas l'incitant à la déshonorer. Il fronça les sourcils, perplexe.

— Tu vis seul au Tricorn Club depuis le mariage d'Alex et Benedict, poursuivit la duchesse d'un ton raisonnable. Pas plus tard que la semaine dernière, il se plaignait de s'ennuyer, expliqua-t-elle à Anya. Tu peux l'héberger dans une des suites, Sebastian. Tu remarqueras à peine sa présence.

Une lueur diabolique étincela dans ses yeux.

— Un club de gentlemen n'est pas un endroit pour une dame.

Depuis quand se souciait-il des convenances ? On aurait dit le diable citant les Saintes Écritures.

— Anya n'est pas une dame. C'est une dame *de compagnie*. Et tu crois vraiment que c'est le moment de chipoter sur l'étiquette ? Nous nous sommes trouvées en danger de mort ce soir.

Dorothea serra les dents et un éclat belliqueux traversa son regard.

— Tu ne me refuseras pas ce service, n'est-ce pas, Sebastian ?

Il se sentit pris au piège, épinglé tel un insecte sur la planche d'un naturaliste. Il se creusait les méninges pour trouver une nouvelle objection quand Anya intervint :

— Ces hommes sont morts ou le survivant s'est enfui, madame. Nous n'avons aucune raison de changer nos plans.

— Vous croyez vraiment que ceux qui les ont envoyés ne vont rien tenter d'autre ? demanda la duchesse.

La jeune femme coula un regard affolé à Sebastian.

— Il ne serait pas convenable que nous vivions sous le même toit.

— Qui le saura ? Ce n'est pas comme si vous deviez sortir ensemble dans la bonne société. Faites-moi plaisir, mon enfant. Je ne serai pas tranquille tant que cette menace planera sur vous.

L'accent désespéré d'Anya avait rassuré Sebastian. Plus il y réfléchissait, plus il trouvait qu'il tenait là l'occasion rêvée de découvrir qui était vraiment cette fille et ce qu'elle manigançait.

— Tout bien considéré, je pense que votre projet a du mérite, ma tante.

Anya le dévisagea avec horreur et il réprima un sourire.

— Je serai mieux à même de la protéger au Tricorn qu'à Everleigh.

— Non ! s'écria-t-elle en adressant un regard suppliant à la duchesse. Vous n'aurez plus personne pour vous lire les journaux.

— Oh, je demanderai à un des domestiques de s'en charger ! Et je ne manque pas d'amis dans l'Oxfordshire. Je ne risque pas de m'ennuyer.

Elle fit signe à Anya d'approcher. Sebastian tendit l'oreille pour entendre ce qu'elles chuchotaient.

— Je ne supporterais pas qu'il vous arrive quelque chose de fâcheux, mon petit. Vous êtes la petite-fille que je n'ai jamais eue.

Le regard de la douairière s'embua et Sebastian cilla, choqué, car Dorothea s'autorisait rarement à laisser voir ses émotions.

Anya soupira, puis hocha la tête.

— Comme vous voudrez.

Elle gratifia Sebastian d'un regard de pur dégoût, comme si tout était sa faute. Son sang s'échauffa à la pensée du défi qui l'attendait. Tout ceci s'annonçait fort divertissant.

Il incita Éclipse à avancer.

— Vous allez devoir chevaucher avec moi. Placez votre pied sur le mien et donnez-moi votre main.

Elle s'exécuta de mauvaise grâce et il la hissa devant lui en amazone, ses jambes drapées sur sa cuisse. Le contact de son corps souple lui donna brièvement le tournis. Éclipse fit quelques pas de côté pour protester contre ce poids supplémentaire, mais Sebastian le contrôla aisément d'une pression des genoux.

La bordure de fourrure de sa cape lui chatouilla le cou quand il plaça les bras de part et d'autre de sa taille. Ses cheveux lui fouettèrent la joue et son parfum lui emplit les narines. Elle sentait délicieusement bon, comme le jasmin sous la pluie, et il eut soudain envie de rire. Il se sentait l'âme d'un Barbare, d'une sorte de guerrier viking regagnant son foyer avec son butin.

Il fit décrire un arc de cercle à son cheval tandis que Dorothea agitait la main.

— Soyez bien prudents, mes chéris. Envoyez-moi de vos nouvelles dès que vous pourrez !

Sebastian éperonna Éclipse et une sensation de triomphe le submergea soudain. Anna Brown, Anya Ivanov – quel que soit le nom qu'elle ait envie de se donner – était désormais à sa merci. Elle lui mentait et il ne la laisserait pas en paix tant qu'elle ne lui aurait pas révélé tous ses secrets.

11

Anya avait la tête qui tournait. Comment avait-elle pu se retrouver à galoper en direction de Londres entre les bras de cet inconnu aussi séduisant qu'arrogant ? Un homme qui venait tranquillement de supprimer deux êtres humains sans remords apparents.

Elle ne pouvait se défaire du sentiment qu'elle avait échappé à deux ravisseurs pour se faire enlever par un autre. Qu'on l'avait sortie de la poêle pour la jeter directement dans les flammes. Et la duchesse douairière, sa très chère amie, avait cautionné ce tour de passe-passe.

Non, elle était injuste. La douairière n'avait pas révélé son secret, pas même à son neveu. Et sa décision de demander à celui-ci de la protéger était logique. Cet homme était un héros. Il avait reçu de nombreuses médailles durant les guerres contre Napoléon. La duchesse lui avait également confié qu'il avait été récemment anobli en récompense d'un service inestimable qu'il avait rendu au prince de Galles.

En tout état de cause, il savait se servir d'un fusil. Elle réprima un haut-le-cœur au souvenir du sang se mêlant à la boue. Elle n'avait jamais vu de mort auparavant.

Elle percevait avec acuité le corps de son ravisseur, ses bras puissants. Le vent était cinglant, mais elle sentait sa chaleur. L'espace d'un court instant, elle s'autorisa à savourer cette sensation. Elle avait l'habitude d'étreindre des femmes – Elizaveta ou Charlotte – sauf qu'elles étaient petites, douces et parfumées. L'étreinte de cet homme constituait une expérience entièrement nouvelle. Une expérience à la fois réconfortante et énervante, aussi paradoxal que cela puisse paraître.

— Vous avez pris un risque terrible en tirant sur cet homme depuis votre cheval au galop, dit-elle. J'aurais pu bouger. Vous auriez pu me tuer.

Il laissa échapper un ricanement.

— Peu probable. Grâce à Bonaparte, j'ai eu de nombreuses occasions de pratiquer le tir à cette distance. C'était un risque calculé.

Sa suprême assurance lui fit hausser les sourcils, quand bien même elle aurait aimé posséder un pareil talent. Vasili y aurait réfléchi à deux fois avant de la menacer si elle avait été capable de faire sauter le pompon de ses bottes à cinquante pas. Malheureusement, le maniement des armes à feu n'avait pas fait partie de son éducation. Elle n'avait même jamais tiré avec un pistolet.

Elle rajusta sa position. C'était très inconfortable d'être assise sur ses genoux – tant physiquement qu'émotionnellement. Sa capuche avait glissé ; elle sentait le froid sur son visage, mais aussi la chaleur du souffle de Wolff sur sa nuque. Un frisson la parcourut.

— Arrêtez-vous, ordonna-t-elle. J'ai mal au... C'est trop inconfortable.

Wolff tira sur les rênes.

— On donne des ordres, mademoiselle Brown ? releva-t-il, pince-sans-rire. Vous imitez remarquablement le ton impérieux de votre employeuse.

Anya ravala la réplique acerbe qui lui brûlait les lèvres. Elle était censée être une domestique ; elle devait s'efforcer de montrer davantage de respect aussi douloureux que ce soit.

— Je m'apprêtais simplement à suggérer de monter derrière vous, milord, murmura-t-elle avec une humilité feinte.

— À califourchon, vous voulez dire ?

Elle perçut son dédain. Les dames ne montaient pas ainsi. La pudeur leur interdisait de relever leurs jupes au-dessus du genou. Eh bien, tant pis, qu'il la prenne donc pour une paysanne. Ils iraient bien plus vite si elle était derrière lui et ce serait plus confortable pour le cheval.

— Oui, répondit-elle en relevant le menton.

Anya se retint de lui dire qu'elle montait sans doute bien mieux que lui, jupes ou pas. Son frère Dmitri et elle avaient eu pour maîtres deux frères cosaques qui étaient d'anciens artistes de cirque. Elle connaissait des astuces à faire pâlir d'envie les écuyères de l'amphithéâtre Astley.

Avec un haussement d'épaules indifférent, Wolff la laissa glisser à bas de sa monture, puis se hisser derrière lui. Ses joues s'empourprèrent quand elle releva ses jupes et se cala contre lui. Sa posture était parfaitement indécente. Dieu merci, elle portait d'épais bas de laine et sa cape était assez longue pour couvrir la partie exposée de ses jambes.

Elle rabattit sa capuche sur sa tête pour se protéger de la pluie et enroula à contrecœur ses bras autour de la taille de Wolff. Le contact de ses muscles fermes contre ses seins et son ventre lui coupa le souffle. Il était tellement *grand*. Si indéniablement viril. Il n'y avait rien de doux chez lui.

Il se raidit à son contact, lui attrapa les mains et les repositionna plus haut sur son abdomen.

— Accrochez-vous, dit-il d'un ton bourru.

Anya tourna la tête et plaqua la joue contre son épaule. Elle sentait le jeu de ses muscles sous ses vêtements tandis que son corps oscillait au rythme du cheval, sentait l'odeur du cuir de la selle mêlée à la légère fragrance d'eau de Cologne qui émanait de son pardessus humide.

Une petite torsion se produisit au creux de son estomac. Elle n'avait encore jamais ressenti une telle attirance pour qui que ce soit et trouvait cela hautement déconcertant.

À deux sur un cheval, ils n'allaient pas très vite et elle sombra dans une sorte d'engourdissement. La pluie les enveloppait d'une sorte de brume. Le corps de Wolff était le seul endroit à lui procurer de la chaleur dans un univers par ailleurs glacial et elle s'accrochait à lui comme à un canot de sauvetage en pleine tempête.

Ils finirent par quitter la lande désolée et retrouvèrent la civilisation. Les hameaux furent remplacés par les faubourgs de la ville, puis des rues plus peuplées et Anya finit par apercevoir l'étendue verte et familière de Hyde Park.

Le Tricorn Club était à St James's Square, à un jet de pierre du petit appartement d'Anya. Elle entendit sonner minuit quand ils arrivèrent, mais à en juger par les lumières et les rires, la nuit était encore jeune pour les clients du club.

Wolff gagna les écuries privées situées à l'arrière du bâtiment où ils furent accueillis par un palefrenier à moitié endormi. Anya descendit de cheval sans attendre qu'on l'aide, pressée qu'elle était de mettre un peu de distance entre elle et son « hôte ». Sa proximité durant le voyage avait été d'autant plus perturbante qu'elle ne savait pas si elle devait le considérer comme un ravisseur ou un sauveur.

Wolff lui adressa à peine un regard. Elle le suivit en haut d'une volée de marches, franchit derrière lui une porte laquée de noir et se retrouva dans ce qui devait être la partie privée du club.

Un brouhaha de conversation filtrait à travers les murs. Anya regarda autour d'elle avec intérêt – c'était la première fois qu'elle pénétrait dans l'appartement d'un gentleman. Cela ne semblait aucunement mystérieux. Un grand hall carrelé permettait d'accéder à plusieurs pièces, cependant, avant qu'elle ait pu y jeter un coup d'œil, une porte s'ouvrit au bout du couloir et une sorte de géant apparut. Il était aussi large qu'un cosaque et doté d'une mâchoire carrée et d'un nez qui avait été visiblement cassé plus d'une fois.

— Ah, Mickey ! dit Wolff en saluant le géant d'un sourire qui adoucit ses traits. Nous avons de la visite. Voici Mlle Brown. Elle sera notre invitée ces prochains…

Il tourna vers elle un regard incertain, comme s'il cherchait à évaluer la durée de son séjour.

— Disons pour une période indéterminée.

Cela ne plut guère à Anya, qui eut l'impression d'entendre la sentence d'un juge.

Le géant lui adressa un hochement de tête amical.

— Madame.

— Elle occupera les anciens appartements de Benedict, dit Wolff en se débarrassant de son pardessus. J'imagine qu'ils sont en état ?

— Oui, monsieur. Puis-je prendre votre cape, madame ?

Anya acquiesça.

Sa robe était l'une des trois seules robes qu'elle possédât, la plus simple de celles qu'elle avait achetées à Paris. Après une année à la porter constamment, sa teinte lavande d'origine était si délavée qu'elle évoquait le gris d'une eau de vaisselle. Ses jupes mouillées lui collaient aux cuisses et elle frissonna malgré la chaleur du hall.

— La dame a-t-elle des bagages ?

Wolff gloussa.

— Non, elle n'en a pas. Mlle Brown est une créature rare : une femme qui voyage sans une montagne de bagages.

Il lui lança un coup d'œil amusé et Anya le fusilla du regard. Elle n'avait même pas de tenue de rechange sèche, maudit soit-il.

Sa désapprobation ne parut pas l'affecter. Il traversa le hall et elle lui emboîta le pas, coulant un regard curieux dans les pièces devant lesquelles ils passaient. Toutes semblaient richement meublées, quoique dans un style très masculin. Nulle draperie pastel ni porcelaine de Meissen. Elle le suivit en haut d'un large escalier incurvé, puis le long d'un couloir. Il ouvrit une porte sur une suite. Dans la première pièce, il y avait un secrétaire et une chaise ainsi qu'une paire de fauteuils confortables face à une cheminée éteinte. Il désigna une porte intérieure.

— La chambre est là.

Anya était si fatiguée qu'elle parvint tout juste à hocher la tête. Elle semblait soudain privée de toute énergie, comme si la tiédeur de la maison aspirait ses forces. Elle n'avait plus qu'une envie : ramper jusqu'au lit et dormir une semaine entière.

— Si vous avez besoin de quelque chose, vous me trouverez dans l'appartement voisin, dit-il en s'effaçant pour la laisser entrer. Nous parlerons demain. Je vous attends dans mon bureau à 10 heures. Bonne nuit.

Anya se renfrogna quand elle entendit la clef tourner dans la serrure, puis pouffa. Il avait apparemment autant confiance en elle qu'elle en lui. Peu lui importait. Pour l'heure, elle n'avait rien contre une sécurité renforcée. Où pensait-il qu'elle irait de toute façon ? Elle ne pouvait risquer de mettre Elizaveta en danger en regagnant Covent Garden.

Ayant appris à se déshabiller sans l'aide d'Elizaveta voilà des mois, elle se débarrassa rapidement de sa robe humide. Frissonnante, elle ôta les épingles de sa chevelure, puis se glissa entre les draps accueillants du grand lit à baldaquin.

Devoir accepter la protection de Wolff l'irritait. Elle n'aimait pas l'idée de lui être redevable, mais ce ne serait que pour une période très courte. Elle resterait cachée une semaine ou deux, le temps que Vasili retourne en Russie, après quoi elle retrouverait le cours normal de sa vie.

Wolff espérerait-il un quelconque paiement, en échange de son hospitalité ? s'interrogea-t-elle. En cas d'absolue nécessité, elle pourrait vendre un des derniers diamants qui lui restaient. Cela dit, comme il l'avait souligné chez Charlotte, il était riche. Il ne lui demanderait peut-être rien.

À moins qu'il ne s'attende à un paiement d'une autre nature ? Quelque chose qui n'était pas exactement de la peur lui noua l'estomac. Cette façon qu'il avait eue de la regarder, comme s'il avait envie de la dévorer, l'avait fait frissonner. Il avait une piètre opinion d'elle. Après l'avoir prise pour une prostituée, il l'avait accusée d'être une voleuse. Pourtant, au bordel, il n'avait pas fait mystère du désir qu'il avait d'elle.

Elle ne doutait pas de découvrir les conditions de son séjour le lendemain matin.

12

Anya s'éveilla dans une chambre inconnue. Le précédent occupant – Benedict, avait dit Wolff – n'avait laissé aucun effet personnel. Seule la trace subtile d'un parfum masculin demeurait. Elle enfila sa robe avec une grimace de dégoût et, l'espace d'un instant mélancolique, s'autorisa à repenser à sa tournée des modistes parisiennes, quand elle pouvait s'offrir tout ce qu'elle voulait sans se soucier du prix.

Elle avait possédé des toilettes de toutes les couleurs de l'arc-en-ciel et pour toutes les occasions imaginables, des pelisses de velours et des robes de soirées diaphanes destinées à mettre les hommes à ses pieds. Elle avait rarement mis une robe plus d'une fois, alors porter la même jour après jour durant des mois…

Elle secoua la tête. Elle avait été une enfant gâtée qui ignorait tout du travail et de la valeur de l'argent. Désormais, elle connaissait le prix d'une miche de pain au penny près.

Sa nouvelle chambre était bien plus luxueuse que son modeste logis de Covent Garden. Elle avait dû vendre un de ses précieux diamants pour payer six mois de loyer d'avance, et même si les pièces étaient meublées, le mobilier était plus pratique qu'esthétique.

Le valet géant, Mickey, lui apporta son petit déjeuner sur un plateau et lui rappela que « milord Wolff » la verrait dans son bureau à 10 heures. Anya lui adressa un sourire chaleureux et le vit rougir d'embarras. Le serviteur était clairement moins confiant avec les femmes que son maître.

Elle trouva Wolff au rez-de-chaussée, assis derrière un imposant bureau dans une pièce tapissée de livres. Son pouls s'emballa à la pensée de la confrontation à venir et elle s'efforça de ne pas remarquer que sa veste gris anthracite et sa chemise blanche mettaient idéalement en valeur son teint hâlé et ses yeux sombres.

Il ne se leva pas à son entrée, comme l'aurait fait un gentleman en présence d'une dame, et elle sourit intérieurement de sa rebuffade. Il l'invita d'un geste à s'asseoir en face de lui et elle se prépara à subir un interrogatoire.

— Mademoiselle Brown…

— Ivanov.

Il étrécit les yeux.

— Je pense que votre nom n'est ni Ivanov ni Brown. J'ignore ce qui vous pousse à garder le secret, mais vous finirez bien par me le dire. D'ici là, je vous appellerai Brown parce que c'est plus facile à prononcer.

Il leva les sourcils, la mettant au défi d'objecter, ou d'avouer. Comme elle gardait les lèvres closes, il haussa les épaules.

— Quand avez-vous commencé à travailler pour la duchesse douairière, mademoiselle Brown, et comment se fait-il que je ne vous aie jamais vue chez elle ?

— Je suis entrée à son service au mois de septembre de l'année dernière, monsieur Wolff, répondit-elle, calquant son ton sur le sien. Et je ne peux que supposer que vos visites n'ont jamais coïncidé avec les miennes.

Sa réponse insolente fit tressaillir un muscle sur sa mâchoire, mais elle refusa de baisser les yeux la première. Elle ne se laisserait pas intimider.

— C'est « milord », rappela-t-il, suave. Je suis comte.

Chez Mme Haye, il lui avait dit de l'appeler Sebastian. Ce privilège venait apparemment de lui être retiré. Elle ouvrit la bouche pour répondre. Il la devança.

— Je me soucie du bien-être de très peu de gens, mademoiselle Brown, il se trouve juste que ma grand-tante figure parmi ceux-ci. Je n'apprécie pas que vous lui fassiez courir des risques, même par ricochet. Vous l'avez indirectement mise en danger en refusant de parler à ceux qui enquêtent sur la mort de la princesse Denisova. Leur requête n'a rien de déraisonnable, surtout si elle est morte dans des conditions suspectes.

— Elles n'avaient rien de suspectes. La princesse venait d'apprendre le décès de son frère à Waterloo. Elle était dévastée. Son chagrin était tel qu'elle s'est jetée dans la Seine depuis un pont.

Il plissa les yeux.

— Vous semblez plus fâchée que troublée.

— Évidemment que je suis fâchée. Je l'aimais comme une sœur.

Anya se mordit la lèvre et inspira pour garder son calme.

— Je ne souhaite pas en parler davantage. Avec qui que ce soit.

— Très bien. Toutefois, si je dois vous protéger, j'ai besoin de savoir qui sont ceux qui vous poursuivent.

Elle ne vit aucune raison de le lui cacher.

— Il s'agit du comte Vasili Petrov. C'est un des hôtes de l'ambassadeur de Russie, le comte Lieven.

— J'ai rencontré Petrov.

Le cœur d'Anya manqua un battement.

— Ici, au club ?

— Non, il n'est jamais venu ici, à ma connaissance.

Elle retint un soupir de soulagement.

— Je l'ai rencontré dans une réception, la semaine dernière. Il est à la recherche de sa fiancée, qui a disparu. Se peut-il qu'il s'agisse de la princesse Denisova ?

— Oui. Mais ils n'ont jamais vraiment été fiancés. Il a demandé sa main à plusieurs reprises. La famille de la princesse a décliné son offre en son nom.

— Il refuse d'accepter sa mort ?

Anya haussa les sourcils et lui décocha un regard moqueur.

— C'est le genre d'homme qui a une si haute estime de lui-même qu'il n'imagine pas qu'une femme puisse le quitter. Ou se refuser à lui.

La dose de mépris dans son ton était suffisante pour qu'il saisisse l'allusion – elle le croyait coupable du même péché.

Il fronça les sourcils, mais ne mordit pas à l'hameçon.

— Pourquoi êtes-vous venue en Angleterre après la mort de votre maîtresse ? Pourquoi n'êtes-vous pas retournée en Russie ?

— J'avais été la dame de compagnie de la princesse toute ma vie. Elle était ma meilleure amie. Elle partie, il ne restait plus rien pour moi en Russie. Mes parents sont morts. Je n'avais ni mari ni fiancé qui m'attendait. La princesse m'avait donné quelques bijoux avant sa mort, alors j'ai décidé de prendre un nouveau départ. Je les ai vendus pour payer mon voyage et je suis devenue la secrétaire et la dame de compagnie de votre grand-tante.

Il l'observa en silence, réfléchissant visiblement à ce qu'elle venait de lui raconter. Elle s'efforça de demeurer immobile.

— Très bien. De toute évidence, la duchesse vous apprécie.

Il marqua une pause et Anya devina qu'il ajoutait intérieurement : « Dieu sait pourquoi. »

— Je m'efforcerai donc de lui faire plaisir. Pour le moment. J'imagine que les devoirs diplomatiques de Petrov ne le retiendront pas très longtemps ici. S'il a peut-être découvert votre lien avec la duchesse, personne ne sait que vous êtes ici avec moi désormais. Vous serez en sécurité tant que vous ne bougerez pas.

— Un homme le sait peut-être – celui qui s'est échappé, hier soir. Il se peut qu'il vous ait reconnu.

— C'est possible, quoique peu probable. Je doute qu'il m'ait reconnu à cette distance. Avez-vous vu son visage ?

— Oui.

— Le reconnaîtriez-vous ?

— Je le crois. Vos domestiques ne risquent pas de parler ?

Il la gratifia d'un regard offensé.

— Bien sûr que non. Ils me sont loyaux.

Il se passa la main dans les cheveux, ce qui eut pour seul effet de les ébouriffer – et de le rendre encore plus séduisant. Anya s'en voulut de l'avoir remarqué.

— Cette situation nous est imposée à l'un comme à l'autre, reprit-il. Dieu sait que je n'ai aucune envie de jouer les nourrices, mais je ne suis pas homme à me dérober à mon devoir. Autant nous efforcer d'en tirer le meilleur parti.

Anya hocha la tête. Sa peau la picota comme Wolff fixait sur elle un regard étrange, spéculatif. Elle avait presque l'impression de l'entendre penser.

— Puisque votre présence ici est inévitable, autant que vous vous rendiez utile. Que vous assumiez les frais de votre séjour en quelque sorte.

L'inquiétude fit palpiter le ventre d'Anya.

— Il se trouve que je travaille sur une affaire pour Bow Street qui requiert la traduction d'un certain nombre de documents russes. Vous pourrez les déchiffrer.

Le soulagement qu'elle ressentit s'accompagna d'une pointe de déception. Elle s'était imaginé qu'il allait lui faire une proposition inconvenante.

— Je peux faire cela, oui.

— Parfait.

Il s'adossa à sa chaise, ouvrit un tiroir de son bureau et en sortit une épaisse liasse de papiers.

— Vous pouvez commencer dès maintenant.

Anya se rembrunit quand il posa la pile de documents devant elle. Wolff esquissa un sourire.

— À moins que vous n'ayez une objection, bien sûr ?

Elle grinça des dents. Il avait donc l'intention d'exiger sa livre de chair, finalement ?

— Pas du tout, assura-t-elle. Souhaitez-vous que je travaille ici ?

Elle pria pour qu'il dise oui. Ainsi, elle pourrait fouiller ses tiroirs dès qu'il la laisserait seule. Elle voulait en savoir plus sur cet homme qui la retenait chez lui.

— Non. J'ai du travail, moi aussi. Il y a un bureau dans votre suite, vous pouvez l'utiliser.

— Je vais donc passer tout mon temps enfermée ici ?

— C'est la solution la plus raisonnable, répliqua-t-il. Je ne doute pas que vous ayez un calendrier mondain très chargé, mademoiselle Brown, mais vous allez devoir renoncer à vos divertissements habituels si vous souhaitez passer inaperçue.

Elle accueillit son sarcasme d'un pincement de lèvres. Il pensait sans doute que ses « divertissements habituels » incluaient des soirées chez Mme Haye, allongée sur le dos ou agenouillée.

— Si vous voulez ma protection, poursuivit-il d'une voix douce, vous devrez suivre mes règles. Libre à vous de partir quand vous le souhaitez, je crains toutefois que Petrov ne vous retrouve très vite si vous vous y risquez. Il connaît peut-être déjà votre adresse à l'heure qu'il est.

Anya noua les mains, assaillie par une bouffée de culpabilité et d'inquiétude vis-à-vis d'Elizaveta. Les hommes de Vasili la prendraient-ils pour une simple colocataire ? Ou bien comprendraient-ils à son accent qu'elle partageait une relation plus étroite avec Anya ? La menaceraient-ils ?

Elle se mordit la lèvre en proie à l'indécision. Valait-il mieux rester près du loup, tapie dans sa tanière ? Ou fallait-il affronter la meute seule ? La réponse était malheureusement évidente. Elle choisit d'accepter temporairement sa défaite et s'empara du document au sommet de la pile. Elle le parcourut brièvement, puis releva les yeux, choquée.

— Il s'agit d'échanges militaires confidentiels. Comment les avez-vous obtenus ?

— Nous avons nos méthodes, répondit Wolff avec un sourire désarmant.

— Vous voulez dire des espions ?

— Des agents. Des sources d'information. Oui.

Elle parcourut d'autres lettres. Certaines dataient de l'année passée, quelques semaines avant Waterloo. *18 juin*, lut-elle. Ce jour resterait à jamais gravé dans sa mémoire. Le jour où elle avait perdu Dmitri.

— Vous voulez donc que je traduise ces lettres ? Que souhaitez-vous savoir ?

— Je veux une liste de toutes les personnes mentionnées dans ces documents. Même si elles semblent sans importance. C'est un travail fastidieux, mais essentiel.

— Pourquoi ? Que cherchez-vous ?

— Un Russe qui a transmis des informations aux Français. La trahison de cette ordure a coûté des milliers de vies. J'ai perdu beaucoup d'amis à Waterloo. Des hommes avec qui j'avais combattu pendant des années. Des hommes que j'en étais venu à aimer comme des frères. Si ce traître n'est pas encore mort, je veux qu'il soit traduit en justice, conclut-il d'une voix sourde.

Anya dut lutter pour garder une expression neutre alors que son cœur lui martelait les côtes. *Vasili*. C'était de Vasili qu'il parlait, elle en était sûre. Il n'y avait tout de même pas tant de traîtres que cela en Russie.

— C'est un noble dessein, articula-t-elle. Soupçonnez-vous quelqu'un en particulier ?

— Il s'agit certainement d'un proche du tsar ou l'un de ses conseillers. Malheureusement, l'espion français à qui il transmettait ses informations est mort, nous ne pouvons donc plus l'interroger. Tout ce que nous savons, c'est que le Français l'appelait « le Cosaque ».

Anya pesa le pour et le contre. Devait-elle lui dire que Dmitri soupçonnait Vasili ? Si Vasili était bien le traître, il méritait d'être arrêté et puni. Sauf qu'elle était censée n'avoir été que la dame de compagnie de la princesse. Comment aurait-elle pu avoir accès à de telles informations ?

— Je crois que je sais qui est votre traître.

Wolff arqua les sourcils.

— L'homme que vous cherchez est le comte Petrov.

Il ne prit même pas la peine de masquer son incrédulité.

— L'homme que vous fuyez ? Comme c'est commode ! Quelle preuve avez-vous ?

— Rien de concret. Je crois cependant que c'est une des raisons pour lesquelles la princesse refusait de l'épouser.

Il inclina la tête de côté, l'air interrogateur. Anya prit un air contrit.

— J'ai honte de l'avouer, mais j'ai surpris une conversation privée entre la princesse et son frère, le prince Dmitri, quelques semaines avant sa mort.

— De quoi s'agissait-il ?

— Dmitri a confié à la princesse qu'il soupçonnait Petrov d'espionner pour le compte de la France. Il a ajouté qu'il enquêterait à ce sujet dès son retour de Vienne.

— Avait-il trouvé des preuves ?

— Je ne crois pas. De Vienne, il est allé directement à Waterloo, où il s'est fait tuer.

— Hmm.

Wolff ne semblait pas convaincu.

— Je sais aussi que Petrov est venu voir la princesse après Waterloo, ajouta-t-elle. Petrov était convaincu que Dmitri avait trouvé une preuve de sa traîtrise et qu'il l'avait envoyée à la princesse pour qu'elle soit à l'abri.

Une lueur d'intérêt s'alluma dans les yeux sombres.

— L'avait-il fait ?

— La princesse a prétendu que non, mais Petrov a reconnu devant elle qu'il était un espion.

Wolff réfléchit une seconde.

— Vous avez entendu cet aveu ?

Ses yeux étaient plongés au fond des siens comme s'il avait le pouvoir d'extraire la réponse de son esprit par sa seule volonté.

— Oui. J'étais juste à côté.

— Petrov sait-il que vous l'avez entendu ?

— C'est possible.

Il laissa échapper un long soupir.

— Pas étonnant qu'il vous recherche, dans ce cas. Ce n'est pas pour connaître les circonstances de la mort de la princesse ; il veut savoir ce que vous avez entendu et acheter votre silence.

Son regard s'assombrit.

— Ou *s'assurer* de votre silence. Ces hommes n'étaient probablement pas chargés de vous interroger, mademoiselle Brown, mais de vous tuer.

Un grand froid envahit Anya. Elle avait envisagé cette possibilité, cependant, l'entendre énoncée à voix haute rendait la chose bien plus effrayante. Plus réelle. Elle ne pensait pas que Vasili ait ordonné qu'on la tue – il ne le ferait pas avant de l'avoir épousée. Une fois qu'il se serait emparé de sa fortune, en revanche, il était fort probable qu'un « tragique accident » mette fin à ses jours.

Wolff l'observait attentivement.

— Vous l'avez appelé Dmitri, dit-il d'une voix douce.

Anya se figea. Cet homme remarquait les moindres détails susceptibles de la trahir.

— Et vos traits s'adoucissent quand vous parlez de lui. Était-ce votre amant ?

Était-ce une pointe de jalousie qu'elle décelait dans sa voix ?

— Non !

Anya plissa instinctivement le nez de dégoût à l'idée d'embrasser Dmitri. Son expression dut paraître crédible, car Wolff rit tout bas. La tension qu'elle avait perçue chez lui disparut aussi subitement qu'elle était apparue.

— Votre réaction me convainc pleinement.

— Le prince Denisov était mon ami, déclara-t-elle d'un ton de reproche. C'était un homme bon. Je l'aimais comme un frère.

— Si vous dites la vérité, alors nous partageons un ennemi commun.

Anya se hérissa visiblement en l'entendant déclarer qu'elle mentait peut-être, mais il ignora sa réaction.

— Il nous faut une preuve. Je ne peux pas me contenter de l'accuser d'être un traître. Petrov a des amis puissants. En fonction de son rôle, il bénéficie peut-être même de l'immunité diplomatique. Bow Street aura besoin de preuves concrètes avant de pouvoir agir. Espérons que nous en trouverons là-dedans, conclut-il en désignant la pile de documents devant elle.

Il inclina la tête de côté, pensif, et Anya s'efforça de ne pas s'attarder sur sa carrure intimidante ni sur ses belles mains viriles. Même quand il était détendu, sur son propre territoire, il émanait de lui une force tranquille.

— Si Petrov est bel et bien notre espion, il est dangereux. C'est peut-être même un meurtrier. Un autre Russe, sans doute un informateur, s'est fait tuer la semaine dernière près des docks.

Il pianota sur le plateau du bureau.

— Le suspect était un homme de haute taille, aux cheveux clairs. C'était peut-être Petrov.

Anya déglutit. Elle savait Vasili capable d'une telle violence. C'était une brute qui tirait avantage de sa taille pour intimider. Si seulement Dmitri lui avait envoyé une preuve de sa traîtrise ! Elle l'aurait donnée à Wolff, qui aurait pu arrêter Vasili, et ses problèmes auraient été réglés.

Elle n'aurait pas été obligée d'endurer la proximité de Wolff – un homme aussi séduisant qu'il était terrifiant, et énigmatique.

C'était, sans l'ombre d'un doute, l'homme le plus attirant qu'elle ait jamais rencontré. Loin de ressembler à ces princes aux cheveux d'or des contes de fées, il évoquait plutôt le vaurien de la famille qui part chercher fortune et devient sorcier. Ses traits étaient sauvés de la beauté ordinaire par sa mâchoire virile et l'angle de ses sourcils qui lui donnaient un air un peu diabolique. Son assurance avait beau friser l'arrogance, il était la tentation faite homme.

En réagissant à sa virilité, elle prit conscience de sa propre féminité d'une manière qu'elle n'avait encore jamais envisagée. Ils étaient seuls, sans chaperon, et pourtant, elle avait confiance en lui. C'était très certainement un débauché, pourtant, sous ses dehors cyniques, elle sentait qu'il avait l'honneur chevillé au corps. S'il n'était pas inaccessible à la violence, contrairement à Vasili, elle doutait qu'il ait jamais usé de la force avec une femme. Il était si séduisant qu'il avait sans doute le pouvoir de susciter chez une femme des désirs dont elle ignorait l'existence.

Anya se secoua mentalement.

Pas question pour elle d'être une autre de ses conquêtes.

13

Anya passa le reste de la journée à lire les documents que Wolff lui avait confiés, notant les noms qu'elle rencontrait au fil de sa lecture.

Elle rédigea également une lettre à l'intention d'Elizaveta et une autre à l'intention de Charlotte afin de leur dire de ne pas s'inquiéter, qu'elle était sous la protection du petit-neveu de la duchesse et qu'elle séjournait au Tricorn Club pour une durée indéfinie.

Elle sourit en imaginant leurs réactions respectives à la lecture de sa lettre. Elizaveta serait scandalisée et s'inquiéterait autant pour sa sécurité que pour sa moralité. Charlotte se fendrait sans doute d'un de ces sourires coquins dont elle avait le secret et boirait un verre à sa santé.

Anya plia les deux lettres ensemble et les adressa chez Mme Haye. Si Vasili avait découvert qu'elle travaillait pour la duchesse, il n'était pas impossible qu'il ait également déniché son adresse et qu'il ait chargé quelqu'un d'intercepter son courrier. Comme Mme Haye recevait chaque jour plusieurs lettres de gentlemen soucieux de conclure des « arrangements » avec elle, une lettre de plus serait moins susceptible d'attirer l'attention.

À l'heure du déjeuner, Mickey lui apporta un ragoût accompagné de pain croustillant. Il accepta sans difficulté de charger le garçon d'écurie de sa lettre. Le pain se révéla aussi bon que celui qu'Anya mangeait à Paris – Wolff s'était visiblement assuré les services d'un chef talentueux.

Savourer une simple soupe pouvait se révéler un plaisir, quand on y mettait une viande sans cartilage et plus d'un légume. Elizaveta n'était pas mauvaise cuisinière, mais leurs finances leur permettaient rarement d'acheter les meilleurs morceaux de viande et les produits les plus frais. Quant aux desserts, ce n'étaient plus que de vieux souvenirs.

Elle se remit à ses traductions. En plus d'être souvent difficiles à déchiffrer, les documents étaient atrocement ennuyeux ; il n'était question que de rations et matériels, de mouvements de troupes et de commandes de munitions.

Quand arriva l'heure du dîner, elle périssait d'ennui et n'avait rien découvert d'utile. Elle s'écarta de son bureau et remua la tête pour soulager sa nuque endolorie. Mickey apparut à ce moment-là, voûtant ses épaules de géant comme pour apparaître moins intimidant.

— Le comte a pensé que vous aimeriez prendre un bain. Vous trouverez une salle de bains, ici, ajouta-t-il en désignant une porte de l'autre côté du couloir. Ainsi que des serviettes.

Anya faillit s'offrir une petite danse de joie quand elle découvrit l'immense baignoire de cuivre remplie d'une eau fumante. Elle était assez grande pour qu'elle puisse s'y immerger tout entière.

Elle se déshabilla en hâte, attacha ses cheveux à la diable au sommet de son crâne et se glissa dans l'eau chaude avec un soupir d'aise. Sa tension reflua tandis qu'elle se prélassait dans son bain. Elle détacha ses cheveux pour les laver avec soin, et nota que le savon sentait le jasmin. Wolff recevait-il si souvent des femmes qui prenaient leur bain chez lui que les domestiques veillaient à ce qu'il y ait toujours un stock de savon au jasmin ? Ou avait-il deviné que c'était son parfum préféré ? La première hypothèse semblait la plus probable.

Quand l'eau eut refroidi et que ses doigts et ses orteils ressemblèrent à des pruneaux, elle se sécha et traversa le couloir en vitesse pour regagner ses appartements. Elle était déprimée à l'idée de remettre sa robe sale, et se figea sur le seuil de sa chambre en découvrant, drapée au pied du lit, une robe, dont elle était certaine qu'elle ne lui appartenait pas.

Elle s'approcha, tendit spontanément la main pour la toucher. Elle était exquise, digne d'être portée par Charlotte, une robe de soie sublime d'un bleu nuit moiré avec des petites manches bouffantes et un corsage drapé.

Un rectangle de papier blanc se détachait sur le bleu chatoyant.

Votre robe lavande m'offense, comme elle offenserait quiconque doté d'une once de goût. Portez ceci.

Malgré l'absence de signature, l'écriture penchée était indubitablement celle de Wolff. Anya ne savait trop si elle était amusée ou irritée par cet autoritarisme. Pensait-il qu'elle *aimait* porter cette robe gris lavande ?

La nouvelle robe lui allait à la perfection. Wolff était visiblement doué pour évaluer les mensurations féminines. Un frisson de plaisir coupable parcourut Anya quand la chemise de soie qui accompagnait la robe glissa sur sa peau. Elle s'était tellement habituée au coton grossier qu'elle trouva cela aussi sensuel qu'une caresse. Chacune de ses terminaisons nerveuses palpita de bonheur. *Tentation, ton nom est soie.*

Ses bas de laine usés avaient été remplacés par une paire de bas de soie brodés, et ses bottines boueuses par des pantoufles peu pratiques qu'elle enfila sans hésiter.

Il ne manquait qu'un corset. Anya se demanda si c'était délibéré ou si Wolff avait vraiment oublié cette composante indispensable d'une toilette féminine. Les femmes qu'il avait l'habitude de fréquenter n'en portaient peut-être pas...

Elle ne reconnut pas la jeune femme que lui renvoya son reflet dans le miroir ; c'était une créature qu'elle n'avait pas revue depuis plus d'un an. Elle se sentit soudain de nouveau elle-même, la princesse Denisova, digne et insouciante. Capable d'aller où bon lui semblait et de faire tout ce qui lui chantait. C'était un mensonge, bien sûr. Elle était Anya Ivanov à présent, piégée dans cette cage qu'elle avait elle-même construite. À quoi bon se lamenter sur ce qui n'était plus ?

Mickey frappa discrètement à la porte.

— Le dîner est servi au rez-de-chaussée, mademoiselle.

— Le comte sera-t-il présent ?

— Pas ce soir. Il dîne en ville.

Anya ravala un sentiment de dépit. Elle ne devrait pas avoir envie de voir la réaction de Wolff quand il la découvrirait dans cette robe.

Elle suivit le géant au rez-de-chaussée jusqu'à la salle à manger meublée d'un grand buffet d'acajou étincelant et d'une table assortie. Un seul couvert avait été dressé et elle dîna en solitaire.

L'absence de compagnie fut compensée par l'excellence des mets : saumon, bœuf et crème aux amandes. Mickey lui proposa du vin et elle but deux verres d'un merveilleux bourgogne.

Wolff n'ayant toujours pas donné signe de vie, elle posa sa serviette et décida d'explorer les lieux. Il ne le lui avait pas expressément interdit, après tout.

Elle découvrit un salon et une salle de billard, ainsi que les escaliers menant aux cuisines avant que ses pas la conduisent jusqu'à une porte tout au bout d'un long couloir orné de portraits. Le murmure des conversations de l'autre côté du battant lui apprit qu'il s'agissait de l'accès au club. Elle s'abstint de l'ouvrir et préféra gravir un escalier étroit. Elle se retrouva dans une sorte de galerie qui surplombait la salle de jeu.

L'air était plus chaud, près des toits. Un écran de bois délicatement sculpté la dissimulait à la vue, tout en lui permettant de voir ce qui se passait dans la salle en contrebas. Le tsar avait des installations semblables dans chacun de ses palais ; des trous de guet, des cachettes permettant de voir sans être vu. Des recoins sombres parfaits pour les rendez-vous clandestins.

Le Tricorn Club offrait une débauche de bruits et de couleurs. Feutrine verte des tables de jeu, blanc crémeux des cartes à jouer, damier noir et blanc des roulettes. La plupart des hommes étaient vêtus de couleurs sombres, mais les femmes voletaient parmi eux, tels des oiseaux au plumage exotique, certains plus criards que d'autres. La plupart avaient choisi de préserver leur anonymat en portant un masque.

Le brouhaha des conversations, parfois brisé par des exclamations de triomphe ou des rugissements de dépit, emplissait les lieux d'une énergie qui faisait vibrer les nerfs d'Anya.

Un mouvement derrière elle fit bondir son cœur dans sa gorge et elle sut, sans avoir besoin de se retourner, qu'il s'agissait de Wolff. Elle le sentit se rapprocher, sentit un courant d'air quand ses jambes frôlèrent ses jupes. Le subtil parfum de son eau de toilette parvint jusqu'à elle et elle retint son souffle.

— Qui vous a donné l'autorisation de monter ici ?

— Personne. Mais personne ne me l'a interdit non plus.

Il posa la main sur la rambarde, près de sa hanche, et se pencha pour regarder ce qui se passait dans la salle. Anya le regarda du coin de l'œil. La lueur des lampes éclairait ses traits tandis que l'écran de bois sculpté projetait des taches d'ombre et de lumière sur son visage. Il ressemblait à un chat sauvage guettant sa proie.

Il était si grand, si éminemment charnel sous ces vêtements élégants. Pourtant, sa taille l'intimidait moins qu'elle ne la fascinait. Il cala la hanche contre la rambarde et concentra son attention sur elle. Elle sentit ses joues s'échauffer.

— Cette robe est un réel progrès.

— Merci. Cela me touche. Vous savez cependant qu'il me faudra du temps pour vous rembourser.

Il agita les doigts d'un air désinvolte.

— Je n'attends pas que vous le fassiez. C'est un cadeau.

Elle ouvrait la bouche pour répliquer lorsqu'il posa l'index sur ses lèvres. Elle en fut si choquée qu'elle se trouva momentanément réduite au silence. Il ne portait pas de gants. Un courant d'énergie pure la traversa au contact de sa peau sur sa bouche.

— Pas un cadeau pour vous, ajouta-t-il avec un rire dans la voix. Un cadeau pour moi. J'aime que mes invités maintiennent un certain niveau d'élégance vestimentaire.

Il laissa retomber sa main, mais ses lèvres continuèrent de la picoter.

— Alors, dites-moi, enchaîna-t-il, que faisiez-vous chez Mme Haye si vous n'étiez pas là afin de compléter vos revenus, comme les autres filles ? Je serais curieux de le savoir.

Cet abrupt changement de sujet la fit se raidir. Ils en étaient donc de nouveau là ? Elle aurait dû se douter qu'il insisterait. Wolff était homme à exiger des réponses.

Croirait-il que les raisons de sa présence étaient parfaitement innocentes ? Une part perverse d'elle-même avait envie de savoir comment il se comporterait avec elle s'il pensait qu'elle était une femme déchue, une cible légitime. Renouvellerait-il sa proposition ? Le souhaitait-elle ?

Elle avait certes envie qu'il l'embrasse de nouveau. Le souvenir de leur baiser la faisait vibrer.

— J'avais à faire chez elle, murmura-t-elle.

Il tendit la main et lui effleura le cou. Des flammes s'épanouirent dans le sillage de sa caresse.

— À faire, répéta-t-il, dubitatif. Êtes-vous promise à un autre ? Un époux ? Un amant ?

Anya ferma les yeux. La réaction de son corps était si inattendue. Si forte. La princesse Anastasia n'aurait jamais eu l'occasion de faire connaissance avec un aussi beau spécimen de débauché. Mais elle était Anna Brown à présent. Anya Ivanov. Libérée des obligations de la bonne société. Pourquoi ne pas saisir l'occasion de connaître la passion ?

— Je ne suis promise à personne, déclara-t-elle d'une voix qui lui parut à la limite du croassement.

Elle le sentit se détendre, comme si sa réponse le soulageait.

— Dans ce cas, pourquoi avoir dit non ?

Son pouce appuya légèrement sur la veine où battait son pouls, puis remonta le long de son cou. Il coinça une mèche de ses cheveux derrière son oreille avec le plus parfait naturel, comme s'il l'avait déjà fait des centaines de fois.

— Même si vous n'étiez pas intéressée par mon argent, nous aurions pu tellement nous amuser.

— Je...

Les mots lui manquaient.

— Je... n'ai pas beaucoup d'expérience... dans ce domaine.

— Regardez-moi.

Anya ouvrit les yeux et fut instantanément captive de son regard. Il était si proche, si tentant. Elle ne se souvenait pas quand, pour la dernière fois, elle s'était trouvée aussi près de quelqu'un. Elle distinguait le cercle plus sombre autour de ses iris, ses cils épais. Une salle bondée se trouvait à moins de dix mètres, pourtant, à tout autre égard, ils étaient seuls.

La bouche de Wolff s'incurva.

— Voilà qui explique sans doute ce petit quelque chose qui me tracassait, mademoiselle Brown.

— À savoir ?

— Votre baiser.

— Mais encore ?

Son sourire se fit malicieux.

— Comment dire ? Bien qu'enthousiaste, il manquait de... savoir-faire. De technique.

Anya en resta bouche bée et il rit doucement.

— Ne le prenez surtout pas mal, mais en matière de baisers, je crains que vous ne manquiez un peu de pratique.

Quelle prétention ! Critiquait-il *toutes* ses partenaires ainsi ? Anya n'aurait su dire si elle était insultée ou amusée. Elle opta pour le sarcasme.

— Et je suppose que vous êtes expert en la matière ?

— J'ai une certaine expérience, oui.

Son regard se fixa sur ses lèvres et elle rougit.

— Vous proposez-vous d'être mon tuteur ?

Elle avait voulu s'exprimer d'un ton sec et cynique, or, le résultat fut juste haletant.

Son regard revint sur le sien et elle se laissa engloutir dans l'abîme de ses yeux.

— Oui, répondit-il très sérieusement.

Faisant fi de toute prudence, elle leva le menton, hautaine, et répliqua d'un ton empreint de défi.

— Très bien, monsieur Wolff. Montrez-moi.

Un éclair de triomphe traversa son regard. Il referma la main sur sa nuque, sans la quitter des yeux, et un frisson courut le long de son échine. Du pouce, il l'incita à relever le menton et Anya entrouvrit les lèvres, impatiente. Quand sa joue, rugueuse comme du papier de verre, frôla la sienne, elle trouva cela aussi surprenant qu'intéressant.

Ses lèvres s'unirent aux siennes. Le bord de ses dents frôla la chair sensible de sa lèvre inférieure et Anya faillit gémir. Elle le sentit sourire contre sa bouche. Il l'embrassa encore, doucement pour effacer la morsure, et sa langue glissa le long de sa lèvre.

Son cœur s'emballa. Elle s'ouvrit à lui, obéissant à son injonction silencieuse, et sentit ses doigts lui étreindre la nuque en signe d'approbation. Elle ferma les yeux.

Il l'embrassa lentement, langoureusement, comme s'ils avaient toute la vie devant eux. Sa langue se mêla à la sienne, sinueuse, voluptueuse, sensuelle, et Anya se sentit bientôt aussi grisée que si elle avait bu trop de champagne. Dans la minuscule partie de son cerveau qui fonctionnait encore, elle reconnut qu'en matière de baisers, Sebastian Wolff n'était pas seulement doué ; c'était un véritable expert, un virtuose.

Elle s'abandonna à ce plaisir brûlant avec délice. Un flot de chaleur se répandit au creux de son ventre, attisé par sa bouche si talentueuse. Qui aurait imaginé que ses lèvres étaient aussi douces, aussi délicieuses ? Elle noua les bras autour de son cou et l'attira plus près, désireuse d'en obtenir davantage. Ses seins se pressèrent contre son torse musclé quand elle enfouit les doigts dans ses cheveux.

Avec un gémissement qu'elle sentit vibrer dans tout son corps, il referma ses mains sur ses avant-bras et se détacha d'elle. Il appuya son front contre le sien.

— Ceci, mademoiselle Brown, constitue un net progrès.

Son souffle était aussi haletant que le sien, et Anya en ressentit une petite bouffée de triomphe. Il venait d'admettre que l'attirance était réciproque !

— Venez dans ma chambre, dit-il d'une voix si rauque qu'elle en fut troublée. Laissez-moi vous montrer le reste.

Le bruit d'un bouchon de champagne et des acclamations enthousiastes provenant de la salle la tirèrent de son rêve éveillé. Elle recula, stupéfaite et horrifiée à l'idée qu'il ait pu faire naître une telle fièvre en elle sans le moindre effort.

— Non ! Je ne peux pas. Je suis… Bonne nuit, milord.

Elle pivota sur ses talons et descendit l'escalier en courant presque.

À son grand soulagement, il n'essaya pas de la retenir.

De retour dans sa chambre, elle rafraîchit ses joues brûlantes de ses paumes. Elle avait été si près de dire oui. Ils se connaissaient à peine, mais l'attirance entre eux était indéniable.

Anya se laissa choir sur son lit, profondément troublée. Elle avait toujours entretenu ce rêve romantique de se garder pour celui qui serait son époux, l'homme qu'elle choisirait pour partager sa vie. Quelqu'un qu'elle pourrait aimer et respecter. Quelqu'un qui partagerait les responsabilités des domaines familiaux, et saurait la faire rire durant les assommantes cérémonies à la Cour auxquelles son rang l'obligeait à assister.

La rigueur de ses critères avait été acceptable – et même attendue – de la part d'une princesse russe. Sauf qu'elle n'était plus une princesse. Elle était une citoyenne ordinaire, une exilée. Une dame de compagnie de vingt-deux ans aussi dépourvue d'argent que de prétendants.

Sebastian Wolff ne pourrait jamais être associé à quoi que ce soit de durable, toutefois, si elle souhaitait vivre une aventure, il était le partenaire idéal. Il ne feignait pas d'éprouver pour elle autre chose qu'une saine attirance physique. Il ne faisait d'autre promesse que celle de lui offrir une expérience sexuelle inégalée.

Pourquoi s'était-elle refusée à lui ? Elle aurait pu accepter ce qu'il proposait et satisfaire sa curiosité, connaître enfin ce plaisir qui pouvait exister entre un homme et une femme, à en croire les filles de Charlotte.

Anya laissa échapper un long soupir irrité et s'efforça de calmer les battements de son cœur.

À quoi pouvait bien songer Wolff en ce moment ? La maudissait-il ? Déciderait-il de se rendre chez

Mme Haye ou dans un autre bordel pour assouvir son désir en compagnie d'une femme mieux disposée qu'elle ?

Elle se dit qu'elle ne voulait pas le savoir.

14

Sebastian prit une longue inspiration pour se calmer et ordonna à sa puissante érection de disparaître.

« Anya Ivanov » était une contradiction ambulante. Il avait cru embrasser une jeune fille collet monté et il l'avait littéralement sentie fondre de passion entre ses bras. Qui diable était cette fille ? L'enquêteur de Bow Street en lui exigeait de le découvrir. Savoir c'est pouvoir, et il voulait connaître chacun de ses secrets.

Elle avait visiblement reçu une excellente éducation. Une simple paysanne ne se retrouvait pas dame de compagnie d'une princesse, or, tout dans ses manières et sa façon de s'exprimer trahissait une connaissance innée des usages de la haute société. Peut-être était-elle issue d'une vieille famille russe désargentée ? Comme son ami Benedict, descendant d'une ancienne et fière lignée mise à mal par une perpétuelle absence de fonds. Nombre de familles de l'aristocratie étaient dans ce cas-là – domaines mal gérés ou pères développant une propension fatale pour les jeux d'argent. Anya lui donnait l'impression d'avoir subi un lourd revers de fortune.

Toutefois, au lieu de se lamenter sur son sort, comme l'auraient fait bien des femmes de sa connaissance, elle avait pris le parti de rentabiliser ses facultés mentales et trouvé un emploi auprès de sa grand-tante.

Sebastian fronça les sourcils. Sa tante n'était pas pingre. Son salaire devait lui permettre de vivre décemment sans qu'elle ait besoin de « faire affaire » chez Mme Haye tard le soir.

Le luxe dont elle avait autrefois profité auprès de cette princesse russe lui manquait-il ? Les riches toilettes, les bijoux, les parfums coûteux ? Non. Cela ne cadrait pas avec le reste. Sa robe de voyage usée témoignait de sa nature frugale. Le seul signe de richesse qu'il lui avait vu était cette cape bordée de fourrure – celle qui la faisait ressembler à une princesse d'un conte de fées. Mais elle pouvait lui avoir été donnée par sa maîtresse. Elle pouvait aussi l'avoir tout simplement récupérée après sa mort.

Sebastian posa les mains sur la rambarde et regarda sans la voir la salle de jeu en contrebas. Les femmes avaient des besoins charnels tout autant que les hommes. Elle n'avait ni mari ni amant. Peut-être était-elle allée chez Mme Haye pour la même raison que lui ? Pour se soulager. Même s'il n'avait jamais entendu dire que Charlotte Haye recevait une clientèle féminine, la chose était possible.

D'un autre côté, si telle était la raison de sa visite, pourquoi ne l'avait-elle pas choisi, lui ? Non seulement elle n'aurait pas eu à payer, mais il lui avait offert la somme exorbitante de cinq cents livres.

Sebastian secoua la tête. Non, cela ne cadrait pas non plus avec le reste.

Peut-être était-elle venue là pour acquérir de l'expérience dans un endroit relativement sûr. Son cœur bondit dans sa poitrine tandis qu'une flèche de désir le traversait de nouveau. Le ciel lui était témoin qu'il n'aurait été que trop heureux de lui rendre ce service. L'alchimie entre eux était proprement incroyable. Il n'avait encore jamais rien ressenti de tel. Pourquoi était-elle si réticente à laisser celle-ci aboutir à sa conclusion naturelle ?

Quand, pour la dernière fois, avait-il été à ce point obsédé par une femme, il ne s'en souvenait pas. Son physique ténébreux, héritage d'une mère italienne, lui avait permis de ne jamais avoir à se donner trop de mal pour séduire une femme. Peut-être était-ce le mystère, l'irrésistible défi que représentait Anya Ivanov, qui l'attirait ainsi ?

Il poussa un long soupir et reporta son attention sur la salle de jeu. Cette scène familière l'emplit de l'habituelle sensation d'intense satisfaction. Alex, Benedict et lui avaient réussi cela ; ils avaient créé ce club à partir de rien et l'avaient fait prospérer.

Il fallait qu'il descende se montrer. D'ordinaire, se mêler à la clientèle ne le dérangeait pas. Il était d'un naturel sociable ; son charisme et son aisance donnaient aux clients une impression de stabilité, et sa cordialité les incitait à jouer plus gros, à rester plus longtemps, à rire plus fort. C'était bon pour les affaires.

Après les dures épreuves de ses années dans les fusiliers, c'était agréable de vivre dans un lieu où l'on profitait de la vie. De savourer les plaisirs simples comme un bon plat, un bon vin et des divertissements variés en plaisante compagnie. Il était profondément reconnaissant d'avoir survécu à la guerre. Il lui semblait qu'il se devait à lui-même, et à ceux qui n'avaient pas eu cette chance, de tirer parti de l'existence au maximum.

Pourtant, tandis qu'il contemplait la foule, un sentiment d'insatisfaction s'insinua en lui. Avant la guerre, il avait été comme tous ces hommes qui cherchent la satisfaction passagère et illusoire d'un gain au jeu ou d'une nuit d'ivresse. Oui, il s'était montré déterminé dans sa quête de plaisir.

Toutes ces frivolités lui semblaient vaines, à présent. La vie ne se limitait pas aux plaisirs de la chair et à des jeux de hasard, et heureusement, ses missions pour Bow Street fournissaient une soupape à son trop-plein d'énergie. Prévenir le crime ou attraper ceux qui en étaient responsables lui apportait une grande satisfaction.

Son frère aîné, Geoffrey, avait peut-être hérité de la gestion des domaines de feu leur père, mais Sebastian pouvait mener une vie intègre et digne en permettant de rendre les rues de Londres plus sûres. Il avait la chance de posséder un corps puissant et un esprit vif ; les mettre au service des moins fortunés que lui lui semblait raisonnable.

Toutefois, satisfaction professionnelle et satisfaction personnelle n'étaient pas identiques. Il avait été témoin de la transformation de ses amis, Alex et Benedict, depuis qu'ils s'étaient mariés. Il émanait d'eux une sorte de contentement serein, comme s'ils avaient enfin trouvé un sens à leur vie. Ils vivaient pour rendre leur épouse heureuse.

Était-ce *cela* qui lui manquait ? La raison de son étrange insatisfaction, malgré sa richesse et ses succès ? Une partenaire avec qui les partager ? Sebastian secoua la tête. La seule chose qui lui manquait, c'était l'assouvissement charnel. Il était frustré, voilà tout. Dès que la mystérieuse Mlle Brown se montrerait enfin raisonnable – et entrerait dans son lit –, cette frustration se dissiperait de la plus agréable des façons.

15

Wolff entra dans sa suite sans frapper. Anya leva les yeux de son bureau, puis s'empressa de les baisser, déterminée à faire comme si leur baiser torride sur le balcon, la veille, n'avait jamais eu lieu.

Plus simple à dire qu'à faire. La réalité de cette expérience s'obstinait à vibrer entre eux tel un fil invisible qui les relierait. Elle s'éclaircit la voix en priant pour que la rougeur de son visage se dissipe.

— J'ai lu tous ces documents. Aucun ne mentionne Petrov ni qui que ce soit surnommé le Cosaque.

Elle avait trouvé une mention de son frère, cependant, une seule référence fortuite dans une liste de personnes entourant Wellington à Waterloo, et son cœur s'était pétrifié.

Wolff haussa les épaules, son mouvement soulignant sa musculature sous sa chemise.

— C'était peu probable de toute façon. Mais j'ai une meilleure idée, annonça-t-il en appuyant nonchalamment l'épaule contre le chambranle. J'ai consulté la liste des membres du club et il m'est apparu que très peu de vos compatriotes y figuraient. Je veux les attirer ici afin de les observer et de les écouter.

— Je croyais que je devais justement éviter de rencontrer mes compatriotes. Vous ne pouvez pas les observer dans les réceptions mondaines ?

— Je veux un cadre distrayant. Un homme ne se comporte pas de la même façon dans un cercle de jeu avec ses amis qu'à un bal auquel assistent des dames.

— Des dames étaient présentes dans la salle hier soir.

— C'était des *femmes*. Aucune d'elles n'était une dame.

Ah. Il voulait dire des demi-mondaines, des maîtresses. Des actrices et des courtisanes.

— Vous ne courrez aucun danger, continua-t-il. Vous resterez ici, à l'abri des regards. Savez-vous comment je pourrais les attirer dans mon établissement ?

— Vous ne proposez peut-être pas les divertissements qui leur plaisent.

Il pinça les lèvres en l'entendant suggérer que son cher Tricorn Club n'était pas parfait et Anya réprima un sourire. Il devenait caricaturalement prétentieux dès qu'il s'agissait de son club. Et de bien d'autres choses d'ailleurs.

— Quels sont-ils ? répliqua-t-il d'un ton acerbe. Nous proposons les cartes, les dés, la roulette. Nous avons le meilleur chef français de Londres. Et une cave incomparable.

— Vous pouvez trouver cela partout.

Anya s'interrompit, ravie de le sentir suspendu à ses lèvres.

— Si vous voulez vraiment attirer des Russes, il vous faut de la vodka.

Son expression dégoûtée la fit presque éclater de rire.

— Que reprochez-vous au cognac et au porto ?

— Rien, mais les Russes préfèrent la vodka. Croyez-moi, rien de mieux que la vodka pour enivrer un Russe au point de lui faire révéler tous ses secrets.

Il fronça les sourcils, réfléchissant visiblement à cette révélation.

— Entendu. J'essaierai. Cela pourrait constituer une nouveauté. Un ajout qui distinguerait le Tricorn de clubs comme le Crockford et le Brook.

— Vous pourriez organiser une soirée russe, suggéra Anya, s'échauffant à cette idée. Demander à votre chef de préparer des plats russes pour faire honneur à la délégation. L'idée de manger des plats de chez eux les attirera.

Un pli barra le front de Wolff.

— Il risque d'y avoir un léger problème. M. Lagrasse n'est pas seulement le meilleur chef français de Londres, c'est aussi le plus capricieux. Il y a de fortes chances qu'il refuse de cuisiner des monstruosités étrangères.

— Laissez-moi lui parler.

Avec un haussement d'épaules et un soupir qui indiquaient qu'elle perdait son temps, Wolff la précéda dans le grand escalier jusqu'aux marches qui menaient aux cuisines. Un bruit de casseroles suivi d'un chapelet de jurons résonna dans les profondeurs de la demeure.

— Il ne va pas nous remercier d'envahir sa cuisine, je vous préviens. C'est un véritable despote, pire que Bonaparte. Il a fait des cuisines son fief.

Anya lui coula un regard curieux.

— Je suis sûre que nous nous entendrons à merveille.

— Vous savez cuisiner ?

— Pas du tout. Sans mon amie Elizaveta, je mangerais des tartines de confiture tous les soirs.

Wolff secoua la tête.

— Je redoute un désastre.

Ils descendirent les marches et se retrouvèrent dans une vaste cuisine en entresol – les fenêtres placées en hauteur révélaient la cour pavée des écuries situées derrière le club. Une impressionnante batterie de casseroles de cuivre et de bouquets d'herbes séchées pendait du plafond et une imposante cuisinière dégageait une chaleur étouffante. Deux servantes étaient occupées à couper des légumes et un petit homme rondouillard portant un tablier noir avait les bras plongés jusqu'aux coudes dans un grand cul-de-poule de cuivre. Il s'agissait du célèbre Lagrasse, devina Anya.

L'homme sortit du cul-de-poule une boule de pâte à pain qu'il balança sur le plan de travail, puis entreprit de la claquer et de la marteler de ses poings comme s'il voulait s'assurer que la chose était complètement morte.

Il leur jeta un coup d'œil accompagné d'un froncement de sourcils furieux, pas le moins du monde impressionné par l'apparition de son employeur, et sa moustache frémit d'irritation.

— Ce n'est pas le moment, milord, déclara-t-il avec un accent français à couper au couteau. J'en suis à l'étape cruciale de ma pâte. Si vous voulez servir à dîner à deux cents personnes ce soir, j'apprécierais de ne pas être interrompu.

Anya se retint de sourire.

— Monsieur Lagrasse, dit Wolff d'un ton égal, je vous présente mon invitée, Mlle Brown. Elle aurait une suggestion à vous faire.

Le chef lui adressa un regard noir, visiblement stupéfait que quelqu'un puisse s'aviser de remettre en question la parfaite composition de son menu.

Anya s'avança, soucieuse de devancer toute objection, et s'adressa à lui en français.

— C'est un honneur de vous rencontrer, monsieur. Je suis originaire de Saint-Pétersbourg et sachez que votre génie culinaire est connu jusque chez nous.

Le Français eut un sourire ravi.

— Mais vous parlez français comme si c'était votre langue maternelle, ma chère !

Anya lui retourna son sourire.

— Je vous en prie, appelez-moi Anya. Nous autres Russes adorons tout ce qui est français. J'ai passé une année merveilleuse à Paris avant de venir ici.

Elle lui tendit la main. Le petit homme s'en saisit et s'inclina.

— Quelle est donc votre suggestion ?

Du coin de l'œil, elle vit Wolff hausser les sourcils, l'air stupéfait ; elle n'aurait toutefois su dire si c'était dû à sa maîtrise du français ou parce qu'elle avait accompli l'exploit de ne pas susciter la colère de son employé à l'humeur si explosive.

— Lord Mowbray m'a assuré que vous êtes le meilleur chef de Londres, et si je me fie à ce que j'ai goûté ce soir, je serais encline à partager son avis.

Le petit homme se rengorgea, et Anya lança son appât. Elle avait déjà eu affaire à ce genre d'artistes capricieux, à Paris comme en Russie. Elle savait comment les manipuler. Les hommes tels que Lagrasse avaient besoin d'être perpétuellement mis au défi pour entretenir le feu sacré.

— Toutefois…

Lagrasse lui décocha un regard dur.

— Madame ?

— J'ai également entendu parler d'un de vos rivaux, un certain Eustache Udes.

Dans son dos, Wolff laissa échapper un petit bruit incrédule.

Le visage de Lagrasse s'empourpra.

— Udes ? Il était au service de la mère de Napoléon, mais il travaille chez Crockford désormais. Crockford le paie deux mille livres par an ! Et pour quoi ? Sa *pièce de résistance* n'est rien d'autre qu'un maquereau cuit dans un beurre clarifié.

Anya afficha une expression sérieuse.

— Et je suis certaine que vous êtes meilleur chef que lui. Il n'empêche, les gens jacassent. Que diriez-vous d'établir votre supériorité une bonne fois pour toutes ?

La moustache de Lagrasse remua et un éclat d'acier étincela dans son regard. Elle le tenait.

— Que suggérez-vous ?

— Il est évident que vous êtes tous deux exceptionnellement doués dans l'élaboration de plats français. En revanche, la maîtrise d'un plat en provenance d'un autre pays ne serait-elle pas le test ultime ? De le cuisiner si bien qu'un natif de ce pays déclarera qu'il n'a jamais rien mangé de meilleur ?

Elle s'interrompit pour lui laisser le temps de s'accoutumer à cette idée.

— Lord Mowbray aimerait que le Tricorn serve des spécialités russes en l'honneur de la délégation du tsar, reprit-elle. J'ai parié avec lui que vous seriez capable de produire des mets si authentiques que même *moi*, je serais incapable de dire qu'ils ont été préparés par un Français.

Anya retint son souffle. Le gant avait été jeté. Elle pria pour que le chef accepte de relever le défi.

Il ne la déçut pas. Se redressant de toute sa hauteur, il déclara :

— Madame, il n'existe aucune recette au monde que René Lagrasse ne puisse maîtriser.

— C'est ce que j'ai assuré à lord Mowbray. Je serai votre goûteur officiel. Je testerai chaque plat avant qu'il soit servi aux clients.

— Quels plats suggérez-vous ?

— Laissez-moi réfléchir. Le premier qui me vienne à l'esprit, ce sont les blinis, bien sûr. Ce sont de tout petits pancakes russes. Semblable à vos crêpes, mais avec de la levure dans la pâte, pour qu'ils soient plus légers. Ils s'accompagnent d'une multitude de choses. Personnellement, je les apprécie avec du saumon fumé, de la crème aigre et du caviar. Ou avec du miel.

— Très bien, acquiesça Lagrasse. Mais des pancakes, ce n'est pas bien compliqué.

— C'est vrai. Vous pourriez essayer le *medovik*. C'est un gâteau au miel qui requiert un grand savoir-faire. Il existe des centaines de variantes régionales. On fait alterner une tranche de gâteau au miel avec une couche de crème Chantilly ou de crème pâtissière, avant de napper le tout d'un glaçage au miel parsemé de miettes de gâteau. Cela représente énormément de travail. La tsarine, Elizabeth Alexeievna, s'en régale chaque fois qu'on en sert à la Cour.

Lagrasse écarquilla les yeux.

— Vous avez dîné à la cour impériale ?

Anya se mordit la lèvre, réalisant son faux pas.

— Oh, j'y suis allée quelquefois ! Avec ma maîtresse, la princesse Denisova. Je descendais aux cuisines pour goûter les restes.

Le chef hocha la tête, apparemment satisfait par cette explication.

— Très bien. Vous pouvez m'apporter des recettes.

— Merci, monsieur Lagrasse. Je sais que vous serez à la hauteur de l'occasion.

Anya tourna les talons et remonta l'escalier, sachant que Wolff ne manquerait pas de la suivre.

— C'est ce que j'appelle un coup de maître, déclara-t-il une fois dans le hall.

Son ton était si ouvertement admiratif qu'Anya faillit se rengorger.

— J'ai reçu des médailles pour mes campagnes militaires, mademoiselle Brown. J'ai affronté les canons de Bonaparte et la cavalerie, mais jamais je n'aurais osé suggérer à un Français de préparer un gâteau russe.

Anya lui adressa un sourire triomphant.

— Vous parlez français ?

— Suffisamment bien pour savoir que c'est un gâchis de vous employer comme secrétaire. Vous deviez être diplomate. Je n'avais jamais assisté à un aussi somptueux numéro de dressage. Quand vous avez mentionné Udes, j'ai cru qu'il allait vous poignarder avec un couteau à pain, mais vous l'avez roulé dans la farine en douceur.

— Nous avons un dicton en Russie : « On attrape plus facilement les mouches avec du miel qu'avec du vinaigre. »

— Ou avec un gâteau au miel, en l'occurrence. Où trouverez-vous des recettes ? Vous comptez les lui écrire ?

— Oh, je n'en connais aucune par cœur ! Je pourrais peut-être aller…

— Vous n'irez nulle part, l'interrompit-il. Si vous avez besoin de quelque chose, j'enverrai quelqu'un le chercher.

Anya émit un soupir contrarié. Elle pensait être au moins autorisée à se rendre dans une librairie.

— Très bien. Envoyez quelqu'un acheter des livres de recettes chez Hatchards ou chez un de ses confrères sur Publishers' Row. Ils pourront être en russe ou en français ; je traduirai.

Wolff s'immobilisa et se tourna vers elle. Anya l'imita.

— Vous avez bien des talents cachés, mademoiselle Brown, dit-il avec un sourire. Et ce dessert au miel semble délicieux, ajouta-t-il en contemplant sa bouche. Il me tarde d'y goûter.

16

Wolff quitta la maison peu après leur visite en cuisine. Anya entendit la porte d'entrée se refermer avec une pointe de ressentiment. Elle fut toutefois sauvée de l'ennui par l'arrivée d'une lettre et d'un paquet de la duchesse.

La campagne est bien morne sans vous, mon petit. Vous serez soulagée d'apprendre que mon cocher est parfaitement rétabli de notre mésaventure à Hounslow Heath. Je suis sûre que Sebastian veille sur vous ; tâchez de réprimer vos envies de l'étrangler face à ses innombrables provocations. Ses méthodes ne sont pas toujours orthodoxes, cependant, à l'instar de mon bon ami sir Nathaniel Conant, de Bow Street, j'ai toute confiance en ses compétences. J'imagine que vous devez vous sentir quelque peu prisonnière, aussi vous ai-je adressé notre petit projet afin de vous être agréable.

Anya ouvrit le livre de contes illustrés qui accompagnait la lettre et se plongea dans sa lecture.

Trois heures plus tard, elle s'était laissé emporter dans un monde peuplé de femmes merveilleuses, de princes courageux, de sombres forêts et d'animaux prodigieux. Elle avait lu Baba Yaga la sorcière et

Vassilissa la Très Belle. L'histoire de la princesse grenouille et d'Ivan Tsarévitch, de l'oiseau de feu et du loup gris. Du Grand-Père Gel – Ded Moroz – et de la Fille de Neige Snégourotchka.

Peut-être était-elle particulièrement sensible à ce sujet, mais elle avait remarqué que bon nombre des personnages de ces contes dissimulaient leur vraie nature. Des princes déguisés en crapauds. Des gens victimes d'un sort et changés en oiseaux ou en ours. Elle réprima une bouffée de culpabilité. Elle-même avait une bonne raison de cacher son identité : l'instinct de survie.

On croisait également beaucoup de loups dans ces contes. Si l'un d'eux aidait Ivan à attraper l'oiseau de feu, le plus souvent, le rôle de ces créatures était ambigu. Ils pouvaient se montrer nobles et audacieux – ou cruels et sournois. Certes, les loups apparaissaient dans les contes de bien d'autres pays. Le livre que lisait Tess, par exemple, racontait l'histoire de la rencontre du Petit Chaperon rouge avec un loup.

Anya plissa le nez. Elle avait toujours eu un faible pour le loup dans cette histoire. Que se serait-il passé si un homme s'était vraiment retrouvé piégé dans le corps d'un loup ? S'il était tombé sous le charme d'une jolie fille ? Si elle l'avait apprivoisé ? Il aurait fait le meilleur des protecteurs. Elle ne put s'empêcher de rire. N'était-ce pas ce dont toute femme rêvait ? Être celle qui saurait amadouer la bête ? Elles y croyaient sans aucun doute jusqu'à ce qu'elles lui servent de dîner. Elle n'était pas si bête.

Après le déjeuner, elle se rendit dans la bibliothèque de Wolff. Elle voulut fouiller dans son bureau, mais la plupart des tiroirs étaient fermés à clef. Déçue, elle trouva cependant une petite boîte d'aquarelle, un pinceau, des feuilles de papier blanc et décida de peindre un peu.

Elle ne tarda guère à réaliser toute une série de vignettes. Elle dessina la datcha familiale, leur résidence d'été à la campagne, avec son écurie et son verger. Une vague de nostalgie la submergea lorsqu'elle se rappela qu'elle grimpait aux arbres afin de cueillir des fruits pour le *vareniy*, sorte de coulis de fruits, avec Dmitri et ses parents.

Elle dessina aussi certaines des robes qu'elle avait portées à Paris, et Petya, son chien-loup qui avait vécu jusqu'à l'âge avancé de quinze ans avant de mourir de vieillesse. Elle n'essaya pas de dessiner Dmitri et ses parents. Leurs traits commençaient déjà à s'estomper dans sa mémoire – les restituer sur le papier aurait exigé plus d'habileté qu'elle n'en possédait.

Enfin, elle dessina le diadème qu'elle avait détruit. La forme lui apparut avec une coupable clarté. Deux rangées de diamants bordaient le haut et le bas à la façon d'un *kokochnik*, la coiffe russe traditionnelle. D'autres diamants pendaient, telles des gouttes de pluie, parmi un fin réseau de feuilles d'anthémion, ainsi que des saphirs d'un bleu aussi intense que les lacs de Russie.

Elle s'autorisa une petite licence artistique. Si un jour elle gagnait une fortune aux cartes, elle apporterait ce dessin chez un joaillier et lui demanderait de le réaliser. L'argent n'entrerait pas en ligne de compte, aussi lui demanderait-elle de sertir les pierres d'or blanc et de platine plutôt que de l'or jaune d'origine. La couleur argentée ferait étinceler les diamants comme le soleil sur la neige et en ferait le diadème parfait pour la Princesse de Glace, comme on la surnommait autrefois.

Elle secoua la tête. Il ne lui restait plus qu'une poignée des diamants qu'Elizaveta et elle avaient cachés avant de fuir Paris. Le reste avait servi à payer la traversée d'Ostende à Douvres, la nourriture et le loyer une fois qu'elles avaient atteint Londres. Souvent, on les leur avait achetés bien moins cher que leur valeur réelle, certaines personnes peu scrupuleuses n'hésitant pas à profiter du malheur d'autrui.

La dernière fois qu'elle avait dû vendre des pierres, elle avait suivi le conseil de Charlotte et s'était adressée aux joailliers royaux Bridge & Rundell. Le propriétaire, le vieux M. Rundell, l'avait traitée avec cette politesse dédaigneuse si typique des Anglais. Il avait jeté un regard entendu à sa vilaine robe et à ses pauvres bottines, et accueilli son histoire de cadeau venant d'une employeuse décédée d'un air incrédule et désapprobateur.

De toute évidence, il la soupçonnait d'être une demi-mondaine qui souhaitait revendre les présents d'un amant, toutefois son visage s'était illuminé quand il avait réalisé que les diamants étaient exceptionnels. Il lui en avait donné une belle somme.

Anya ne doutait pas que ses pierres finiraient autour du cou ou du poignet d'une femme aimée. Il lui plaisait d'imaginer qu'elles seraient achetées par un époux amoureux, mais la vie lui avait appris à faire preuve de cynisme. De ce qu'elle avait vu de la bonne société, que ce soit à Moscou, à Paris ou à Londres, la plupart des hommes supportaient à peine leur épouse et ne se donnaient pas la peine de lui offrir de coûteux présents. Ils préféraient les destiner à leurs maîtresses.

Elle se demanda combien de bijoux Wolff avait offert à des femmes au fil des ans.

Elle se redressa sur sa chaise en entendant la porte d'entrée s'ouvrir et la voix rocailleuse de Mickey accueillir son maître. Les deux hommes discutèrent un instant, trop bas pour qu'elle comprenne, puis Wolff s'enquit de l'endroit où elle se trouvait.

— Dans votre bureau, milord, répondit Mickey.

Anya carra les épaules tandis que Wolff traversaient le hall, puis entrait dans le bureau.

Il était, comme toujours, tiré à quatre épingles. Sa veste noire épousait idéalement son ample carrure et sa culotte de daim moulait ses cuisses musclées. Ses cheveux étaient en bataille – le vent, sans doute – et son visage respirait la santé et la vitalité. Anya déglutit. Pourquoi fallait-il qu'il soit aussi séduisant ? C'était injuste.

Elle ne se leva pas pour l'accueillir. Après tout, il ne s'était pas vraiment montré courtois avec elle jusqu'ici.

Il s'approcha du bureau et jeta un coup d'œil aux feuilles devant elle.

— Qu'est-ce que c'est ?

— De simples croquis.

Elle voulut glisser le dessin du diadème sous la pile, mais il appuya la hanche sur le coin du bureau, se pencha et attira les feuilles vers lui.

Anya se sentit rougir d'embarras.

— Ces dessins sont très bons, dit-il d'un ton d'admiration si sincère que ses joues s'échauffèrent davantage. S'agit-il d'un bijou que vous avez imaginé, demanda-t-il en tapotant le croquis du diadème, ou de la reproduction d'une pièce existante ?

— Il était réel. Il appartenait à la grand-mère de la princesse Denisova.

— La princesse l'a laissé en Russie ?

— Non. Il a été détruit. Un dommage de guerre.

Un souvenir remonta soudain à la surface : sa mère portant le diadème à un grand banquet impérial, riant en toute insouciance au bras de son père si beau. Elle chassa une bouffée de tristesse. La tradition familiale voulait que chaque femme Denisova porte le diadème le jour de son mariage. Elle avait bel et bien mis un terme à *cela*. Non qu'elle ambitionne de se marier, de toute façon.

Wolff accepta son explication, plongea la main dans la poche intérieure de sa veste et en sortit une chevalière en or.

— Vous vous souvenez de ce Russe dont je vous ai parlé, qui s'est fait assassiner sur les docks ? Il portait ceci. Il y a un blason. Comment puis-je savoir à quelle famille il appartient ?

Anya étudia la pierre centrale gravée. Les armoiries montraient un casque à cimier, un écu chargé d'une seule dague et un croissant de lune.

— Il se trouve que je le sais. C'est celui de la famille Orlov. Le comte Grigori Orlov était l'amant de Catherine la Grande. Il est connu pour lui avoir offert le diamant Orlov, une pierre aussi grosse qu'un demi-œuf de poule. Il est enchâssé dans le sceptre impérial. On trouve de nombreux Orlov à Moscou et à Saint-Pétersbourg

Anya s'interrompit, craignant d'avoir révélé une connaissance trop étendue de la cour de Russie. Le petit-fils d'Orlov, le comte Pavel, l'avait demandée en mariage autrefois ; il avait quelques années de moins qu'elle, et était plus petit d'une tête, aussi avait-elle décliné son offre. Elle préférait les hommes grands. Comme Wolff.

Elle s'infligea mentalement une tape sur le crâne.

— Merci, mademoiselle Brown. Cela m'est très utile.

Il consulta la pendule sur la cheminée.

— Lagrasse est presque prêt pour l'épreuve de dégustation. J'ai réussi à me procurer quelques recettes auprès de l'ambassadeur d'Autriche, le prince Esterházy. Sa femme, la princesse Maria Theresia, est une des dames patronnesses de l'Almack's.

Anya afficha une expression polie bien qu'elle ait rencontré le prince et la princesse à plusieurs reprises en Russie. Brune et potelée, Maria Theresia n'avait qu'un an de moins qu'elle. Elle s'était mariée à dix-sept ans. Elle en avait à présent vingt et un et faisait déjà partie des meubles dans la bonne société londonienne.

— Le dîner sera servi dans une demi-heure. Puis-je espérer que vous serez prête ?

Il affichait la même incrédulité polie que M. Rundell. Il était évidemment convaincu que toutes les femmes passaient des heures à se pomponner.

Anya rassembla ses croquis et se leva.

— Bien sûr. Puis-je escompter le plaisir de votre compagnie, milord ?

— Vous le pouvez, oui.

— Comme c'est gentil, dit-elle d'un ton teinté d'ironie. Vous m'excuserez si je ne me change pas pour le dîner. Je crains que ma garde-robe ne soit quelque peu restreinte.

Elle baissa les yeux sur la robe bleue qu'elle avait été forcée de remettre ce matin. Elle était trop extravagante pour la journée et le corsage en était scandaleusement échancré, mais sa robe gris lavande avait mystérieusement disparu. Elle avait l'affreux pressentiment que Wolff avait chargé Mickey de s'en débarrasser.

— J'ai réglé le problème, répondit-il avec un fin sourire. Profitant de ce que je devais me rendre à

Bond Street, je suis passé chez quelques modistes. Vous trouverez un assortiment de robes dans votre chambre.

Il chassa une poussière invisible de la manche de sa veste et haussa les sourcils, la congédiant on ne peut plus clairement.

Anya ravala une réplique et quitta la pièce.

Elle ne trouva pas moins de quatre toilettes sur son lit. Outre deux robes de jour et deux nouvelles robes de soirée, il y avait des chemises de soie scandaleusement fines et toute une collection d'accessoires. Son cœur se mit à battre plus vite quand elle découvrit les gants. Wolff avait-il enfin décidé de l'autoriser à sortir ? Elle l'espérait. Elle n'en pouvait plus d'être enfermée.

Elle réprima un gémissement de bonheur quand elle enfila l'une des nouvelles robes. Sa couleur lie-de-vin était flatteuse et elle était divinement taillée. À quel jeu jouait Wolff ? Cherchait-il à acheter son affection, sa capitulation, avec des robes ? La voyait-il déjà comme une femme entretenue, une maîtresse qu'il pouvait habiller – et déshabiller – à sa guise ?

Elle frissonna à cette idée et se redressa. Elle n'accepterait pas la charité. Et elle n'était pas à vendre. Dût-elle se défaire de tous ses diamants, elle le rembourserait.

17

Sebastian se surprit à pianoter sur la table et se figea. Qu'est-ce qui ne tournait pas rond chez lui ? Il avait passé la journée dehors pour éviter de se retrouver sous le même toit que son invitée si diablement attirante, et maintenant, il brûlait de la revoir et de croiser le fer avec elle. Son sang en frémissait d'impatience.

Il n'aurait pas dû lui acheter ces robes sur un coup de tête – des robes qui n'auraient pas déparé dans une salle de bal de la haute société, qui plus est. Mais la voir dans cette pitoyable robe grise déclenchait chez lui une réaction proche de la douleur physique.

Il s'était dit qu'il s'agissait d'une préférence purement esthétique. Une femme aussi belle ne pouvait pas porter des vêtements dénués de style et usés jusqu'à la trame. C'était un affront à l'ordre naturel des choses.

Son ascendance à demi italienne l'avait doté de ce sens de la beauté qui remontait à la Renaissance. Ses ancêtres avaient sans doute été les mécènes d'artistes comme Caravage et Donatello de la même façon qu'il aimait acheter ses bottes chez Hoby et ses vestes chez Weston.

Sans être obsédé par la mode, comme certains de ces dandys ridicules qui se pavanaient en ville vêtus de soie et de satin, Sebastian ne cachait pas qu'il appréciait une redingote bien coupée ou un nœud de lavallière parfaitement exécuté. Benedict et Alex ne cessaient de se moquer de lui à ce sujet.

Son amour de la beauté s'étendait aussi au choix de ses amantes, mais en dépit de sa réputation de débauché, il s'était toujours montré exigeant. La seule beauté ne suffisait pas à retenir son intérêt. Il demandait aussi à ses maîtresses intelligence, vivacité d'esprit et sens de l'humour.

Des qualités dont son invitée était abondamment pourvue.

La table avait été dressée pour deux. Sebastian réalisa dans un sursaut qu'il ne se souvenait pas de la dernière fois qu'il avait dîné chez lui. Il avait pris l'habitude de dîner avec Benedict et sa femme, Georgie, ou avec Alex et Emmy, ou de picorer au buffet du Tricorn. Souvent, il demandait à Mickey de lui apporter une assiette dans son bureau et en avalait le contenu tout en lisant un rapport de Bow Street.

Pas étonnant que Lagrasse le regarde de travers – la plupart du temps, il remarquait à peine ce qu'il mangeait.

Ce soir, il savourerait chaque bouchée, tout comme il savourerait la compagnie de son invitée. Mlle Brown se révélait pleine de contradictions. Elle aimait le caviar et savait quel était le gâteau préféré de la tsarine, mais elle était également amie avec l'une des courtisanes les plus réputées de Londres. Rien de tout cela n'avait de sens. Il avait chargé Jem Barnes, un des plus jeunes informateurs de Bow Street, de lui rapporter tout ce qu'il entendrait dans les bas-fonds à propos des

Russes. Si quelqu'un projetait d'enlever sa belle captive, il tenait à en être informé.

Il retint son souffle quand elle apparut sur le seuil. Pourquoi diable avait-il jugé bon de lui acheter une robe d'un rouge aussi provocant ? Il avait déjà bien assez de mal à ne pas penser à elle, sans parler de la toucher. Ce serait impossible après l'avoir vue dans cette robe.

Le profond décolleté révélait le galbe parfait de ses seins ainsi que l'ossature délicate de ses épaules. Elle avait relevé ses cheveux, mais quelques mèches effleuraient sa clavicule, menaçant de s'insinuer, tel un filet de miel, dans le sillon tentateur entre ses seins. Un sillon que Sebastian aurait volontiers suivi de la pointe de sa langue.

Il se racla la gorge et l'invita d'un geste à s'asseoir en face de lui.

— Bonsoir, mademoiselle Brown. Asseyez-vous, je vous en prie.

Il ne se leva pas ni ne lui tira sa chaise, comme il l'aurait fait pour une femme d'un rang plus élevé. Il observa sa réaction, curieux de voir si elle s'irriterait de cette omission. Elle ne parut toutefois pas étonnée qu'il agisse ainsi. Elle s'assit sans cérémonie et lui adressa un sourire poli.

— Bonsoir, milord.

Cette voix à la fois enrouée et guindée déclencha en lui un élancement de désir qu'il s'empressa de dissimuler avec sa serviette. Elle but une gorgée de vin. Sa poitrine se souleva quand elle déglutit et Sebastian eut envie de goûter sa peau. Il envisagea brièvement de tout faire tomber sur le sol, les fleurs, l'argenterie, les verres, la porcelaine, de l'allonger sur la table et de l'embrasser à perdre haleine. De poser sa bouche entre ses seins et...

— Ce vin est excellent, dit-elle poliment.

Sebastian toussa. Heureusement, Mickey entra avec un plateau, le bondissant Lagrasse dans son sillage. La différence de taille entre les deux hommes était des plus comique – Mickey aurait utilisé la tête du chef comme accoudoir.

— Qu'avons-nous là ? réussit à articuler Sebastian.

Sa voix lui parut affreusement grave.

Lagrasse l'ignora et gratifia Anya d'un sourire éblouissant.

— Pour commencer, madame, je vous ai préparé une soupe de betteraves rouges.

Les yeux d'Anya se mirent à briller quand Mickey déposa devant elle un petit bol rempli d'un liquide de la même couleur que sa robe.

— Du bortsch ! Quelle bonne idée ! Le servez-vous chaud ou froid ?

Elle prit sa cuillère et la fit glisser à la surface du potage en l'éloignant d'elle. Ses manières étaient impeccables.

— Chaud pour ce soir, madame, avec de l'aneth et un soupçon de crème aigre.

Sebastian ricana intérieurement. Il n'y avait pas que la soupe qui était chaude, ce soir. Lui-même était en feu.

Anya goûta le bortsch et ferma les yeux.

— Délicieux.

Le petit Français rayonna de plaisir et Sebastian se retint de lui demander de partir afin d'être seul à jouir des réactions d'Anya. Il se demanda ce qu'il pourrait faire d'autre pour qu'elle arbore un sourire aussi satisfait. Plusieurs possibilités immorales lui vinrent à l'esprit.

Un silence poli tomba tandis qu'ils dégustaient leur soupe, et Sebastian découvrit, non sans surprise, que celle-ci était effectivement très bonne. Il avait eu quelques expériences gustatives malheureuses, tant en France qu'en Espagne, parmi lesquelles figurait une révoltante estouffade de chou dans les environs de Cadix, mais ce velouté n'avait rien de comparable.

Sur un signe de tête de Lagrasse, Mickey révéla le plat suivant.

— À la demande de la dame, nous avons préparé des blinis. Avec du miel et de la crème.

Le chef déposa fièrement une série de petits pancakes sur l'assiette d'Anya, puis se redressa, attendant son verdict.

— Je suis donc censé me servir moi-même ? marmonna Sebastian, mi-amusé, mi-irrité d'avoir été oublié dans sa propre salle à manger.

À l'évidence, *son* opinion était superflue. Mickey lui adressa un regard ennuyé et plaça quelques-uns des blinis restants sur son assiette.

— Voilà pour vous, monsieur.

Délaissant fourchette et couteau, Anya porta directement à sa bouche un des pancakes, sous le regard fasciné des trois hommes. Elle le mangea en deux bouchées délicates, puis lécha une goutte de miel sur ses doigts.

Sebastian en gémit presque. Ce spectacle était une pure torture érotique. Il eut envie de bander les yeux des deux autres hommes. Cela dit, Mickey semblait indifférent et Lagrasse plus nerveux qu'excité.

Sebastian enfourna un blini d'une seule bouchée et le trouva si bon qu'il en engloutit six à la suite. Lagrasse lui coula un regard noir, sans doute furieux qu'il ne prenne pas le temps de savourer sa cuisine comme il convenait.

À regarder Anya se délecter, Sebastian ne put s'empêcher d'éprouver du plaisir. Son bonheur lui faisait comme un halo de sérénité et il ne put s'empêcher de sourire en réaction.

Elle ponctua sa dégustation d'un pincement de lèvres.

— Hmm. Il manque peut-être un soupçon de sel pour contrebalancer la douceur du miel. Mais à cet infime détail près, c'est la perfection, monsieur Lagrasse. Vos blinis sont aussi bons que ceux que j'ai mangés en Russie. Merci.

Lagrasse laissa échapper un soupir de soulagement.

— De rien, madame. C'est un plaisir de cuisiner pour quelqu'un qui apprécie à sa juste valeur le talent de l'artiste que je suis.

Il gratifia Sebastian d'un regard hautain, oubliant apparemment que celui-ci lui versait un salaire exorbitant.

— Vous pouvez nous laisser, déclara Sebastian d'un ton suave.

Il avala une gorgée de vin tandis que les deux hommes sortaient, puis croisa le regard d'Anya sans chercher à dissimuler son désir.

— Ne bougez pas.

Il se leva, se pencha au-dessus de la table et essuya du doigt une goutte de miel au coin de sa bouche. Il l'entendit prendre une brève inspiration et laissa son doigt sur ses lèvres, lui intimant l'ordre silencieux de le prendre en bouche. Ses yeux s'agrandirent, pourtant, elle entrouvrit les lèvres et il la gratifia d'un frémissant sourire d'approbation. Elle aspira l'extrémité de son doigt dans sa bouche tiède et Sebastian sentit son sexe palpiter avec insistance quand elle lapa le miel.

La poitrine d'Anya montait et descendait à un rythme un peu rapide, mais son regard resta rivé au sien. Il eut l'impression de tomber au fond du gouffre insondable de ses yeux.

Elle recula, rompant le charme, et lui adressa un petit sourire timide.

— Les blinis sont très populaires chez moi, dit-elle d'une voix haletante. Nous les célébrons chaque année pendant toute une semaine, la *maslenitsa*, mot qui signifie « la semaine du beurre ». Le blini symbolise le soleil ; en le mangeant, les gens absorbent sa chaleur et son énergie.

Sebastian se rassit, s'adossa à sa chaise et but une gorgée de vin pour se remettre.

— Fascinant.

Les joues d'Anya rosirent quand elle comprit qu'il ne faisait pas allusion à ce qu'elle disait, mais à elle.

Des émotions conflictuelles bataillaient en lui. Il la désirait comme un fou. La séduire serait-il déshonorant ? Profiterait-il de l'avantage de sa position en le faisant ? Elle était censée être sous sa protection – cela n'impliquait-il pas de la protéger de lui-même ?

Il n'avait que mépris pour les hommes qui badinent avec leurs domestiques. Une gouvernante ou une femme de chambre craint toujours de perdre sa place si elle refuse les avances de son maître. Jamais il ne s'était abaissé à manipuler une femme de cette façon-là.

Mlle Brown ne faisait cependant pas partie de son personnel. Techniquement, elle était l'employée de sa grand-tante, et le ciel lui était témoin qu'il n'exerçait que fort peu d'influence sur ce vieux dragon. S'il décidait qu'il fallait laisser partir Anya, par exemple, il doutait que sa tante l'écoute.

Pourquoi aurait-il dû se sentir coupable d'avoir envie de coucher avec elle ? Elle avait dit n'avoir que peu d'expérience avec les hommes, mais il doutait qu'elle fût encore vierge. Et même s'il avait tendance à préférer les femmes averties, il était plus que disposé à faire une exception pour elle. L'idée de continuer à faire son éducation le laissait même haletant. Il avait commencé par aborder son manque d'expérience en matière de baisers...

— J'ai une faveur à vous demander, milord.

Sebastian haussa les sourcils, le cœur battant d'impatience.

— En quoi puis-je vous être utile, mademoiselle Brown ?

Les possibilités étaient nombreuses, toutes plus dépravées les unes que les autres. Seigneur, il avait hâte !

— J'aimerais sortir.

— Avec plaisir. Attendez... Quoi ?

18

— Vous m'avez acheté des gants, lui rappela Anya.

Elle tourna vers la fenêtre un regard plein d'envie. La cour de l'écurie s'obscurcissait, mais la soirée était encore jeune.

— Il ne fera pas nuit avant une heure, et je suis cloîtrée ici depuis deux jours. Cela vous ennuierait que je fasse une courte promenade à cheval dans le parc ?

Wolff ouvrit la bouche et elle s'empressa d'enchaîner, anticipant un refus :

— Il n'y a presque personne dehors à cette heure. Personne ne me verra. Je vous en prie, dit-elle avec un regard suppliant.

— Vous ne pouvez pas monter, répondit-il en se renfrognant. Je n'ai pas de selle d'amazone.

— Je n'en ai pas besoin. Je sais monter à califourchon.

— Pas avec des jupes, non.

— Il suffit que vous me prêtiez des pantalons.

Il arqua les sourcils. Était-il choqué, désapprobateur ou intéressé ?

— Des pantalons ? répéta-t-il avant de baisser les yeux sur son corps athlétique. Je doute qu'ils vous aillent, ajouta-t-il avec un sourire amusé. Et ceux de Mickey pas davantage.

Elle soutint obstinément son regard.

— Vous devez bien avoir des garçons d'écurie. Je suis certaine qu'un agent de Bow Street sait improviser en cas de besoin.

Anya n'arrivait pas à croire qu'elle venait de faire une suggestion aussi scandaleuse, néanmoins, puisque Wolff la considérait déjà comme une dévergondée doublée d'une voleuse, quelle importance ?

— Très bien, dit-il. Je vais voir ce que je peux faire.

Il se leva et elle l'imita – elle ne tenait pas à ce qu'il la domine de toute sa hauteur.

— Vous pouvez regagner vos appartements, mademoiselle Brown.

Moins d'une demi-heure plus tard, Mickey lui apportait un pantalon de laine marron, une chemise blanche, une veste de laine informe et une paire de bottes d'équitation.

Ravie, Anya s'empressa de les enfiler en se souvenant de l'époque où elle empruntait les vêtements de Dmitri pour s'en aller chevaucher à bride abattue avec lui en forêt. Les bottes se révélèrent un peu trop grandes, quoique pas suffisamment pour que ce soit gênant. Elle natta ses cheveux en une longue tresse qu'elle enroula autour de sa tête, puis enfila la veste. Cette dernière était trop grande, elle aussi, mais elle masquait ses formes, ce qui était le but recherché.

Wolff l'attendait au pied des marches. Il plissa les yeux pour inventorier sa tenue. Anya sentit son sang s'échauffer et faillit trébucher. Contrairement à la sienne, la tenue de Wolff était impeccable. Ses bottes étincelaient et son pardessus retombait en plis épais. Il tenait à la main une cravache noire avec laquelle il se tapotait impatiemment la cuisse.

Elle s'attendait à un commentaire moqueur de sa part, or, il se contenta d'un simple hochement de tête et se dirigea vers la porte. Elle le suivit jusqu'aux écuries où deux chevaux sellés les attendaient. L'étalon noir était celui qu'il montait quand il s'était porté à son secours à Hounslow Heath.

Il désigna l'autre cheval, d'un joli gris, aux grands yeux liquides.

— Voici Borodino, dit-il. Et lui, ajouta-t-il en indiquant l'étalon, c'est Éclipse.

— Borodino ? Comme la bataille ?

— Oui. Je l'ai fait venir du continent. Il est tellement habitué au bruit que rien ne le perturbe, ni les aboiements des chiens, ni les cris des marchands, ni le fracas des charrettes. Vous serez en sécurité avec lui. Vous êtes sûre de vouloir sortir ? Il fait froid.

— Si vous aviez affronté l'hiver russe, gloussa Anya, vous n'appelleriez pas cela du froid. Je suis habituée à des couches de neige de plusieurs pieds de haut, milord. Je ne crains rien.

Il décrocha une casquette accrochée à un clou du mur et la lui lança.

— Couvrez vos cheveux.

Elle rabattit la visière bas sur son front, cala le pied dans l'étrier et se hissa en selle. Elle surprit l'expression surprise de Wolff. Il était sans doute habitué aux femmes qui ont besoin d'un montoir ou qu'un homme les soulève pour se mettre en selle. Ma foi, elle n'avait rien d'une demoiselle en détresse.

Elle régla les rênes tandis qu'il enfourchait son étalon d'un mouvement souple qui témoignait d'une pratique intensive, et ils sortirent de l'écurie. Wolff l'observa un moment pour voir comment elle prenait sa monture en main, puis se mit en route, apparemment satisfait.

— Restez derrière moi. Vous êtes habillée en palefrenier, mieux vaut vous comporter comme tel. Si quelqu'un nous voit, il pensera que vous m'aidez à faire prendre de l'exercice aux chevaux.

Anya hocha docilement la tête, soucieuse de ne rien dire qui risque de le faire changer d'avis.

— Nous allons aller à St James's Park, c'est le plus proche.

Quelques minutes plus tard, ils franchissaient l'entrée située à l'est et s'engageaient dans une des allées bordées d'arbres réservées aux cavaliers. Comme prévu, l'endroit était quasiment désert.

— Nous ne pouvons pas rester longtemps. Le parc est dangereux, une fois la nuit tombée ; il y rôde une faune qui n'a rien à voir avec les visiteurs qui s'y promènent dans la journée. C'est un haut lieu de racolage pour les prostituées.

— Je croyais que les grilles étaient fermées la nuit.

— Elles le sont. On estime toutefois qu'au moins sept mille clefs sont en circulation, on pourrait donc aussi bien les laisser ouvertes.

Elle amena son cheval à hauteur du sien et jeta un coup d'œil au ciel.

— Cela sent la neige.

Wolff lui décocha un coup d'œil amusé.

— Parce que vous sentez quand la neige menace ?

— Bien sûr ! On la sent dans l'air. C'est peut-être réservé aux Russes, ajouta-t-elle avec un haussement d'épaules. Nous sommes à l'évidence experts dans ce domaine. De même que deux flocons de neige ne sont jamais identiques, deux chutes de neige ne le sont pas non plus. Il y a la neige humide. La neige fondue. La neige sèche et poudreuse. La neige idéale pour les boules de neige. *Metel,* c'est la neige poussée par le vent. *Viouga,* c'est le terme littéraire. *Buran* est un terme régional qu'on emploie en Sibérie. Et *purga,* c'est le blizzard.

Il secoua la tête en riant.

— La foi, il y a peu de chances que nous ayons du blizzard en Angleterre. Nous avons rarement plus qu'une fine couche de neige. Les hivers étaient plus rigoureux au siècle dernier, paraît-il. La Tamise gelait et chaque fois que cela se produisait, une grande Foire sur glace y était organisée. Toutes sortes d'étals surgissaient comme par enchantement et des marchands proposaient des choses aussi extraordinaires que de la limonade au gingembre ou du bœuf rôti.

— Cela semble merveilleux.

— La dernière s'est tenue il y a deux ans. Je me battais au Portugal à l'époque, mais ma tante m'a raconté qu'on avait amené un éléphant sous le pont de Blackfriars pour tester l'épaisseur de la glace.

— J'aurais adoré voir cela ! Nous sommes tellement habitués à voir nos fleuves gelés que nous ne faisons jamais de choses aussi excitantes. L'attrait de la nouveauté s'est usé, je suppose. On prétend pourtant que c'est la rigueur de notre hiver qui a causé la défaite de Napoléon quand il a tenté de nous envahir avec sa Grande Armée. Il a été battu par le général Janvier et le général Février.

Le sourire d'Anya disparut comme elle se rappelait les sinistres statistiques rapportées par les journaux de l'époque.

— Il paraît qu'il a perdu plusieurs centaines de milliers d'hommes pendant cette campagne.

— En effet, dit Wolff. Pauvres bougres. Je ne souhaite cela à personne, pas même à l'ennemi. Je préfère mourir d'une balle que périr de froid.

Le cœur d'Anya se serra au souvenir de Dmitri. Elle se dit qu'elle devrait trouver un peu de réconfort à l'idée que sa mort avait été rapide.

Ils chevauchèrent en silence tandis que les ombres s'allongeaient. Anya inspira profondément, heureuse d'être à l'air libre, et s'efforça de trouver un sujet de conversation moins déprimant. Wolff avait probablement des centaines de mauvais souvenirs liés à la guerre. Autant éviter de s'appesantir sur eux.

— Je traduis un recueil de contes russes pour la duchesse douairière, avança-t-elle, son souffle se déployant devant sa bouche tel un nuage de fumée s'échappant des naseaux d'un dragon.

— Y en a-t-il un qui ait votre préférence ?

— Bien sûr. L'histoire de la Fille de Neige, *Snégourotchka*, une belle jeune fille faite de neige - *sneg* est le mot russe pour « neige ». On la décrit toujours vêtue d'une longue cape bleu ciel bordée de renard argenté, et coiffée d'une couronne de flocons de neige.

— Vous avez une cape comme celle-là, non ?

— Oui, confirma-t-elle, troublée qu'il s'en souvienne. Elle appartenait à la princesse ; c'est elle qui me l'a donnée.

— Qu'arrive-t-il donc à cette Fille de Neige ?

— C'est la fille de la Fée Printemps et de Ded Moroz, le Grand-Père Gel. Elle est née immortelle, mais elle est si seule qu'elle se languit de la compagnie des humains. Elle se met à les épier et un jour, elle tombe amoureuse d'un jeune berger, appelé Lel.

— Évidemment, dit-il. Une princesse ne peut pas toujours tomber amoureuse d'un prince riche et titré.

Anya lui coula un regard oblique et son cœur fit un bond dans sa poitrine en dépit de son cynisme. Les ombres du crépuscule soulignaient sa puissance et sa grâce virile. C'était tout à fait le genre d'homme dont une jeune fille immortelle aurait pu s'éprendre.

Elle s'éclaircit la voix.

— Il existe plusieurs versions de ce conte. Selon certaines, le cœur de Snégourotchka s'échauffe tellement quand elle tombe amoureuse qu'elle fond et disparaît dans un nuage de vapeur.

— C'est malheureux, ricana Wolff. Un conte de mise en garde contre les emballements romantiques, donc.

— Dans une *autre* version, tomber amoureuse ne tue pas la princesse, poursuivit Anya. Elle sombre dans une profonde mélancolie parce qu'elle sait qu'elle ne pourra jamais être avec son mortel amour. Sa mère, la Fée Printemps, lui demande si elle serait prête à renoncer à son immortalité pour être avec Lel. Elle répond sans hésiter : « Bien sûr ! Je préfère une vie courte et heureuse avec Lel plutôt que l'éternité sans lui. » Voyant la profondeur de l'amour de sa fille, la Fée Printemps exauce son souhait. La Fille de Neige devient mortelle, épouse son berger, et ils vivent ensemble heureux et longtemps.

— Elle abandonne son privilège par amour ? s'étonna Wolff. C'est bien un conte de fées ! Quelle fin préférez-vous ?

Anya plissa le nez.

— J'imagine que la première est la plus réaliste. L'amour a certainement le pouvoir de détruire ceux qui ont le malheur de le connaître.

À l'exception d'Elizaveta, tous ceux qu'Anya avait aimés étaient morts ; ses parents de maladie et Dmitri à la guerre. Son cœur en était encore meurtri. L'enfermer dans un écrin de glace si épais qu'il ne pourrait jamais fondre semblait la meilleure chose à faire. On l'avait surnommée la Princesse de Glace en Russie parce qu'elle maintenait avec ses prétendants une distance glaciale. Ce sobriquet ne l'avait jamais dérangée.

— Vous semblez un peu jeune pour porter un regard aussi cynique sur l'amour.

Anya haussa les épaules.

— J'aimerais croire à la deuxième fin. On ne doit jamais perdre espoir, après tout.

Elle jeta de nouveau un coup d'œil à Wolff, certaine qu'il se moquerait d'elle, mais son visage était indéchiffrable.

Ils atteignirent le bord d'un étang. Des cygnes et des canards glissaient sereinement à sa surface, ainsi qu'un grand oiseau, doté d'un grand bec jaune, qu'Anya n'avait encore jamais vu.

— Qu'est-ce que c'est ? s'enquit-elle.

Wolff sourit.

— C'est un pélican. Ils ne sont pas natifs de nos rivages. Je crois d'ailleurs qu'un de vos compatriotes est responsable de sa présence ici.

— Comment cela ?

— D'après la légende, un ambassadeur russe aurait offert un couple de pélicans au roi George II au début du XVIIIe siècle. Ceux qui se trouvent ici seraient leurs descendants. L'un d'eux fait parfois sensation en bondissant sur un pigeon qu'il avale d'un seul coup.

— Oh, mon Dieu ! Je suppose que cela pourrait ternir les relations diplomatiques entre nos deux pays. Au moins, l'ambassadeur n'a pas offert au roi Charles un éléphant blanc pour le mener à la faillite.

Wolff tourna vers elle un regard amusé et Anya se sentit aussitôt gênée. Elle devait avoir le nez rouge, alors que lui était aussi beau que d'habitude. Ses lèvres, loin de paraître gercées, étaient diablement tentantes. Seraient-elles froides, sous les siennes ? Ou tièdes ?

Il s'éclaircit la voix.

— Nous ferions mieux de rentrer. Je vais avoir besoin d'un bon verre de cognac pour me réchauffer.

— Vous trouvez qu'il fait froid ici, après l'Espagne et le Portugal ? demanda Anya.

Il inclina la tête de côté, réfléchissant à sa question.

— La douceur du climat était agréable. Mais je préfère être ici, sans balles qui sifflent autour de moi. Mieux vaut avoir froid et être en vie, que chaud et mort.

Elle acquiesça. *Mieux vaut aussi une dame de compagnie démunie qu'une princesse privée de choix.*

— La duchesse douairière m'a dit que vous aviez eu l'ouïe endommagée, pendant la guerre, dit-elle prudemment. Vous ne semblez pourtant pas avoir de difficultés particulières.

— Un coup de canon à Waterloo. Seule mon oreille gauche a été affectée, heureusement. Je suis parfois obligé de pencher un peu la tête quand il y a beaucoup de vent ou dans une pièce remplie de monde, mais ce n'est pas si gênant. C'est même assez utile dans les réceptions, en fait. Vous n'imaginez pas combien de fois j'ai littéralement fait la sourde oreille face à une harpie cancanière ou à un politicien assommant.

Il lui adressa un sourire taquin.

— Souvenez-vous-en quand vous murmurerez de doux riens à mon oreille, mademoiselle Brown. La droite uniquement, s'il vous plaît.

Anya se redressa sur sa selle et le considéra d'un air hautain.

— Il n'y aura pas de murmures, lord Mowbray. Ni doux ni amers.

Elle fit volter sa monture et s'éloigna au trot, poursuivi par l'écho de son rire.

19

Il faisait nuit quand ils regagnèrent le Tricorn. Mickey avait dû guetter leur retour, car il sortit aussitôt et prit les chevaux.

— Nous avons reçu une livraison des marchands de vin, milord. J'ai mis la caisse dans le salon rouge. Et j'ai préparé une flambée.

— Merci, Mickey.

Wolff entra à l'intérieur et Anya le suivit au salon. Elle s'approcha de la cheminée pour réchauffer ses mains glacées. Une caisse de bois sur laquelle figuraient des inscriptions en cyrillique trônait sur le buffet.

— Vodka ! lut Anya, ravie.

Wolff souleva le couvercle, révélant une douzaine de bouteilles nichées dans la paille qui garnissaient la caisse.

— J'ignore si elle est bonne ou pas. J'ai bien plus d'expérience avec le cognac.

— Je m'y connais un petit peu en vodka.

— Vous ?

Son ton reflétait le plus parfait scepticisme et Anya sourit intérieurement. Sa famille possédait une distillerie, à Saint Pétersbourg et elle connaissait le processus de fabrication de A à Z. Ce qu'elle ne pouvait pas lui avouer.

Elle haussa les épaules.

— En Russie, tout le monde en boit. Le vin est si cher que seuls les aristocrates peuvent s'en offrir, en revanche, on trouve de la vodka partout. On l'appelle le « vin de pain » parce qu'elle est à base de blé, de seigle ou d'orge. Et parfois le « vin brûlant » parce qu'elle vous met la gorge et le ventre en feu.

Elle lui décocha un regard de défi.

— J'en ai goûté de très bonnes et de très mauvaises. Je saurai certainement vous dire si celle-ci est digne d'être servie à vos clients.

Il sortit deux gobelets de verre taillé, ouvrit une bouteille et versa l'équivalent du contenu d'un dé à coudre dans chacun d'eux. Anya se retint de justesse de se moquer de sa frugalité.

— Ne pas remplir le verre de son hôte est considéré comme désobligeant, l'avertit-elle. Et ne pas vider son verre est irrespectueux.

— Vraiment ?

— Oui. Nous autres Russes prenons la vodka très au sérieux. Il y a des règles pour *tout*. Vous devez toujours servir les autres avant vous, et vous ne devez jamais remplir un seul verre rien que pour vous, énonça-t-elle en s'emparant du verre qu'il lui tendait. On ne doit jamais la siroter, mais la boire d'un seul coup, et glacée.

— Je tâcherai de m'en souvenir. Y a-t-il autre chose que je doive savoir ?

Elle leva son verre et huma son contenu.

— Elle doit être sans odeur et sans goût.

Il renifla son propre verre.

— Jusqu'ici tout va bien.

— Et le plus important, la vodka ne doit jamais, absolument jamais, être bue sans raison, déclara-t-elle en lui adressant un regard grave. En Russie, un repas ordinaire ne s'accompagne pas de vodka, comme on le fait du vin en France ou en Angleterre. Les Russes ne boivent de la vodka que lorsqu'une « occasion » se présente. Nous trouvons fort commodément toutes sortes de choses à fêter.

Elle laissa échapper un gloussement et entreprit de compter sur ses doigts.

— Mariages, enterrements, naissance d'un enfant, signature d'un contrat d'affaires, fêtes religieuses, bonne récolte. Ce sont là autant de motifs de boire de la vodka.

— Bonté divine, s'esclaffa Wolff. C'est un miracle que vous ne soyez pas tous perpétuellement ivres. À quoi boirons-nous, alors ?

— Le premier toast, traditionnellement, se porte « à notre rencontre ».

— Très bien.

Ils levèrent leur verre et en avalèrent le contenu. Anya marqua un temps d'arrêt, le souffle coupé. Le flot brûlant qui avait envahi sa gorge la fit larmoyer. Wolff haussa les sourcils dans l'attente silencieuse de son verdict.

— C'est de la très bonne vodka, déclara-t-elle, sincère, en tendant son verre pour qu'il la resserve. Notre prochain toast sera pour nos familles.

Il versa un doigt de vodka dans son verre et se resservit.

— À nos familles.

Tous deux burent.

Anya ravala son chagrin. Elle n'avait plus aucune famille. La perte de Dmitri la hantait, telle une douleur lancinante qui refaisait surface dans les moments les plus inattendus. Elle s'interdit toutefois de céder au sentimentalisme. Il lui restait d'excellentes amies en la personne d'Elizaveta, de

Charlotte et de la duchesse. Elles étaient comme une famille pour elle.

— Le suivant est à notre santé.

Elle tendit de nouveau son verre. Wolff hésita, puis le lui remplit.

— *Za zdarovié,* dit-elle solennellement.

Il l'accompagna et Anya laissa échapper un long soupir. Elle avait oublié ce goût du pays natal. La vodka la réchauffait efficacement en tout cas. Son ventre irradiait et ses sens fourmillaient plaisamment.

— Plus vous faites preuve d'éloquence, plus cela confirme que l'occasion est exceptionnelle, bien sûr, reprit-elle. Mon frère avait par exemple coutume de dire : « Puissions-nous avoir autant de soucis qu'il restera de gouttes de vodka dans nos verres. » C'est gentil, vous ne trouvez pas ?

— En effet, répondit Wolff en emportant la bouteille vers un des fauteuils placés devant le feu. Venez donc vous asseoir.

Il s'assit, mais Anya ignora l'autre siège, préférant s'asseoir par terre, heureuse d'être en pantalon. Cette tenue laissait plus de liberté de mouvement qu'une jupe. Elle replia un genou et s'adossa au fauteuil avec un soupir d'aise.

Wolff souleva la bouteille et lui adressa un coup d'œil interrogateur. Elle tendit son verre.

— Quel est *votre* toast préféré ? s'enquit-il.

Elle leva son verre et croisa son regard.

— Aux tables qui rompent sous le poids des mets et aux lits, sous le poids de l'amour.

Elle renversa la tête en arrière et but. Wolff l'imita.

— Excellent, dit-il. Puis-je en proposer un autre ?

— Allez-y.

Il se pencha en avant et elle remarqua que sa main manquait d'assurance quand il remplit son verre. À moins que ce ne fût sa propre main qui oscillait. Quoi qu'il en soit, un filet de vodka coula sur son poignet.

— Oups !

Elle leva le bras, rattrapa la goutte de vodka de la pointe de la langue et tourna vers Wolff des yeux rieurs, pour partager avec lui cet instant idiot. Face à la pure avidité qu'elle lut dans son regard, sa légèreté s'évapora, remplacée par un tourbillon d'excitation. Son expression était ardente, son regard brûlant. Il semblait prêt à l'avaler toute crue. Un flot de chaleur se répandit en elle.

— Quel est votre toast ? demanda-t-elle d'une voix enrouée.

— À l'amitié.

Sa gorge se noua d'émotion.

— Sommes-nous amis, milord ?

— Nous ne sommes certainement pas ennemis.

Anya avala le contenu de son verre, et appuya la tête contre l'assise du fauteuil. Le feu qui crépitait dans l'âtre combiné à l'alcool la rendait somnolente et languide. La pièce commençait à tourner autour d'elle.

— Peut-être essayez-vous de me saouler pour me faire révéler tous mes secrets. *In vino veritas.*

— Peut-être, répondit-il d'un ton plaisant. Y suis-je parvenu ?

— Un peu.

Anya sourit. Elle se sentait merveilleusement bien, en fait. La seule personne avec qui elle s'était sentie aussi détendue, c'était Dmitri. Un flot de nostalgie l'assaillit quand elle se souvint comment, enfants, ils s'allongeaient par terre devant la cheminée pour lire.

Les sentiments que lui inspiraient Wolff n'avaient toutefois rien de fraternel.

— Ne vous approchez pas trop près du feu, Princesse de Glace, murmura-t-il. Vous pourriez fondre.

Son cœur manqua un battement. Il ignorait à quel point ce surnom était proche de la vérité.

— *Hic !*

Elle plaqua la main sur sa bouche, mais ne put arrêter un autre hoquet involontaire.

Le gloussement de Wolff retentit dans le silence qui suivit.

— Il semblerait que vous ayez le hoquet, mademoiselle Brown.

— Il semblerait, en effet.

— Les Russes ont-ils également des règles à ce sujet ? la taquina-t-il.

Anya le foudroya du regard, hélas, un hoquet ruina ses effets.

— Il se trouve que nous en avons. Quand vous avez le hoquet, cela signifie que quelqu'un pense à vous. La meilleure façon de – *hic !* – s'en débarrasser consiste à nommer des gens. Si le hoquet s'arrête sur un nom donné, c'est que cette personne pense à vous.

— Vous feriez bien de commencer à nommer des gens, dans ce cas.

— *Hic !*

Anya eut un froncement de sourcils exaspéré.

— Très bien. La duchesse douairière.

Ils attendirent.

— *Hic !* Non, ce n'est pas elle. Elizaveta.

Elle retint son souffle. Trois secondes passèrent.

— *Hic !* Pas elle non plus.

Anya se mordit la lèvre. Les yeux de Wolff se posèrent sur sa bouche et le regard affamé, paupières mi-closes, réapparut.

— Vasili Petrov ?

Le visage de Wolff s'assombrit. Un muscle tressauta sur sa mâchoire et un éclat dangereux vacilla au fond de son regard. Il fusilla Anya du regard tandis que les secondes s'égrenaient, la mettant presque au défi de produire un son.

— *Hic.*

Anya laissa échapper un soupir de soulagement, même s'il ne s'agissait que d'un jeu idiot. Elle ne voulait pas que Vasili pense à elle. Jamais.

Wolff se pencha et elle retint son souffle sous l'intensité de son regard.

— Sebastian Wolff, suggéra-t-il d'une voix douce.

— Sebastian Wolff, répéta-t-elle.

Le silence se prolongea. Et dura.

Elle écarquilla les yeux.

— Cela a marché ! Vous pensez à moi ! À quoi pensez-vous ?

Il posa son verre avec une lenteur délibérée.

— Je pense à vous embrasser.

Le sang lui rugissait aux oreilles, un flot de désir irriguait ses veines. C'était une mise à l'épreuve, un jeu à qui capitulerait le premier. Eh bien, ce ne serait pas elle. Même si elle pensait aussi à l'embrasser.

Elle posa prudemment son verre vide sur le tapis et, réalisant le mouvement le plus subversif de sa vie, elle s'approcha de lui à quatre pattes, comme un chat. Quand elle atteignit son siège, il se redressa comme un roi sur son trône, les mains reposant nonchalamment sur les accoudoirs, et écarta les jambes, l'invitant clairement à venir se placer entre elles.

Anya soutint son regard, prit place entre ses cuisses et posa les mains sur le dossier de son fauteuil, de part et d'autre de sa tête. Son visage ne se trouvait plus qu'à quelques centimètres du sien. Elle distinguait le grain de sa peau, le chaume de barbe qui lui bleuissait le menton, le fin réseau de rides au coin de ses yeux. Son parfum emplit ses narines – un soupçon de vodka mêlé à une fragrance boisée rehaussée d'une pointe de cuir et de crin de cheval.

Son ventre se noua, mais elle lui adressa le plus impérieux de ses regards de Princesse de Glace pour lui rappeler que c'était elle qui menait le jeu.

— On dirait que c'est *moi* qui vais *vous* embrasser, murmura-t-elle.

Ce fut pourtant lui qui pressa sa bouche sur la sienne.

Ses lèvres étaient douces, patientes. Anya ferma les yeux et lui rendit son baiser, ses lèvres s'aventurant à explorer les contours de sa bouche. Sa langue s'insinua jusqu'à rencontrer la sienne, s'effaroucha, puis revint, curieuse de découvrir sa saveur.

Ce fut comme si le monde disparaissait, puis reprenait sa juste place. La langue de Wolff s'élançait à l'assaut de la sienne et ses gémissements étouffés offraient le bruit le plus doux qu'il lui ait jamais été donné d'entendre. Ses mains trouvèrent la courbe de ses hanches. Il l'attira plus près et les fit glisser sur ses fesses. Anya se tortilla de délice quand il les pétrit à travers l'étoffe de son pantalon.

Elle était chaude, plus chaude que le feu, se sentait fondre comme un glaçon entre ses mains. Désespérée, elle s'agrippa à ses cheveux et s'assit sur lui à califourchon. Ce fut un choc quand sa virilité se nicha au creux de ses cuisses.

Elle s'écarta et baissa les yeux sur lui. Ils étaient aussi haletants l'un que l'autre. Il lui retourna son regard, franc, direct, et le lien qui s'établit entre eux la bouleversa jusqu'au tréfonds. Il était dur et brûlant sous elle. Seules quelques couches de vêtements les séparaient. Il fallait qu'elles disparaissent.

Anya sentit ses doigts se crisper sur ses fesses et il souleva les hanches pour se presser davantage contre elle.

— C'est là que je veux être, dit-il d'une voix rauque. Juste là. En vous.

Il la dévisagea, ses paupières voilant à demi son regard, puis secoua la tête avec une sorte de soupir incrédule.

— Mais pas ce soir.

Anya battit des cils.

— Pourquoi ?

Ses lèvres s'incurvèrent sur un sourire qui semblait destiné à lui seul.

— Oh, nous irons jusqu'au bout, mademoiselle Brown ! Je vous le promets.

Il ondula des hanches et ce fut comme si un éclair traversait le corps d'Anya.

— Mais il se trouve que j'ai des règles, moi aussi.

— Des règles ? répéta-t-elle comme un petit perroquet.

— Vous êtes ivre, dit-il doucement. Et aussi tenté que je sois, je refuse de profiter de vous dans cet état.

Son regard sombre demeura rivé au sien tandis qu'il la faisait glisser de ses genoux et la remettait debout. Il se leva et la maintint un instant contre lui comme elle vacillait.

— Quand je mets une femme dans mon lit, je veux qu'elle soit sobre, reprit-il, le regard intense. Afin qu'elle se souvienne de tout ce que nous y aurons fait.

Avant qu'Anya puisse protester, il se pencha, la souleva dans ses bras et la serra contre son torse.

Elle ravala sa déception. Pourquoi la rejetait-il ? C'était injuste ! Elle était peut-être un peu éméchée, mais elle n'était pas *ivre*. D'un autre côté, il lui rendait la monnaie de sa pièce ; après tout, ne l'avait-elle pas éconduit chez Charlotte ?

À l'évidence, cet idiot avait décidé de se comporter noblement. Elle ferma les yeux tandis qu'il traversait le hall et gravissait l'escalier incurvé. Il réussit à ouvrir la porte de sa chambre et l'allongea doucement sur son lit.

Anya lui décocha un regard noir.

— Je ne suis vraiment pas ivre.

— Vous n'êtes pas complètement sobre non plus, répliqua-t-il. Et quoi que vous puissiez me reprocher par ailleurs, je n'ai jamais couché avec une femme qui ne savait pas exactement ce qu'elle faisait.

Il se pencha et déposa un chaste baiser sur son front.

— À demain matin, mademoiselle Brown.

Anya lâcha un gémissement de pure frustration quand la porte se referma derrière lui.

20

Anya s'éveilla avec un mal de tête et d'embarrassants souvenirs de la soirée de la veille. Embrasser Wolff avait été délicieux, pour autant, elle s'en voulait d'avoir baissé sa garde. Que se serait-il passé si elle avait révélé son secret par mégarde ?

Quand elle demanda à Mickey où était Wolff, elle apprit qu'il était sorti et qu'il lui avait laissé un message.

Plusieurs membres de la délégation russe, dont le prince Troubetskoï, viendront ce soir au club. Mon collègue n'a pas trouvé d'interprète russe pour se mêler aux clients, aussi ai-je une requête à vous adresser : Accepteriez-vous de le faire ? Vous pourrez porter un masque afin de dissimuler votre visage. J'attends votre réponse à mon retour.

Anya considéra le message avec un froncement de sourcils. S'aventurer dans un endroit bondé était risqué, cela ne faisait aucun doute. Mais elle avait tellement envie d'échapper à sa suite, ne serait-ce que quelques heures. Du reste, il y avait peu de chances qu'on la reconnaisse si elle s'habillait comme une courtisane et portait un masque.

Et puis, lui faire une faveur ne serait peut-être pas une mauvaise chose. S'il lui était redevable, il se laisserait plus facilement persuader de faire quelque chose pour elle en retour.

Peu de temps après, on frappa à la porte et Mickey invita l'élégante Charlotte Haye à entrer.

— Charlotte ! Que faites-vous là ?

Son amie l'étreignit, puis s'écarta, un grand sourire aux lèvres.

— Je suis venue vous voir bien sûr. Et vous n'avez pas à vous inquiéter – Elizaveta m'a confié que vous redoutiez de croiser cette brute de comte Petrov, je me suis donc assurée que personne ne surveillait la maison et que je n'étais pas suivie. J'ai changé trois fois de fiacre et je suis d'abord allée jusqu'à Limehouse avant de revenir ici. Quelle aventure !

Elle étudia Anya, les yeux plissés.

— J'espère que ma visite ne vous dérange pas. Nous sommes toutes mortes de curiosité !

— Pas du tout ! J'avais grand besoin de compagnie féminine. Et vous arrivez à point nommé. Vous allez pouvoir m'aider à m'habiller comme une de vos filles.

Charlotte écarquilla les yeux, faussement scandalisée et fort intéressée.

— Et pourquoi cela ? Par pitié, dites-moi que vous avez finalement décidé de séduire lord Mowbray !

Anya sentit ses joues devenir brûlantes.

— Non ! Du moins, je ne pense pas.

Charlotte la considéra d'un œil amusé.

— Cela ne ressemble pas à un non définitif. Que se passe-t-il ?

— Mowbray me laisse entrer dans la salle de jeu du Tricorn, ce soir. Mais dans la mesure où les femmes qui y sont admises sont... moins que respectables... je vais devoir leur ressembler.

Charlotte laissa échapper un croassement ravi.

— Merveilleux ! Voilà des mois que je meurs d'envie de changer votre pitoyable garde-robe ! Montrez-moi ce que vous avez sous la main. Il me tarde de m'y mettre.

Un peu étourdie, Anya l'emmena dans sa suite. Charlotte balaya les lieux d'un regard approbateur et poussa des cris ravis quand Anya lui montra les toilettes offertes par Wolff.

— Mowbray vous a acheté tout cela ? s'extasia-t-elle. Vous allez être ravissante, ma chérie ! Vite, déshabillez-vous !

La robe de soirée que sélectionna Charlotte était un superbe exemple du talent de la modiste : soie moirée, minuscules manches bouffantes et encolure qui laissait les épaules d'Anya scandaleusement nues. La couleur, provocante, passait du bleu paon au vert jade selon la lumière, et l'étoffe bruissait tel un murmure à chacun de ses mouvements.

Le décolleté était profond, s'arrêtant juste au-dessus des mamelons, et Anya dut se faire violence pour résister à l'envie de se couvrir. La robe était heureusement doublée d'un ingénieux corset qui éviterait toute catastrophe – du moins l'espérait-elle.

— Qui aurait deviné que vous dissimuliez une vraie poitrine là-dessous ! la taquina Charlotte.

Étant princesse, les toilettes d'Anya avaient toujours été d'excellente qualité, mais aussi très sages. Cette robe ne l'était pas du tout. Elle était audacieuse et clamait que celle qui la portait était une femme puissante et sûre d'elle. Or Wolff l'avait choisie pour *elle*. Était-ce ainsi qu'il la voyait ? Difficile de ne pas se sentir flattée.

— Il ne faut jamais sous-estimer l'importance des vêtements, dans l'arsenal d'une femme, déclara Charlotte avec sérieux. Judicieusement employés, le satin et la soie ont le pouvoir de vous rendre aussi invincible qu'une véritable armure. Savoir qu'on est éblouissante, qu'on a le pouvoir de mettre un homme à ses pieds offre un redoutable avantage.

Avec un sourire malicieux, elle conduisit Anya jusqu'à la coiffeuse.

— Un décolleté et une taille bien marquée peuvent inciter le plus raisonnable des hommes à commettre des folies. J'ai ainsi persuadé autrefois le chevalier d'Anveau de m'acheter un cabriolet et une paire de chevaux grâce à un décolleté particulièrement suggestif.

Anya sourit. Décidément, l'opinion de Charlotte sur l'importance de la mode était fort semblable à celle de Wolff.

Elle demeura sagement assise tandis que son amie agençait sa chevelure en une élégante torsade qu'elle piqua d'une plume d'autruche bleue assortie à sa robe. Sans diadème ni collier, Anya avait l'impression de ne pas être assez habillée, mais cela faisait une éternité qu'elle n'avait pas accordé autant de soin à son apparence.

Qu'elle ne s'était pas sentie aussi séduisante.

Un loup turquoise lui couvrirait le haut du visage, lui garantissant l'anonymat.

Charlotte tira de son réticule un pot de fard, en prit un peu et lui tapota légèrement les lèvres et les joues, puis recula pour admirer son œuvre.

— Parfait ! Vous allez briser bien des cœurs ce soir, madame Incognito, je vous le garantis, dit-elle en s'asseyant avec une grâce consommée au bord du lit. Alors, racontez-moi tout. Wolff vous a-t-il à nouveau embrassée ?

Anya rougit.

— Comment cela « de nouveau » ?

Charlotte lui décocha un coup d'œil entendu.

— Il vous a embrassée quand il est venu chez moi. Vous pensiez que je n'avais rien remarqué ? La tension était palpable quand je suis entrée dans le salon. Il ne vous a pas quittée des yeux jusqu'à ce que vous le regardiez, et là, il les a détournés. C'était encore plus divertissant qu'un opéra !

— C'est vrai, soupira Anya. Il m'a embrasée ce soir-là. Et il a recommencé.

Et avec quelle ardeur !

— Et mon petit doigt me dit que cela vous a plu ! devina Charlotte, l'air de jubiler.

— Oui, beaucoup, admit Anya, incapable de réprimer un sourire à ce souvenir.

— Petite coquine ! Allez-vous en faire votre amant ? Il vous désire, c'est évident. Et ce n'est pas tout. J'ai vu des hommes regarder les femmes de toutes les façons possibles – avec désir, avec envie, avec convoitise, avec espoir… Il n'y a pas que du désir dans les yeux de Wolff lorsqu'il vous regarde. Il y a autre chose. Quelque chose de vrai. Quelque chose de rare.

— Je suis très tentée, confessa Anya. C'est juste que je n'ai jamais eu d'amant. Je voulais attendre de rencontrer un homme que j'aurais envie d'épouser, sauf que j'ai vingt-deux ans et que les chances que cela se produise s'éloignent de plus en plus. Il serait peut-être temps que je découvre ce dont tout le monde parle tant ?

À de nombreuses reprises, les filles chez Haye avaient tenté de lui expliquer qu'une femme peut éprouver autant de plaisir qu'un homme, à condition que son partenaire soit assez expérimenté. Anya commençait à penser qu'il était temps qu'elle découvre la vérité par elle-même.

— C'est comme de monter à cheval, dit Charlotte avec un sourire désabusé. Une certaine pratique est nécessaire avant de pouvoir maîtriser sa monture, mais on gagne assez vite en confiance et on découvre rapidement les bonnes positions. Et alors… c'est merveilleux. Vous qui aimez monter à cheval, pensez à l'excitation du galop, l'exaltation lorsque vous franchissez une barrière. Quand c'est bien fait, le sexe est encore plus satisfaisant.

Anya réfléchit. Elle désirait Wolff, cela ne faisait aucun doute. Son corps semblait crépiter dès qu'il était présent. L'assurance qu'il avait quant à ses capacités et le fait qu'il la désire lui aussi faisaient de lui le candidat idéal si elle souhaitait prendre un amant.

Elle ressentit un pincement de culpabilité. Ni Charlotte ni Wolff ne savaient qu'elle était une princesse. L'auraient-ils traitée différemment s'ils l'avaient su ?

Les conseils de Charlotte n'auraient sans doute pas varié, même si elle avait découvert son secret. Elle était fermement convaincue qu'une femme devait prendre le contrôle de son propre plaisir, quel que soit son statut social.

Wolff, en revanche, ne l'aurait sans doute pas vue sous le même jour s'il avait connu son origine. Il aurait probablement regimbé à déflorer une vierge aristocrate, si consentante fût-elle. Lui dissimuler la vérité serait profondément malhonnête, elle avait toutefois pris une décision : c'était lui qu'elle voulait.

— Vous croyez qu'un homme peut coucher avec une femme s'il ne ressent pour elle rien d'autre que de l'attirance sexuelle ? demanda-t-elle.

Charlotte soutint son regard.

— Franchement ? Oui, je le crois. Pour bien des hommes, cela se résume à soulager une envie avec le premier corps disponible. Les femmes, en revanche, ont besoin qu'on fasse l'amour à leur *esprit*, et pas seulement à leur corps.

Elle croisa les mains sur ses genoux.

— Une de mes théories consiste à croire que là où les hommes aiment avec leurs yeux, les femmes, elles, aiment avec tous leurs sens. Nous aimons que notre esprit soit stimulé par une conversation intelligente et des réparties pleines d'esprit. Nous aimons entendre le rire d'un homme, sentir notre ventre se nouer quand nous percevons une bouffée de son eau de Cologne, sentir la caresse d'un chaume de barbe sur notre peau. Alors qu'il suffit de mettre une paire de seins sous le nez d'un homme pour qu'ils soient au garde-à-vous.

Anya gloussa et baissa les yeux sur son décolleté.

— Dans ce cas, je dirais que j'ai la tenue idéale pour séduire.

Charlotte se leva et lui prit les mains.

— Bravo ! C'est à vous que revient la décision, ma chérie. Faites ce qui vous rend heureuse, lui conseilla-t-elle avant de déposer un baiser sur sa joue. Je dois rentrer. Les filles vont se demander où je suis passée. Bonne chance, quoi que vous décidiez.

21

Anya entendit Wolff rentrer une heure plus tard, et son cœur s'emballa. La porte de la suite adjacente s'ouvrit puis se referma et elle attendit une demi-heure afin de lui laisser le temps de s'habiller pour la soirée. Elle enfila alors ses souliers, prit son masque et longea le couloir jusqu'à sa chambre, l'impatience le disputant à l'excitation.

Il ouvrit la porte – s'attendant clairement à voir Mickey, car il dut baisser les yeux d'une bonne vingtaine de centimètres pour les amener au niveau de son visage. Son regard glissa alors le long de son corps et Anya retint son souffle. C'était comme s'il la dévorait des yeux et sa peau s'échauffa sous la progression de leur caresse.

Un sourire nonchalant creusa sa joue d'un soupçon de fossette et le cœur d'Anya s'affola. Il irradiait d'une telle vitalité, était si absurdement beau qu'elle éprouva une sorte de vertige.

— Vous êtes exquise, mademoiselle Brown.

Anya lui fit une petite révérence.

— Merci, milord. Charlotte est venue m'aider à me préparer. Nous approuvons toutes deux votre choix.

Alors qu'elle tendait le cou pour jeter un coup d'œil dans ses appartements, il prit appui des deux mains sur l'encadrement de la porte et se pencha légèrement en avant, lui interdisant l'accès de ce qu'il considérait visiblement comme son sanctuaire privé.

Son geste ne fit qu'accroître la curiosité d'Anya.

— J'en déduis, à votre tenue, que vous avez décidé de m'apporter votre concours ce soir. C'est justement ce dont j'aimerais vous parler.

Anya baissa la tête pour passer sous son bras et se faufila chez lui. Il se retourna en étouffant un juron et elle réprima un sourire.

— Voici donc le repaire du grand méchant Wolff, le taquina-t-elle. J'avoue que j'étais très curieuse de voir à quoi il ressemblait.

Elle balaya du regard le bureau au-dessus de cuir rouge et les fauteuils encombrés avec un gloussement ravi.

— Hmm. Plutôt décevant. J'espérais davantage de vierges déshonorées et d'ossements humains.

Il croisa les bras et lui lança un regard mi-amusé, mi-exaspéré.

— Faites comme chez vous, dit-il avec flegme.

Il s'avança vers elle et elle recula d'un pas.

— De quoi vouliez-vous que nous parlions ?

— Si je dois vous aider à espionner mes compatriotes, je vais avoir besoin d'une contrepartie.

Il haussa les sourcils.

— Vous souhaitez un paiement ?

— En quelque sorte. Un enseignement. Je me suis rendu compte que j'avais besoin de me perfectionner dans certains domaines.

Il ébaucha un sourire et elle rougit, réalisant trop tard le double sens involontaire de sa requête.

— Et donc, vous sollicitez mon aide ? dit-il d'une voix traînante.

— Oui répondit-elle en chassant les pensées inconvenantes que sa question avait suscitées. J'ai d'abord songé à vous demander de m'apprendre à utiliser un fusil ou un pistolet, et puis j'ai réalisé que c'était absurde. Il est peu probable que j'aie un jour besoin de maîtriser une arme. En revanche, vous pourriez me montrer comment me défendre à mains nues.

Sans prévenir, le souvenir des mains de Vasili sur ses poignets et de sa bouche écrasant la sienne ressurgit. Elle se rappela son sentiment d'impuissance. Elle ne voulait plus jamais se retrouver dans cette position.

— Savoir c'est pouvoir, dit-elle doucement. S'il vous plaît, montrez-moi.

Il soupira.

— Tout de suite ?

Elle hocha la tête.

— Je ne sais pas trop ce que vous arriverez à faire vêtue de cette robe, dit-il. Mais je peux quand même vous enseigner quelques principes de base.

Il se planta devant elle, à portée de main.

— Votre petite taille vous désavantage d'emblée. Vous allez donc devoir faire preuve d'imagination pour vaincre votre adversaire.

— Comment ?

— En vous autorisant à porter des coups bas – en dessous de la ceinture, répondit-il sans détour. Ou en le frappant à la gorge. S'il ne peut pas respirer, il ne peut pas se battre.

Anya acquiesça.

— En lui tirant les oreilles ou, mieux encore, en les lui mordant. En lui enfonçant les doigts dans les yeux. Et si vous arrivez à lui saisir le nez, tordez-le sur le côté. Il pissera le sang.

Le regard d'Anya se posa spontanément sur l'arête parfaite de son nez. Vu le nombre de batailles auxquelles il avait participé, il aurait dû avoir le nez brisé au moins une ou deux fois. Il devait être protégé par une sorte de charme.

Il sourit et Anya lui retourna son sourire, ravie de ses conseils. Dmitri lui-même n'avait jamais parlé de ces choses-là avec elle. Elle sursauta quand Wolff étendit le bras et lui prit la main. Le sang pulsa au bout de ses doigts quand il entrecroisa leurs doigts et fit ployer les siens en arrière.

— Tordez-lui les doigts ainsi, murmura-t-il en accentuant la pression juste assez pour qu'elle ressente un début de douleur. Vous pouvez lui briser quelques phalanges.

Il ne la relâcha que pour poser les mains sur ses épaules dénudées. Anya prit une brève inspiration.

Ses mains remontèrent jusqu'à son cou et l'encerclèrent. Un frisson courut le long de sa colonne vertébrale quand ses doigts piégèrent les cheveux fins sur sa nuque. Ses paumes étaient tièdes sur sa peau lorsqu'il les resserra légèrement.

Il riva son regard au sien.

— Si quelqu'un tente de vous étrangler, pressez vos mains l'une contre l'autre, soulevez les bras et écartez-les entre les siens. Cela devrait rompre son étreinte. Allez-y, essayez.

Anya s'exécuta et constata que la méthode était efficace. Il laissa retomber ses bras le long de son corps, mais son regard se fixa sur sa bouche et l'air parut soudain se charger entre eux de cette tension qui précède l'orage.

Elle sentait la chaleur qui irradiait de son torse ; son propre corps semblait de cire fondue.

— Jeu de main, jeu de vilain, dit-il. Nous devrions passer à d'autres jeux.

Elle écarquilla les yeux.

— Quoi ? coassa-t-elle.

— Dans la salle de jeu, clarifia-t-il avec un petit rire. Vous avez de bien vilaines pensées, mademoiselle Brown.

Il recula, se dirigea vers la porte et lui lança un regard de défi par-dessus son épaule.

— Allons mettre vos talents à l'épreuve.

22

Le bruit provenant du Tricorn Club formait un murmure audible à travers la porte. Wolff l'ouvrit et le son déferla sur eux tandis qu'ils remontaient un couloir orné de tableaux. Mickey se tenait tout au bout. Perché sur une estrade, il accueillait les clients.

— Les salles de jeu se trouvent à l'étage.

Wolff prit le coude d'Anya et la guida en haut d'un impressionnant escalier à double révolution. Il s'arrêta sur le palier, prit deux verres de champagne sur une table, et en tendit un à Anya.

— Pour vous donner du courage. Mais un seul verre, prévint-il, le sourire aux lèvres. Je vous veux sobre ce soir.

Sobre, parce qu'il avait besoin qu'elle reste vigilante pour épier les conversations ? Ou sobre, parce qu'il avait l'intention de lui faire l'amour ensuite, comme il l'avait promis la veille ?

Son cœur se mit à battre la chamade à cette pensée.

Ils pénétrèrent dans le salon principal et Anya regarda autour d'elle avec intérêt. Cette partie du Tricorn était plus opulente que les appartements privés, décorée avec autant de goût que chez Charlotte Haye. Aussi luxueuse que ses résidences de Russie. Wolff salua quelques connaissances d'un hochement de tête. Il était encore tôt – guère plus de 21 heures –, pourtant il régnait déjà une certaine animation.

Les clients bavardaient et tentaient leur chance sur les tapis verts. Anya avait oublié ce que l'on ressent au milieu de ce genre de foule. Tout cela lui avait manqué : les rires, l'excitation qui va de pair avec le roulement des dés et le bruissement des cartes à jouer. Les gens qui boivent et qui s'amusent. C'était là un spectacle propre à réjouir le cœur.

Elle avait conscience de la proximité de Wolff, de son corps qui frôlait parfois le sien dans la foule.

Tandis qu'ils traversaient lentement la salle, elle prêta l'oreille aux conversations. Celles-ci tournaient autour des mêmes sujets qu'à Saint-Pétersbourg ou à Paris ; des gens soucieux d'acquérir davantage de pouvoir et d'influence manœuvraient pour occuper la meilleure place. On se vantait aussi beaucoup – c'était à qui savait quoi, qui possédait quoi. Les femmes qu'ils croisaient, élégantes, enjouées et lourdement fardées, félicitaient leur partenaire de leurs gains.

Wolff salua plusieurs personnes, serra quelques mains et tapota des épaules. Il ne présenta Anya à personne, et les hommes coulèrent des regards entendus sur son décolleté, tirant les conclusions qui s'imposaient. Il n'était apparemment pas inhabituel de croiser Wolff avec une femme à son bras.

Quand ils atteignirent le fond de la salle, où se tenait un quartet de musiciens, Anya remarqua qu'il tournait vers eux son oreille défaillante et lui adressa un sourire.

— Je pense que *vous* feriez un excellent diplomate, dit-elle. Vous avez l'art de mettre les gens tellement à l'aise qu'ils brûlent d'envie de vous révéler leurs secrets.

— C'est l'objectif. Recueillir des informations.

— Vous aimez votre travail pour Bow Street ?

— Oui. J'ai le sentiment de faire quelque chose d'utile. Mon frère aîné, Geoffrey, siège à la Chambre des lords. Personnellement faire des lois ne m'intéresse pas. Le gouvernement avance trop lentement à mon goût. Je préfère les postes qui offrent des résultats plus immédiats.

Anya acquiesça. Elle le comprenait. La justice était parfois mieux servie en dehors du cadre strict de la loi.

— À quels jeux joue-t-on, ici ?

— Pharaon. Cribbage. Écarté, lanterloo, whist, vingt-et-un, piquet. Rouge et noir. Tout ce que les clients désirent.

— Tentent-ils parfois de tricher ?

Wolff eut un rire bref.

— Tout le temps. Le cardinal Mazarin avait coutume d'appeler cela « tirer le meilleur parti du jeu », je crois, mais nous ne tolérons pas cela ici. Nous employons des surveillants qui savent repérer le moindre signe de tricherie.

— Comme ?

— Certains utilisent un complice chargé de regarder les cartes de leur adversaire et de leur adresser des signaux. Le mois dernier, un type a tenté d'utiliser le reflet du couvercle de sa tabatière pour regarder les cartes qui étaient distribuées. En fait, il existe toutes sortes de méthodes : les dés pipés, les cartes marquées…

— Comment marque-t-on une carte ?

— Avec l'ongle ou en frottant le bord pour le rendre rugueux. On trouve parfois des cartes qui ont été retaillées afin d'en modifier imperceptiblement les dimensions, on appelle cela des cartes biseautées. Certaines sont très légèrement incurvées au centre.

— Quelle ingéniosité !

— Certains tricheurs frottent les cartes avec du savon pour les rendre glissantes ou avec de la résine pour les rendre collantes, de façon à les identifier quand elles sont distribuées ou manipulées. J'ai vu des cartes percées d'une minuscule piqûre d'épingle, invisible à l'œil nu, et cependant perceptible sous le bout des doigts.

— Seigneur ! s'exclama Anya. Et cela arrive-t-il qu'un club triche contre ses clients ?

— Cela s'est vu. On peut s'arranger pour que le hasard favorise l'établissement en trafiquant les roulettes afin que la bille tombe plus facilement sur une case spécifique, par exemple. Ou en glissant des pièces de monnaie sous un des pieds de la table de façon à l'incliner et à favoriser certains numéros. Mais nous ne recourons jamais à ce genre de pratiques ici. Une connaissance minimale des mathématiques suffit pour comprendre que nous n'avons pas *besoin* de tricher. La banque détient l'avantage dans tous les jeux de hasard grâce à la loi des probabilités. Nous sommes certains d'obtenir un retour sur investissement régulier.

Anya promena le regard sur le décor opulent.

— Je vois cela, en effet.

Wolff s'inclina vers elle et lui chuchota à l'oreille :

— Je suis devenu assez doué pour repérer les menteurs et les tricheurs, mademoiselle Brown. C'est un talent nécessaire dans ma profession.

Cette subtile mise en garde lui arracha un frisson.

— Le corps trahit souvent autant que les paroles, ajouta-t-il.

— Que voulez-vous dire ?

D'un discret mouvement de tête, il désigna un jeune homme, à une table voisine. Une femme se tenait près de lui, le cou tendu pour voir le résultat d'un lancer de dés. Comme Anya, elle était masquée.

— Lord Naseby et sa compagne sont l'illustration parfaite de ce phénomène, dit-il, un sourire cynique lui incurvant les lèvres. Alors qu'il s'arrange pour que tout le monde pense qu'il est accompagné par une courtisane, je soupçonne qu'il s'agit en fait de sa sœur, lady Penelope.

— Qu'est-ce qui vous fait croire cela ?

— Observez sa façon de la toucher. Son bras est passé autour de sa taille, mais pas à la façon d'un amant. Il la protège. Son geste reflète davantage de sollicitude que de sensualité.

Anya avait une conscience aiguë de son souffle tiède qui caressait son épaule nue.

— Il y a une énorme différence entre la façon dont un homme touche sa sœur et celle dont il touche sa maîtresse, mademoiselle Brown. Vous le savez sûrement. Un amant serait fier d'avoir une telle femme à son bras. S'il s'agissait de sa maîtresse, lord Naseby aurait de petits gestes de propriétaire, qui sont autant de signaux destinés à avertir les hommes présents dans la salle qu'elle est avec lui.

Le souffle d'Anya s'accéléra comme il ajoutait d'une voix plus basse encore :

— Un amant aurait envie de sentir sa peau sous ses doigts. Il poserait la main au creux de ses reins. Il se pencherait pour déposer un baiser sur sa nuque.

Le souffle de Wolff souleva ses cheveux près de son oreille. Sa bouche était si proche qu'elle avait l'impression qu'elle la frôlait.

— Vous êtes très observateur, milord, parvint-elle à articuler.

— C'est vrai. Et je suis au regret de vous dire que je ne crois pas que vous soyez entièrement honnête avec moi, mademoiselle Brown.

Anya n'eut heureusement pas à lui répondre, car il enchaîna :

— Souhaitez-vous que je vous enseigne une nouvelle compétence pratique ? Je peux vous apprendre à mentir de façon convaincante.

Elle haussa les sourcils.

— Comment ?

— Les gens mentent en permanence, quand on y réfléchit, surtout dans la haute société. Des petits mensonges sans importance. Nous disons « ravi de vous rencontrer » et « vous semblez en pleine forme », alors que nous pensons l'inverse. Mais ces mensonges-là sont faciles, nous les faisons sans même y penser dans le but de consoler ou d'épargner leurs destinataires. C'est de mensonges plus importants, de mensonges sérieux que je vous parle.

— Je vous écoute.

— L'astuce consiste à ajouter une part de vérité au mensonge.

— Comment faites-vous cela ?

— Imaginons que je vous demande : « Êtes-vous une courtisane ? » Vous pouvez facilement répondre « oui », si vous ajoutez mentalement une part de vérité, du genre « seulement pour ce soir, dans cette salle ». Cela rendra le mensonge bien plus crédible.

— Je vois.

— Essayons un autre exemple, que je vous montre ce que je veux dire. Posez-moi une question dont vous connaissez déjà la réponse.

— Vivez-vous au Tricorn Club ?

— Non, répondit-il avec aisance. « Je ne vis pas ici, dans la salle de jeu du Tricorn Club. Je vis à côté, dans mes appartements privés. » À votre tour, mademoiselle Brown. Avez-vous envie de m'embrasser ? s'enquit-il avec un demi-sourire.

Anya retint son souffle. Wolff était un fieffé coquin.

— Vous pensez connaître la réponse ?

— Nous verrons bien. Dites-moi la vérité ou un mensonge, à vous de voir.

— Dans ce cas, non, mentit-elle tranquillement, sans le quitter des yeux, alors que son cœur battait la chamade. Je ne veux pas que vous m'embrassiez.

« Pas plus de cinquante fois par jour », ajouta-t-elle silencieusement.

Le sourire de Wolff s'élargit.

— Excellent ! Je suis incapable de dire si vous mentez ou pas.

Il parut sur le point de continuer lorsqu'un soudain raffut provenant de la salle des jeux de cartes rompit le charme. Wolff eut un soupir exaspéré.

— Allons voir de quoi il retourne.

Il la guida à travers la salle et retint un grommellement quand il aperçut deux jeunes gens affalés sur une table de jeu. Ils étaient dans un état d'ébriété avancé à en juger par leurs visages empourprés et leur diction pâteuse.

— Voulez-vous que je vous montre comment nous nous débarrassons des trouble-fête au Tricorn ?

— Mickey ne se contente donc pas de les attraper par le col et de les jeter dehors ?

— C'est tentant, mais non. Ma méthode est plus subtile.

Il fit signe à un des membres du personnel.

— Bonsoir, Tom. Alvanley et Stoke ont déjà bu plus que de raison et commencent à devenir ennuyeux. Je pense qu'il est temps pour eux de partir.

— Entendu, monsieur, répondit le garçon en souriant.

Anya lança à Wolff un regard perplexe tandis que l'employé quittait la pièce et revenait un instant plus tard avec deux verres pleins. Il déposa les verres devant les fauteurs de trouble en s'inclinant poliment.

— Qu'est-ce que c'est que ça ?

L'un des deux hommes leva les yeux, furieux d'être interrompu pendant sa partie de cartes. Sa cravate était de travers.

— Je n'ai jamais commandé ça.

— C'est un cadeau de la maison, messieurs, répondit Tom. Avec les compliments de la direction.

Stoke – ou Alvanley – s'adoucit visiblement.

— Ma foi... c'est très aimable à vous.

Les deux joueurs acceptèrent leurs verres et les vidèrent après avoir porté un toast laborieux.

Wolff sourit.

— Regardez. D'ici cinq minutes, ils dormiront.

— Vous les avez drogués ? souffla Anya, stupéfaite.

— Quelques gouttes de teinture de mandragore dans leur cognac, rien de plus. Pas assez pour leur être durablement préjudiciable, juste de quoi les insensibiliser un moment. Lagrasse détient le secret de la recette.

Moins de cinq minutes plus tard, les deux hommes commencèrent effectivement à bâiller. Stoke – ou Alvanley – s'avachit sur sa chaise, tandis que l'autre s'inclinait doucement en avant, jusqu'à ce que son front repose sur la table. Il laissa échapper un ronflement. Tom bondit et rattrapa le verre que l'homme tenait encore d'une main molle avant qu'il tombe sur le sol.

— Ç'a été rapide parce qu'ils étaient déjà très éméchés, expliqua Wolff. Sur un sujet sobre, ce serait plus long.

— Fabuleux, murmura Anya. C'est bien mieux que de recourir à la force.

Elle aurait aimé avoir ce genre de potion sous la main pour affronter Vasili. Certes, il aurait d'abord fallu qu'elle parvienne à le lui faire ingérer, il n'empêche qu'elle se serait davantage sentie en sécurité si elle avait eu la possibilité de le faire sombrer dans l'inconscience en quelques minutes.

— Pensez-vous possible de me fournir un peu de ce produit ? hasarda-t-elle.

— Pour que vous l'utilisiez contre moi ? Je ne crois pas, non.

— Je jure sur ma vie de ne jamais l'employer contre vous, ni contre aucun de vos employés. Et je vous rappelle que vous avez promis de me donner les moyens de me défendre.

— Si vous acceptiez d'épier les conversations de vos compatriotes. Ce que vous n'avez pas encore fait.

Ils retournèrent dans la salle principale et Wolff indiqua un groupe de quatre hommes qui jouaient aux dés avec lord Naseby.

— C'est le prince Troubetskoï, un des envoyés de la délégation russe. Tâchez d'apprendre quelque chose d'utile.

Anya acquiesça et se mêla à la foule. Elle avait rencontré le prince Troubetskoï à plusieurs reprises en Russie. Elle ne le connaissait pas très bien, mais il l'aurait certainement reconnue sans son masque. D'un autre côté, elle était maintenant si différente de la Princesse de Glace qu'elle ne risquait rien.

Les Russes avaient coutume de dire : « Écoute plus, parle moins », et certains clients du Tricorn auraient bien fait de suivre ce conseil. Anya se rapprocha du groupe et, comme Wolff l'avait supposé, ils parlaient librement en russe. Elle ne tarda guère à apprendre que l'un d'eux, Koutzov, allait de malchance en malchance au jeu depuis un assez long moment. Que Kroupine se languissait d'une fille aux formes avantageuses du nom de Misha. Et que tous les quatre avaient l'intention de se rendre chez Mme Haye un peu plus tard ce soir-là.

Anya sourit à l'idée que Charlotte serait ravie de recevoir de nouveaux clients bien faits de leur personne.

Malheureusement, ses propres attraits ne passaient pas inaperçus. Le dénommé Koutzov se glissa près d'elle et l'attrapa par la taille.

— Bonsoir, belle dame, souffla-t-il avec un fort accent russe, et une haleine empestant l'alcool. Tu embrasses Mika pour lui porter chance ?

Anya détourna le visage. Tandis que le Russe la déshabillait du regard, elle tâcha d'imaginer ce que Tess ou Jenny répondraient dans ce genre de situation. Elle glousse et répliqua en s'efforçant d'adopter l'accent des vendeuses de fleurs de Covent Garden :

— Ohé ! Bas les pattes, monsieur. Je suis avec un autre gentleman ce soir. Il risque de mal prendre que tu viennes me souffler dessus.

Elle se libéra, recula, et heurta un grand corps planté juste derrière elle. Le nouveau venu lui saisit le bras.

— Laisse-la, Koutzov, dit l'homme en russe. Ce ne sont pas les filles comme elle qui manquent.

Inutile d'indisposer les autochtones en leur soufflant une vulgaire traînée.

Anya sentit son sang se figer dans ses veines et se tourna lentement vers l'homme dont elle se cachait depuis plus d'un an.

23

Vasili Petrov n'avait absolument pas changé. Anya croisa son regard clair et fut aussitôt submergée par la peur et le mépris. Son regard était froid, aussi mort que l'hiver sibérien.

Contrairement aux autres, il portait son uniforme militaire, comme le jour où il était venu lui annoncer son intention de l'épouser. Ses cheveux blonds et sa moustache étaient impeccablement taillés, et il la gratifia d'un sourire charmant, ignorant qu'elle savait qu'il venait de l'insulter.

Une citation de Shakespeare lui revint à l'esprit : « Ô, quelles noirceurs peut receler un homme, sous des dehors angéliques. » Vasili dissimulait un cœur noir et corrompu. La cruauté couvait sous la surface, ancrée au plus profond de son âme.

Pressée de lui échapper, elle baissa la tête et se fondit dans la foule, plus heureuse que jamais de porter un masque. Tendant le cou, elle repéra Wolff près de la porte de la salle à manger. Il discutait avec un homme âgé, mais dès qu'elle s'approcha, il tendit le bras en un geste de bienvenue et l'attira près de lui.

Le vieil homme considéra Anya avec un sourire indulgent et salua Wolff d'un signe de tête.

— Je vous tiendrai informé, Mowbray. Je cède la place à cette charmante jeune femme qui désire votre compagnie.

Il s'éloigna et quand elle se tourna vers Wolff, Anya se sentit en sécurité. Posant les mains sur ses épaules, elle se hissa sur la pointe des pieds pour lui chuchoter à l'oreille :

— Petrov est là.

Il lui adressa un sourire poli et elle le dévisagea sans comprendre.

Il inclina la tête pour frotter le bout de son nez contre sa tempe et alors que son cœur palpitait encore d'effroi, une onde de désir s'insinua traîtreusement en elle. Les lèvres de Wolff lui frôlèrent la joue.

— Je n'entends pas de cette oreille, murmura-t-il. Qu'avez-vous dit ? Si c'était : « Emmenez-moi dans votre chambre, Sebastian », je suis tout à vous.

Elle sentit ses muscles durcir sous ses doigts et un frisson de désir la traversa. Elle vit alors Vasili et le prince Troubetskoï s'avancer vers eux. Une impression d'inéluctabilité la saisit et elle laissa retomber ses bras le long de son corps, en proie à une vague nausée. Vasili l'avait-il reconnue ?

Wolff enroula le bras autour de sa taille et elle lui en fut reconnaissante. Elle avait les jambes flageolantes.

Mais Vasili et le prince ne lui accordèrent qu'un bref coup d'œil.

— Lord Mowbray, dit le prince, c'est un plaisir de vous revoir. Puis-je vous présenter un de mes collègues, le comte Petrov ? Nous avons travaillé ensemble à Vienne, durant les pourparlers.

Vasili inclina brièvement le buste.

— Mes compliments pour votre excellent buffet russe, milord. Les blinis au caviar sont exquis.

Il s'interrompit et haussa un sourcil dont Anya supposa qu'il se voulait amicalement complice.

— On croirait presque que c'est un Russe qui l'a conçu.

Anya se raidit. Wolff laissa échapper un rire tranquille et lui caressa le dos. Elle en fut aussitôt réconfortée.

— Non. Mon chef, Lagrasse, est français. En revanche, les recettes sont d'origine. Je suis heureux que cela vous ait plu.

Vasili jeta un coup d'œil à Anya, mais elle ne vit pas la moindre lueur de reconnaissance dans son regard.

— C'est donc à vous qu'appartient cette jolie chose ? dit-il, et son rire était plus malveillant qu'amusé. Koutzov n'avait effectivement aucune chance.

Wolff fit glisser son doigt le long du bras d'Anya et s'attarda au creux de son coude, signifiant de façon peu subtile qu'elle lui appartenait.

— Les femmes qui seront ravies de tenir compagnie à votre ami ne manquent pas, déclara-t-il aimablement. Je crains que celle-ci ne soit déjà retenue pour la soirée.

Il inclina la tête et déposa un baiser sur l'épaule nue d'Anya qui réprima un sursaut.

— Va m'attendre dans ma chambre, mon ange. Je te rejoins dans un instant, lui dit-il, profitant de son rôle d'amant impatient pour lui tapoter le derrière.

Anya afficha une parodie de sourire, puis, ignorant Vasili et le prince, elle déposa un baiser au coin de la bouche de Wolff.

— Ne tarde pas, murmura-t-elle, imitant du mieux possible le ronronnement de Charlotte. Je t'attendrai.

Elle tourna les talons et s'éloigna, les jambes tremblantes, certaine que Vasili allait l'appeler. Elle arriva pourtant au pied de l'escalier et gagna l'aile privée sans encombre. Une fois là, elle s'affaissa contre la porte et ferma les yeux. Seigneur, il s'en était fallu de peu ! Dieu merci, son déguisement s'était révélé efficace. Vasili ne s'était douté de rien.

Elle regagna sa suite. En dépit de ce qu'il avait dit, Wolff ne s'attendait pas vraiment qu'elle aille dans sa chambre. N'est-ce pas ? Et qu'en était-il de sa promesse de lui faire l'amour si elle était sobre ?

Anya ôta son masque et le laissa tomber sur le bureau. Elle était sobre. Le sang lui martelait encore les tympans et ses mains tremblaient de frayeur. Un trop-plein d'énergie bouillonnait en elle.

Un pas masculin retentit de l'autre côté de la porte. Elle l'ouvrit et se retrouva face à Wolff, le poing levé pour frapper au battant. Il baissa la main et la dévisagea.

— Tout va bien ?

— Oui. Petrov ne m'a pas reconnue. Mais vous allez devoir trouver quelqu'un d'autre pour espionner, à l'avenir. Je refuse de tenter à nouveau le destin.

— Entendu, dit-il en sortant de sa poche un minuscule flacon scellé par un bouchon de liège. J'ai un cadeau pour vous.

Anya s'en empara. C'était le genre de flacon qu'on utilise pour les huiles parfumées, muni d'un fin tube de verre, plongé dans le liquide qu'il contenait. Anya l'approcha de ses narines.

— Qu'est-ce que c'est ? Du parfum ?

— Non. C'est une dose de la teinture de Lagrasse.

— Pour moi ? s'exclama Anya. Merci ! Vous n'imaginez pas le réconfort que ce sera de savoir que j'ai cela sur moi.

— Tout le plaisir est pour moi, répondit-il en la détaillant du regard avec un sourire appréciateur. Vous ai-je dit à quel point vous êtes ravissante dans cette robe ?

— Je crois, oui.

— Vous le seriez plus encore si vous l'enleviez.

Anya retint son souffle et croisa son regard.

— Vous êtes sobre, ce soir, mademoiselle Brown. M'autoriserez-vous à vous enseigner le plaisir ? Je vous promets que je le peux.

Quelle femme aurait refusé une telle offre ? Anya se serait volontiers jetée à son cou en criant « oui ! » ; elle réussit toutefois à se retenir. S'il savait qu'elle était de haute naissance, il se sauverait sans doute à toutes jambes. Elle ne devrait pas coucher avec lui sous une fausse identité.

C'était pourtant l'occasion rêvée d'obtenir ce qu'elle voulait sans se soucier des conséquences. Contrairement à tous ceux qui lui avaient fait des avances, Wolff ne voulait pas coucher avec elle pour améliorer son statut social ou la piéger dans le mariage. Il ne nourrissait aucune arrière-pensée. Sa seule ambition consistait à lui faire découvrir le plaisir.

Elle déglutit. Elle pouvait au moins lui révéler une partie de la vérité.

— Je… J'ai connu une mauvaise expérience avec un homme.

Il se rembrunit.

— Qui ? Quand ?

— Peu importe. Disons juste que cela m'a rendue… prudente.

Un muscle frémit sur la mâchoire de Wolff. Il semblait furieux.

— Vous a-t-il forcée ?

— Non. Mais il l'aurait fait si mon amie n'était pas venue à mon secours. Cela m'a rendue douloureusement consciente de ma propre impuissance et je n'ai pas du tout aimé cela.

Anya le regardait droit dans les yeux et laissait parler son cœur.

— Je crois que les hommes n'ont pas conscience de la foi que les femmes doivent avoir en eux. Votre supériorité physique vous autorise à prendre ce que vous voulez. Alors chaque fois qu'une femme se retrouve seule avec un homme, elle court un risque et peut juste espérer qu'il a assez d'honneur pour ne pas abuser de sa position.

— Me faites-vous confiance ?

Elle n'hésita pas. Elle ne lui faisait peut-être pas assez confiance pour lui révéler sa véritable identité, en revanche, elle était convaincue qu'il se comporterait en homme d'honneur.

— Oui.

— Bien. Parce que je ne vous ferai jamais aucun mal. Nous avancerons au rythme que vous jugerez bon.

Anya prit une profonde inspiration.

— Alors oui. Montrez-moi le plaisir. S'il vous plaît.

Wolff lui coula un regard amusé.

— Nous nous entendrons encore mieux si vous me laissez entrer dans votre chambre.

Anya réalisa qu'il était toujours dans le couloir. Elle recula d'un pas.

Wolff franchit le seuil et referma la porte.

24

— Pourquoi ne pas commencer par les bases ? suggéra doucement Wolff en se rapprochant.

Anya hocha la tête.

— Je crois vous avoir dit combien j'aime embrasser. Il se trouve que j'ai longuement étudié le sujet, ajouta-t-il en s'approchant davantage. Du point de vue historique, c'est aux Romains de l'Antiquité que nous devons la généralisation de cette pratique. Dans la société romaine, le lieu, le moment et la façon dont vous embrassiez quelqu'un étaient des indicateurs importants de votre statut social.

La pointe de ses bottes frôla le bas de ses jupes.

— Ils recensaient trois sortes de baisers. Il y avait d'abord l'*osculum*, qui est un simple baiser sur la joue.

Il s'inclina et déposa un baiser juste en dessous de sa pommette. L'estomac d'Anya frémit.

— Nous avons ensuite le *basium*, un baiser plus érotique, sur la bouche.

Joignant le geste à la parole, il frôla ses lèvres des siennes. Le contact fut des plus succincts, pourtant Anya le sentit jusqu'à la pointe de ses orteils. Elle était sous le charme, prisonnière de sa douceur, complètement concentrée sur l'endroit où il la touchait.

— Et la troisième sorte ? s'enquit-elle.

— Le *savium*, le plus passionné des baisers.

Son regard affamé se focalisa sur ses lèvres et le sang d'Anya se mit à bouillonner. Incapable d'attendre, elle se hissa sur la pointe des pieds et unit ses lèvres à celles de Wolff. Il l'enlaça et répondit à sa demande avec ardeur, inclinant la tête afin de mieux lui offrir sa bouche. Le sang d'Anya atteignit le point d'ébullition.

— Très bien, mademoiselle Brown, déclara Wolff après de longues et bouleversantes minutes. Vous vous révélez une excellente élève.

Ses doigts effleurèrent sa peau nue à la base de sa nuque. Il plongea son regard dans le sien.

— Je vous donne ma parole que je ne ferai rien à moins que vous ne l'ayez expressément autorisé. Je veux que vous avanciez à votre rythme. Mon corps vous appartient.

Anya laissa échapper un souffle tremblant, émerveillée par sa générosité et sa compréhension. Les hommes aussi accommodants ne devaient pas courir les rues.

— Merci.

Un éclair malicieux fit briller les yeux de Wolff.

— Si cela peut vous rassurer, j'ai une paire de menottes dans ma chambre. Vous pouvez m'attacher si vous le souhaitez vraiment.

Un étrange frisson la secoua à l'idée de Wolff, entravé et sans défense, à sa merci.

— Pourquoi me laisseriez-vous faire cela ?

— Parce que je veux que vous me touchiez. J'en ai tellement envie que je suis prêt à vous laisser le contrôle absolu et à me contenter des miettes que vous voudrez bien m'accorder.

Anya arrivait à peine à respirer. Attaché, il ne pourrait pas la dominer comme Vasili avait tenté de le faire. Il ne pourrait pas la forcer à quoi que ce soit. Sauf qu'il n'avait rien de commun avec Vasili ; elle lui faisait suffisamment confiance pour ne pas avoir besoin de recourir à des mesures aussi drastiques. Wolff était un homme d'honneur. Elle n'abuserait pas plus de lui qu'il n'abuserait d'elle. S'ils devaient faire cela – et ils *allaient* le faire –, ce serait sur un pied d'égalité.

— Je n'ai pas besoin de vous attacher.

Elle recula, le ventre noué d'excitation, le sang vibrant d'énergie nerveuse.

— Mais je veux bien que vous gardiez les mains dans le dos jusqu'à ce que je vous autorise à vous en servir, ajouta-t-elle.

Elle n'en revenait pas de sa propre audace. Puis elle se rappela qu'elle était une princesse habituée à donner des ordres. D'un geste impérieux, elle désigna la chaise du bureau.

— Asseyez-vous et tenez-vous à la chaise.

Elle se raidit, pensant qu'il allait refuser.

— Puis-je d'abord ôter ma veste ? se contenta-t-il de demander.

— Bien sûr.

Le cœur battant, Anya le regarda tirer sur les poignets de sa veste et jouer des épaules pour s'en débarrasser. Cela nécessita quelques contorsions, la veste étant très ajustée. Il fit pivoter la chaise de façon à la placer face à elle, s'assit et referma les mains sur les pieds arrière. Il arqua alors les sourcils d'un air hautain. *Et maintenant ?*

Anya avala sa salive. Elle s'avança jusqu'à ce que ses genoux heurtent les siens, puis retira son épingle de cravate ornée d'un diamant. Elle la posa sur le bureau, évitant soigneusement de croiser son regard, dénoua sa lavallière immaculée, et fit glisser l'étoffe pour la lui retirer. Elle la posa également sur le bureau.

Il ne portait plus que sa chemise, son pantalon et ses bottes. Sans sa cravate, le col de sa chemise bâillait, révélant une portion de peau cuivrée. Fascinée, elle effleura du bout des doigts la ligne saillante de sa clavicule et le creux troublant, à la base de sa gorge. Sa peau était tiède. Lisse. Délicieuse.

Et elle était libre de l'explorer à sa guise.

Elle s'enhardit et laissa ses mains glisser sur les muscles de ses épaules que la position de ses bras faisait saillir. Il frissonna au contact de ses doigts et écarta les jambes. Elle s'avança entre ses cuisses.

— Enlevez-moi ma chemise, ordonna-t-il d'une voix rauque. Touchez-moi.

Anya tira sur sa chemise pour la sortir de son pantalon, évitant soigneusement de toucher le renflement de sa braguette.

— Vous pouvez lâcher la chaise, souffla-t-elle. Juste un instant.

Il leva les bras en l'air et elle fit passer sa chemise au-dessus de sa tête avant de l'envoyer rejoindre sa cravate sur le bureau.

— Remettez les mains sur la chaise.

Il émit un subtil gémissement, mais obéit cependant. Anya retint son souffle. Son torse musclé s'affinait au niveau de sa taille souple et une ligne de duvet brun qui prenait naissance au niveau du nombril disparaissait sous la ceinture de son pantalon.

Seigneur, cet homme était beau – si tant est que le terme convienne pour un sujet aussi indéniablement viril. Il était comme ces statues de marbre qu'elle avait vues dans des musées, sculptées par ces mêmes Romains qui classaient leurs baisers en trois catégories. Il était l'incarnation de la puissance, volontairement retenue, et Anya sentit sa gorge se nouer de gratitude. Quel cadeau, cet homme !

Elle se mit à marcher autour de lui, et il la suivit d'un regard méfiant, tel un loup pris au piège qui s'efforçait de deviner si elle avait l'intention de le libérer ou de l'abattre. Elle s'immobilisa derrière lui et, sur une impulsion, lui embrassa la nuque. Elle l'entendit retenir son souffle et sourit contre sa peau. Elle pressa ensuite les lèvres au creux de son cou, puis sur l'arrondi de son épaule, et le goûta de la langue, curieuse de découvrir la saveur de sa peau. Celle-ci était légèrement salée, et ses narines s'emplirent de son entêtante senteur masculine. Le sang lui rugit aux oreilles quand elle fit avidement courir ses mains sur le renflement de ses biceps, puis le long de ses avant-bras.

— Anya, souffla-t-il, entre supplique et mise en garde.

Ses paumes glissèrent sur son torse, puis descendirent sur son abdomen. Ses muscles se crispèrent en réponse. Elle s'immobilisa au niveau de la ceinture de son pantalon.

— Plus bas, exigea-t-il. Ou revenez ici et embrassez-moi.

Elle contourna la chaise.

— Plus près, entre mes jambes.

Elle s'exécuta et vit les muscles de ses bras saillirent tandis qu'il luttait contre l'envie de lâcher la chaise. Il exerçait sur lui-même un contrôle remarquable. Il lui aurait été si facile de la prendre dans ses bras, mais la résistance volontaire rendait le jeu plus piquant.

— Pas tout de suite, le taquina-t-elle.

Le regard ardent de Wolff promettait une récompense aussi plaisante qu'immorale. Anya sentit ses genoux faiblir. Qui aurait cru que jouer avec le feu se révèle aussi amusant ?

— Vous me tuez, gronda-t-il.

Elle se pencha et captura sa bouche. Il tenta de la dévorer, de marquer sa volonté à travers son baiser. Elle recula et, esquissant un sourire, lui adressa un regard d'avertissement.

Un grondement sourd remonta de sa gorge.

— Très bien. Aussi lentement que vous voudrez.

Elle l'embrassa encore. Et encore. Elle le couvrit d'une pluie de baisers, de plus en plus longs et intenses, puis plaça les mains sur ses épaules et lui caressa la nuque jusqu'à enfouir les doigts dans ses cheveux. Ses muscles étaient bandés au maximum. Elle encadra son visage de ses mains et se désaltéra d'un long baiser, grisée par la saveur de sa bouche.

Ses mains explorèrent son torse magnifique, s'enhardirent au point de s'approcher du troublant renflement de son pantalon. Wolff retint son souffle, puis lâcha un juron. Elle recula, haletante, stupéfaite par la férocité de ses propres réactions. Ses seins étaient douloureux et le désir palpitait entre ses cuisses.

— Oui, dit-il farouchement. Déboutonnez mon pantalon. Je veux me sentir dans votre main.

Elle aussi le voulait. Elle tâtonna un peu avec les boutons, puis il jaillit soudain à l'air libre, chaud et dur dans sa paume. Wolff gémit et renversa la tête en arrière.

— Refermez les doigts autour de moi. Serrez davantage.

Elle le serra doucement et lui jeta un coup d'œil pour jauger sa réaction.

— Mon Dieu, oui, c'est parfait, haleta-t-il.

Les filles chez Charlotte avaient parlé de cela, de prendre un homme dans sa main ou dans sa bouche.

Cela lui avait paru étrange, déplaisant, même, mais elle commençait à comprendre l'intérêt de la chose. Elle avait envie de donner du plaisir à Wolff, de le caresser et de le goûter.

Elle l'incita à écarter davantage les genoux et s'agenouilla entre ses cuisses. Il baissa vivement la tête.

— Je veux savoir quel goût vous avez.

Il émit un grondement afin de lui signifier son plein accord et un flot de tendresse submergea Anya. Voir un homme aussi puissant physiquement réduit à l'état de créature tremblante et implorante était fascinant. C'était ce qu'elle avait toujours désiré – un pouvoir bien à elle, qui ne soit en rien lié à son rang de princesse.

Elle fit courir sa main le long de son sexe. Lorsqu'une goutte de liquide translucide perla à l'extrémité, elle inclina la tête et lui appliqua un petit coup de langue hésitant. Il avait une saveur presque maritime. Ses hanches se soulevèrent et il faillit se détacher du siège.

— Les mains sur la chaise, lui rappela-t-elle d'un ton sévère, savourant d'être celle qui commandait.

Il frissonna.

— Encore. Recommencez. S'il vous plaît.

Elle obéit fort obligeamment. Elle entreprit de le lécher, enchaînant les petits coups de langue, ravie de sa réaction. Elle s'enhardit même jusqu'à le prendre en bouche.

Il lâcha un juron et frappa le sol du pied. Anya réprima un petit sourire de triomphe. C'était elle, Anya Denisova, qui le mettait dans cet état-là ! Cet homme, qui connaissait bien les femmes, trouvait du plaisir dans ses caresses. Elle le lécha de nouveau, et il gémit.

— C'est divin. Ne vous arrêtez surtout pas !

Il souleva les hanches pour s'enfoncer un peu plus dans sa bouche.

— Faites coulisser votre main, lui conseilla-t-il d'une voix rauque. Plus fort. Serrez plus fort. J'y suis presque... Bon sang, ça vient. Vous devriez... Je ne peux plus...

Anya continua. Elle voulait le voir perdre le contrôle, elle voulait être celle qui l'emmènerait au sommet de l'extase.

— Anya, je vais...

Elle releva la tête et continua de le caresser tandis que son corps se raidissait. Il se mit à aller et venir au creux de sa main, bandant si fort ses muscles qu'il en tremblait. Des jets d'un liquide blanc et crémeux retombèrent sur ses doigts.

Anya en avait la tête qui tournait et le cœur prêt à éclater. Elle posa la main sur sa cuisse, savourant la sensation de ses muscles tendus à l'extrême sous l'étoffe du pantalon.

— Vous pouvez lâcher la chaise maintenant, monsieur Wolff, lui dit-elle.

Il haletait comme s'il venait de courir un marathon. Son sexe reposait sur son ventre, dans l'échancrure de sa braguette, légèrement plus petit qu'avant, maintenant qu'il avait trouvé le soulagement. Il poussa un long soupir de contentement et écarta les cheveux du visage d'Anya en un geste empreint de tendresse. Il se servit de sa chemise pour lui essuyer la main et son propre ventre, puis se rajusta.

Anya se releva, les jambes tremblantes. Il lui tendit les bras.

— Venez ici.

Il l'attira sur ses genoux et enfouit le visage au creux de son cou.

— Merci, souffla-t-il. C'était incroyable. Je n'ai jamais rien connu de tel.

Elle nicha la tête contre son épaule, soudain intimidée, et il déposa un baiser sur son crâne.

C'était donc cela, la jouissance masculine dans toute sa gloire. Elle avait été surprise, certes, mais pas le moins du monde dégoûtée. Il avait visiblement éprouvé un grand plaisir, et elle avait apprécié lui en donner. Son propre corps vibrait d'une énergie fébrile.

Wolff s'écarta pour la regarder avant de la gratifier d'un sourire qui l'échauffa encore davantage.

— À votre tour à présent.

25

Que diable vient-il de se passer ?

Sebastian avait l'impression d'avoir été démembré, puis reconstitué d'une façon entièrement différente. Il ne s'était jamais autorisé à adopter une position aussi vulnérable durant l'acte sexuel, à être si totalement livré à la merci de l'autre. D'ordinaire, c'était lui qui tenait les rênes et qui donnait des ordres pour orienter sa partenaire avec une assurance tranquille.

Pas cette fois cependant. Il n'avait jamais réalisé à quel point céder le contrôle pouvait se révéler excitant. Il avait aimé cela. Non, plus qu'aimé. Il avait adoré.

Les mains et la bouche d'Anya l'avaient exploré en douceur. Alors qu'elle s'était montrée tendrement hésitante, il avait vécu l'expérience la plus érotique de sa vie.

Après qu'elle lui eut révélé avoir eu autrefois une mauvaise expérience, il avait voulu la mettre en confiance en la laissant diriger les opérations, et c'était finalement lui qui avait bénéficié d'une faveur. Qu'elle ait accepté de lui faire confiance était extrêmement gratifiant ; il se sentait honoré qu'elle l'ait choisi pour l'aider à dépasser ses appréhensions.

Laisser une femme le finir avec la main ou la bouche, c'était ce qu'il faisait habituellement pour relâcher la pression avant de s'engager véritablement dans l'acte sexuel, ces derniers temps cependant, il s'était surpris à regarder par la fenêtre, l'esprit ailleurs.

Ce n'était certainement pas ce qui s'était produit cette fois-ci. Son attention n'avait pas dévié un seul instant. Il n'avait pas oublié avec qui il était. Anya. Une extraordinaire et agaçante énigme. Un mystère qu'il se promettait de résoudre... après lui avoir retourné sa faveur.

Sebastian – l'appeler Wolff semblait ridicule, après ce qu'ils venaient de partager – l'aida à se redresser et se leva également. Sans mot dire, il la conduisit jusqu'à sa chambre, de l'autre côté du couloir.

Anya le suivit sans résister. Qui aurait pensé, lorsqu'il lui avait fait une proposition chez Charlotte, qu'il finirait par être son premier amant ? Elle n'avait aucune appréhension. Il serait le partenaire idéal pour la soulager de son indésirable virginité. Il était doux, malgré ses proportions, et honnête, en dépit de sa réputation.

Aucune lampe n'était allumée. Les montants du lit semblaient presque menaçants dans l'obscurité. Posant les mains sur ses épaules, il la fit pivoter afin qu'elle lui offre son dos.

— Cette robe est ravissante, mais je préférerais vous voir sans.

Il la déboutonna rapidement, se révélant aussi efficace qu'une femme de chambre. Le corsage de la robe faisant également office de corset, elle se retrouva en chemise de soie et culotte lorsqu'il l'en eut débarrassée.

L'air frais sur sa peau offrait un saisissant contraste avec la tiédeur du souffle de Sebastian sur sa nuque, et une merveilleuse sensation s'insinua dans son ventre telle la promesse de délices secrets... Le frisson qui la parcourut n'était en rien lié à la fraîcheur de l'air.

Elle n'était plus la Princesse de Glace inaccessible aux désirs terrestres. Elle se sentait fondre, telle la Snégourotchka du conte de fées. Le problème qui en résultait était évident ; elle ne pouvait se permettre de s'éprendre de Wolff plus qu'elle ne l'était déjà. Elle était déjà dangereusement attachée à lui, pas juste physiquement, émotionnellement, aussi. Elle le respectait et lui faisait confiance. C'était un homme bon, loyal envers ceux qu'il aimait, dévoué dans son travail, et assez fort – et assez cynique – pour la protéger d'hommes tels que Vasili.

Hélas, leur liaison ne pourrait pas durer. Ils étaient comme deux navires qui se retrouvent côte à côte au cours d'une tempête. Leurs routes se sépareraient bien assez tôt. Ce soir, du moins, ils pouvaient jouir d'être ensemble.

Elle sentait sa chaleur dans son dos à travers la soie de sa chemise. Il la prit aux hanches et l'attira contre son corps ferme. Il était imposant, chaud et musclé, et quand il se pencha pour l'embrasser dans le cou, à l'endroit si sensible juste sous l'oreille, elle eut l'impression d'être vénérée. Elle inclina la tête pour l'inciter à poursuivre.

— Cela vous plaît, mademoiselle Brown ? s'enquit-il d'un ton taquin. Ce qui va suivre devrait vous plaire encore davantage.

Il lui encercla la taille de ses mains, puis remonta pour prendre ses seins en coupe. Anya retint son souffle. Ils semblaient gonfler sous ses paumes, devinrent lourds et douloureux quand il les pressa doucement à travers la soie. Ses doigts en effleurèrent les pointes et elle gémit de désir.

Elle se retourna et fit courir ses mains sur sa peau, explorant les muscles saillants de son torse. Les battements de son cœur étaient forts et réguliers sous ses paumes, et lui aussi retint son souffle quand elle caressa du bout des doigts ses tétons plats. Saisie d'une impulsion malicieuse, elle s'inclina et donna un coup de langue. Les doigts de Sebastian se crispèrent dans sa chevelure.

— Petite coquine.

Une pluie de baisers s'abattit sur le visage d'Anya – ses joues, le coin de ses yeux, sa bouche – avant qu'il s'empare de ses lèvres avec ardeur.

— Je peux jouer à ce jeu, moi aussi.

D'un geste vif, il lui retira sa chemise, puis la souleva dans ses bras et la déposa sur son lit. Elle étouffa un cri lorsque son torse rencontra sa peau nue. Sebastian traça un chemin de baisers le long de sa gorge, puis frotta son menton rêche sur la peau délicate de sa poitrine. Le corps parcouru de frissons, Anya se tortilla de délice.

De la pointe de la langue, il traça paresseusement un cercle de plus en plus petit autour d'un de ses mamelons et quand il le captura entre ses dents, elle poussa un petit cri de surprise ravie. Toute pensée raisonnable l'avait désertée. La main de Sebastian glissa sur sa hanche, froissant la soie de sa culotte, et malgré son excitation, Anya se figea.

Il releva la tête et croisa son regard.

— Détendez-vous. Prenez le temps de vous habituer à mes caresses.

Sa voix rauque la fit frissonner. Soutenant son regard, il promena la paume sur son ventre, puis descendit plus bas, entre ses cuisses, et la caressa à travers sa culotte. Mortifiée, Anya se rendit compte que la soie était humide, preuve indéniable de son désir. Elle chercha à couvrir son entrejambe de sa main, mais Sebastian l'arrêta :

— Non, ma douce, tout va bien. C'est parfait. Vous êtes parfaite. Je vous en prie, laissez-moi faire.

Il glissa le long de son corps et l'incita à écarter les genoux. Anya ouvrit de grands yeux quand il glissa une main sous ses fesses pour lui soulever les hanches puis déposa un baiser... là ! Dans cet endroit si intime. Elle émit un petit bruit de gorge scandalisé.

Il laissa échapper un rire bas.

— Cela vous plaît ? Dites-moi ce que vous aimeriez que je vous fasse, mademoiselle Brown.

Elle lui agrippa les cheveux et l'obligea à baisser la tête.

— Encore. Refaites ce que vous venez de faire.

— Avec plaisir.

Son souffle, aussi brûlant que celui d'un dragon, l'échauffa et sa langue se pressa soudain contre elle, humectant sa chair à travers le fin rempart de soie, plaquant l'étoffe sur ses doux replis.

Elle peinait à respirer. La langue agile de Sebastian trouva la petite perle de chair entre les replis intimes et s'employa à la titiller et la taquiner jusqu'à ce qu'elle se torde de désir. Il était indubitablement maître dans l'art de faire monter la fièvre, degré par degré, et Anya eut l'impression de se dissoudre et de disparaître dans une bouffée de vapeur. Peu lui importait. De telles sensations méritaient qu'on se désintègre. Elle se cramponnait aux cheveux de Sebastian, l'incitant à continuer.

Elle remarqua à peine qu'il lui ôtait sa culotte. Elle fut nue, tout simplement, et il était là, entre ses cuisses. Elle se cambra quand ses doigts et sa bouche unirent leurs forces pour la rendre folle. Il la lapait avidement comme s'il voulait tout à la fois la dévorer et la soulager, satisfaire ses appétits les plus délirants.

Elle se tordit follement quand il glissa un doigt à l'orée de son corps et la pénétra. Elle retint son souffle, puis se détendit, totalement confiante. Il renouvela sa caresse, encore et encore, ses doigts remuant au même rythme que sa langue. Délicieuse brûlure et spirale d'obscurité. La tension s'accrut jusqu'à devenir presque insupportable, cependant, avant qu'elle puisse émettre un cri inarticulé, son corps entier… vola littéralement en éclats.

Une espèce de sanglot, sorte de cri d'émerveillement incrédule, lui échappa. Ses muscles intimes enserraient spasmodiquement les doigts de Sebastian comme s'ils rythmaient la glorieuse sensation qui la traversait.

Anya retomba sur le lit avec un soupir d'intense satisfaction. Elle eut vaguement conscience que Sebastian quittait le lit. Elle perçut un froissement d'étoffe quand il enleva son pantalon, mais lorsqu'elle rouvrit les yeux, il était étendu près d'elle et la sensation de son grand corps nu contre le sien lui parut proprement incroyable.

Son cœur cognait contre ses côtes et elle était pantelante. Il encadra son visage de ses mains, déposa un baiser empreint de respect sur sa bouche, puis plongea son regard dans le sien.

— Si belle, murmura-t-il.

Il était impossible d'ignorer la dure évidence de son désir. Il se pressait contre sa cuisse, chaud et insistant, et dans un sursaut, Anya comprit qu'il était disposé à poursuivre malgré ce qu'elle lui avait fait sur la chaise.

Il haussa les sourcils d'un air à la fois interrogateur et amusé.

— Êtes-vous détendue, à présent, mademoiselle Brown ?

— Tout à fait, monsieur Wolff.

— Souhaitez-vous continuer ?

Elle soutint son regard.

— Oui. Je veux tout.

Il émit un grondement de satisfaction et s'étendit sur elle. Elle ressentit le poids de son corps comme une protection.

Il se hissa sur ses avant-bras afin de la délester d'une partie de son poids, avant de se positionner entre ses jambes. Elle frémit en sentant son sexe dur contre sa féminité. Entrelaçant ses doigts aux siens, il lui plaqua les mains sur le lit. Loin d'être alarmée par cette position de complète soumission, Anya se sentit au contraire puissante et belle – un glorieux sacrifice offert aux divinités païennes. C'était ce qu'elle avait choisi, ce qu'elle voulait par-dessus tout.

— Oui.

Il la pénétra, juste un peu. Anya se cambra, réaction instinctive à cette invasion dont son corps ignorait tout. C'était bizarre, légèrement inconfortable sans être vraiment douloureux. Elle exhala et se détendit ; il s'enfonça davantage, le visage enfoui au creux de son cou. Elle le sentit frissonner tandis qu'il s'efforçait de ne pas aller trop vite.

— Si étroite, gronda-t-il. Tellement bon.

Voir Sebastian Wolff, cet homme du monde si sophistiqué, en être réduit à s'exprimer par monosyllabes lui donna envie de sourire. Au moins n'était-elle pas la seule à perdre la tête.

Une émotion inattendue lui comprima la poitrine. *Il lui appartenait.* Même si ce n'était que pour ce soir, cet homme merveilleux lui appartenait. Elle se cambra sous lui.

— Encore. J'en veux plus. N'arrêtez pas.

Il laissa échapper un petit rire tremblant.

— Vos désirs sont des ordres.

Il se retira, puis revint en elle, et elle sentit les braises du plaisir se ranimer. Il adopta un rythme lent qui devint vite frustrant. Se cramponnant à ses épaules, elle l'incita à accélérer l'allure. Son corps s'adaptait idéalement à celui de Sebastian, tel un gant exquis qui céderait à mesure que son plaisir grandissait.

Elle ne tarda guère à perdre le contrôle. Elle perdit la faculté de parler sa langue à lui et passa au russe en haletant, ne lâchant plus que des ordres brefs et des supplications dans sa langue maternelle.

— Oui, là... Non ! Attendez ! Oui, encore...

Toute pudeur, toute retenue l'avaient désertée. Elle n'était plus que sauvagerie et abandon. Il lui souleva la cuisse et la cala sur sa hanche, et ce léger changement d'angle la rapprocha de l'abîme. Elle y bascula peu après, emportée par la vague d'un plaisir irrépressible qui déferla en elle.

Sebastian se retira en grondant et se pressa contre son ventre, le corps tendu comme la corde d'un arc. Anya l'étreignit avec force tandis qu'il se répandait contre elle.

Le souffle court, elle battit des cils, éperdue de bonheur. Elle n'était plus vierge et n'avait pas le moindre regret. Jamais elle ne s'était sentie aussi comblée, aussi détendue. Faire l'amour avec Sebastian Wolff, c'était comme se retrouver piégée dans une tempête ou un blizzard, une sublime force de la nature. Elle s'en était trouvée à la fois ébranlée et étrangement apaisée.

Il roula sur le côté avec un profond soupir de satisfaction.

— Dieu que c'était bon !

Le lit grinça quand il s'écarta d'elle et se leva. Seule la lumière qui filtrait du bureau l'éclairait, mais cela lui suffisait pour apprécier la splendeur de son corps fièrement nu. Elle contempla ses épaules larges, son dos finement musclé, les creux jumeaux sur le côté de ses fesses. Sa bouche s'assécha.

Il s'approcha de la table de toilette et versa l'eau du broc dans la cuvette de porcelaine. Il y plongea un linge qu'il essora, puis revint vers elle, tranquillement impudique. Anya sentit ses joues devenir brûlantes quand il baissa les yeux sur elle, le sourire aux lèvres.

— Tenez, dit-il en lui tendant le linge humide.

Feignant d'avoir fait cela d'innombrables fois, Anya essuya le fluide d'un blanc nacré qui lui poissait le ventre, heureuse que Sebastian se montre aussi parfaitement détaché. Elle ne put s'empêcher de ressentir une pointe de jalousie à la pensée qu'il ait fait cela avec d'autres femmes et s'empressa de la chasser. Ce soir, il lui appartenait.

Il tira sur les couvertures et les rabattit sur elle. Allait-il la quitter ?

Il se glissa près d'elle, la retourna de façon à placer son dos contre son torse et l'enveloppa de ses bras. Anya poussa un profond soupir de contentement. Jamais encore elle ne s'était retrouvée nue avec qui que ce soit, et pourtant, cela lui parut si naturel avec lui. Elle sourit dans l'obscurité et ferma les yeux.

La chaleur entre leurs deux corps était incroyable. Il déposa un baiser au sommet de sa tête et le cœur d'Anya fit une curieuse pirouette. Si elle était de glace auparavant, elle avait bel et bien fondu.

26

Wolff n'était plus là quand elle se réveilla, pourtant Anya ne se souvenait pas de l'avoir senti la quitter durant la nuit. Un jour pâle filtrait par la fenêtre et elle réalisa que l'aube venait à peine de se lever.

Que conclure de son absence ? Devait-elle se sentir insultée ? Reconnaissante ? Soulagée ?

Une once d'appréhension s'insinua en elle. Ç'avait été si facile, la veille, de se perdre dans l'instant, d'oublier qu'il y aurait un lendemain. Tôt ou tard, cependant, il lui faudrait affronter Wolff. La traiterait-il différemment ? Ferait-il comme s'il ne s'était rien passé ?

Elle avait besoin de réfléchir, d'envisager toutes les conséquences, mais c'était impossible dans cette chambre. L'odeur de Wolff imprégnait encore les draps et le souvenir de ses baisers était tout frais sur sa peau. Le simple fait de penser à lui lui brouillait l'esprit. Elle décida de se rendre à l'écurie. La présence dénuée de jugement des chevaux la réconforterait.

Elle enfila le pantalon et la chemise qu'elle avait portés pour aller au parc, et gagna l'écurie sans croiser personne. Borodino, le cheval gris, tendit le cou et hennit doucement pour la saluer ; elle caressa ses naseaux veloutés.

— Tout va bien, murmura-t-elle. Quelles que soient les horreurs que tu as vues pendant la guerre, elles sont derrière toi désormais. Tu es en sécurité, ici.

Son cœur se serra. Le cheval avait effectivement de la chance d'avoir été recueilli par un homme si généreux. Sebastian aussi avait dû être témoin de choses épouvantables durant la guerre. Lui arrivait-il, comme c'était le cas pour tant de soldats, de faire des cauchemars qui le replongeaient dans l'enfer des combats ? Qui était là pour le réconforter ?

Stupéfaite, Anya réalisa qu'elle aurait souhaité que ce fût elle. Elle voulait le faire rire, être celle qu'il viendrait retrouver s'il n'arrivait pas à dormir. Elle voulait être son amie et sa confidente. Celle qui illuminerait ses jours et apaiserait ses nuits.

Ce qu'elle ressentait pour lui allait au-delà de l'affection. Au-delà du simple désir physique. Elle comprenait cet homme comme si elle le connaissait depuis toujours. Et elle ne s'imaginait que trop aisément vivre ici, au Tricorn Club, s'inscrire de façon permanente dans son univers.

Cela n'arriverait jamais, bien sûr. Il ne voyait en elle qu'une distraction provisoire, et de toute façon, Vasili ne s'attarderait plus très longtemps à Londres. Il lui restait quelques semaines tout au plus pour profiter de la présence de Wolff avant de regagner Covent Garden et de reprendre le cours monotone de sa vie.

Un bruit de pas traînant la fit se retourner. Elle s'attendait à découvrir un palefrenier, or ce fut une haute silhouette qui s'encadra sur le seuil. L'homme lui semblait vaguement familier et son ventre se noua d'effroi quand elle le reconnut : il s'agissait du ravisseur de Hounslow Heath qui avait réussi à s'enfuir.

Un sourire mauvais tordit sa bouche édentée tandis qu'il s'avançait vers elle.

— Bonjour princesse, dit-il en russe. Je vous cherchais.

Anya recula, piégée.

— Qui êtes-vous ? Que faites-vous ici ?

— Vous le savez très bien. Le comte Petrov est impatient de vous voir, petite colombe, répondit-il en la parcourant d'un regard lubrique.

— Je n'irai nulle part avec vous.

Elle fit un pas de côté et décrocha du mur une corde de cuir qu'elle brandit devant elle tel un fouet.

Dans la stalle voisine, Éclipse, sensible à la tension, hennit et donna des coups de sabot contre sa porte. Habitué à ce que les gens s'agitent et bataillent autour de lui, le placide Borodino ne leur prêta pas attention.

— Vous avez eu de la chance la dernière fois, ricana l'homme. Votre sauveur a tué mon frère et mon ami. Cette fois, vous n'aurez pas cette chance. Le comte Petrov n'est pas tendre avec ceux qui le déçoivent.

Anya fit tournoyer la corde, cherchant à l'atteindre au visage, mais il la bloqua de l'avant-bras et referma le poing dessus. Il tira d'un coup sec ; Anya trébucha et tomba à genoux dans la paille. Quand elle ouvrit la bouche pour crier, il l'attrapa si violemment par les cheveux que ses yeux s'emplirent de larmes. Alors que l'homme plaquait sa main sale sur sa bouche, elle le mordit, sauvagement. Il jura tandis qu'elle se démenait comme un beau diable pour lui échapper.

Elle parvint finalement à hurler :

— Au secours ! Sebastian !

Éclipse se cabra et poussa la version équine d'un rugissement enragé, ses sabots martelant furieusement les parois de bois tandis qu'il tentait de se rapprocher d'Anya.

S'efforçant de se souvenir des conseils de Sebastian, elle tenta d'atteindre le nez de son agresseur et de lui donner un coup de genoux entre les jambes, mais il réussit à parer ses attaques. Il la saisit par la taille et l'entraîna vers l'entrée de l'écurie.

La porte de service du Tricorn s'ouvrit soudain à la volée, et Sebastian et Mickey jaillirent dans la cour.

— Lâche-la immédiatement, ordonna Wolff.

Son ton mortellement calme aurait dû inciter l'homme qui la retenait à s'enfuir. Malheureusement, cet idiot ne perçut pas la mise en garde implicite. Il tira un poignard de sa ceinture et l'approcha de sa gorge. Anya se figea.

— Non. *Printsessa* vient avec moi.

Son cœur manqua un battement. L'espace d'un bref instant, elle eut l'espoir que Wolff ne relèverait pas le mot russe pour « princesse ». À tort, évidemment. Il étrécit les yeux.

— Princesse ? Qu'est-ce que tu racontes ?

— Princesse Denisova, insista l'homme. Elle vient avec moi.

Wolff sourit, visiblement persuadé que l'intrus s'était mépris.

— Navré pour toi, mon vieux, mais tu t'es trompé de cible. Ce n'est pas la princesse, c'est sa femme de chambre. Anya Ivanov.

Son ravisseur laissa échapper un grand rire sonore.

— Sa femme de chambre ? C'est ce qu'elle t'a dit ? Par tous les saints, habillée comme ça, je comprends que tu l'aies crue. En fait, c'est la princesse Anastasia Denisova, cousine du tsar.

Anya garda les yeux rivés sur Wolff, l'implorant silencieusement de ne pas tenir compte de cette remarque. Mais le regard qu'il lui adressa balaya tous ses espoirs. Elle vit à quel instant précis il parvint à la juste conclusion. Sa mâchoire se crispa de fureur.

— Princesse Anastasia Denisova, répéta-t-il, et son nom retentit comme une accusation dédaigneuse.

Il reporta son attention sur l'homme qui la ceinturait.

— Baisse ton couteau et lâche-la. Ne m'oblige pas à te faire mal. File dire à ton maître que la princesse est sous ma protection.

La lame appuya plus fermement contre sa gorge et le bras de son ravisseur se resserra autour de sa taille.

— Je vais la taillader, menaça-t-il.

— Tu n'en feras rien. Petrov la veut indemne.

— Recule, l'Anglais !

Anya n'aurait su dire ce qui se produisit ensuite. La main de Wolff jaillit et se referma autour du poignet de son assaillant, le forçant à écarter le couteau de sa gorge. Elle sentit mollir le bras qui lui encerclait la taille et tituba en avant directement dans les bras robustes de Mickey.

Quand elle se retourna, le Russe traçait devant lui un arc de cercle avec son couteau pour tenter d'atteindre Wolff, qui se baissa et lui porta deux violents coups de poing successifs à la tempe et au menton. Le couteau rebondit sur les pavés dans un tintement métallique, pour autant, le grand Russe n'avait pas encore son compte. Il leva les poings devant lui à la manière d'un boxeur et les deux hommes échangèrent des coups. Wolff réussit à l'atteindre au côté du visage, et reçut en retour une gauche punitive au niveau de la pommette. Il chancela, mais resta debout.

Changeant alors de tactique, le Russe plongea en avant, encercla la taille de Wolff de ses bras et l'entraîna au sol avec lui. Les deux hommes roulèrent d'un côté, puis de l'autre, les poings et les jurons volant, et Anya dut se retenir de pleurer de désarroi en réaction à la férocité du combat.

Ce fut Wolff qui finit par avoir le dessus. Enfourchant le Russe, il fit pleuvoir sur son visage un véritable déluge de coups. Le nez de l'homme se brisa avec un vilain craquement et il demeura inerte. Haletant, Wolff lui lâcha sa chemise, se redressa en crachant un dernier juron et épousseta le devant de sa chemise, maculée de sang et de terre.

Mickey le félicita dans un grommellement, puis écarta Anya.

Wolff se tourna vers elle, affichant une expression si furieuse qu'elle se recroquevilla de frayeur. Avec ses cheveux en bataille et sa pommette qui avait pris une vilaine teinte écarlate, il apparaissait féroce.

Il s'accroupit pour inspecter la main de l'homme inconscient. Une chevalière en or étincela à son doigt dans la pâle lueur de l'aube.

— Le blason de la famille Orlov, déclara-t-il sombrement. Comme l'homme retrouvé mort près des docks.

Il se releva et se frotta les mains.

— Les Orlov sont alliés avec les Petrov depuis des siècles, dit Anya.

Sebastian l'ignora.

— Mickey, emmène cet abruti à Bow Street et boucle-le, ordonna-t-il. Quant à vous, ajouta-t-il d'un ton glacial à Anya, dans mon bureau. Tout de suite.

Il fit volte-face et s'éloigna au pas de charge.

L'espace d'une fraction de seconde, Anya envisagea de grimper sur Borodino et d'aller se réfugier chez la duchesse douairière au triple galop. Cela n'aurait toutefois servi qu'à repousser l'inévitable confrontation.

— Vous feriez mieux d'y aller, mademoiselle, lui conseilla Mickey. Il n'aime pas attendre.

Anya hocha la tête, se préparant à passer un très mauvais quart d'heure.

27

— *Princesse ?*

En proie à une fureur sans nom, Sebastian marcha jusqu'à son bureau, puis fit volte-face.

— Vous êtes la satanée princesse ? La princesse cousine du tsar qui garde sa couronne pour dormir ? Par tous les saints du ciel, femme !

La belle fautive entra dans son bureau, mais ne s'avança pas dans la pièce. Sebastian serra les poings, se retenant de lâcher un très long chapelet de tous les jurons qu'il connaissait.

— Je ne porte pas de couronne pour dormir, déclara-t-elle froidement. Comme vous le savez. Pas même un diadème.

— Dois-je m'incliner devant vous ? rétorqua-t-il, sarcastique. Votre Majesté.

— Je crois que « Votre Altesse » est l'adresse qui convient.

Son ton calqué sur le sien lui fit froncer les sourcils. Il laissa échapper un rire amer.

— Vous n'êtes qu'une sale petite menteuse, voilà ce que vous êtes ! Tout ce temps à vous faire passer pour ce que vous n'êtes pas.

Elle haussa les épaules.

— Nous nous faisons tous passer pour ce que nous ne sommes pas. Vous, par exemple, vous vous faites passer pour un être humain rationnel et raisonnable. Si vous me laissiez seulement…

— Ma tante est-elle au courant ?

Il n'attendit pas sa réponse.

— Évidemment qu'elle le sait, la vieille intrigante.

Dieu qu'il avait été bête. Il aurait dû deviner son identité d'emblée. Tous les signes étaient là. Son allure hautaine, ses manières policées, son étrange ingénuité. La façon dont sa tante s'était empressée de la lui mettre dans les pattes.

Il s'était fait piéger.

Par une virago septuagénaire.

Anya fronça les sourcils.

— Je ne comprends pas pourquoi vous êtes aussi fâché…

— J'ai couché avec vous !

— Et ?

— Et ? Vous vous êtes présentée à moi sous une fausse identité.

Elle croisa les bras.

— Quelle différence cela aurait-il fait si vous aviez su la vérité ?

— Je n'aurais jamais couché avec vous ! Je ne séduis pas les jeunes filles de la…

Il s'interrompit brutalement et la considéra d'un air horrifié.

— Oh, Seigneur, vous étiez *vierge*, n'est-ce pas ?

L'air coupable d'Anya était une réponse en soi, et il jura de nouveau, aussi furieux après lui-même qu'après elle.

— Je ne couche jamais avec des vierges ! Ja-mais. Je couche avec des servantes. Des actrices. Des veuves. Des catins.

Anya écarquilla les yeux, puis releva le menton, adoptant cette attitude hautaine qui aurait suffi à

Sebastian pour deviner qu'elle avait connu une existence privilégiée.

— Ma foi, vous avez baisé une femme d'un rang plus élevé que le vôtre. Félicitations.

Sebastian en resta bouche bée, choqué de l'entendre employer un terme aussi grossier. Il n'était pas au bout de ses surprises.

— Je suis ravie de ne pas vous avoir révélé qui j'étais. Je n'ai pas honte de ce que nous avons fait. J'avais envie de vous, et vous de moi. Je ne vois pas en quoi c'est un problème.

— Vous ne voyez pas en quoi c'est un problème ? répéta-t-il, incrédule. Je vous ai déshonorée ! Vous êtes la princesse égarée. Vous êtes…

— Je ne suis pas *égarée*, le coupa-t-elle d'un ton aussi furieux que le sien. Je ne suis pas un colis ! Je sais très bien où je me trouve. J'ai *choisi* de venir en Angleterre. J'ai choisi de me donner à vous. Et alors ? ajouta-t-elle, une lueur cynique au fond des yeux. Vous comptez affronter Vasili en duel à cause de mon honneur perdu ?

Sebastian la fusilla du regard.

— Je ne me bats jamais en duel.

— Pourquoi ?

— Parce que je tuerais forcément mon adversaire.

Elle arqua les sourcils et il haussa les épaules.

— Sans fausse modestie. J'ai passé trois ans dans les fusiliers. Je suis un tireur d'élite ; je jouirais d'un avantage injuste. J'ai vu trop d'hommes mourir sur les champs de bataille pour céder à une querelle mesquine autour d'une femme. En outre, les duels sont interdits par la loi, techniquement.

— J'ai du mal à croire que ce serait la première loi que vous enfreindriez, glissa-t-elle.

— Je n'ai jamais enfreint la loi. Tout au plus en ai-je contourné quelques-unes à l'occasion.

Sebastian pressa ses doigts contre ses tempes dans l'espoir de chasser la tension qui lui enserrait le crâne. Ses phalanges étaient douloureuses et sa pommette palpitait à chaque battement de cœur.

Il s'approcha du placard à alcool, se versa une généreuse rasade de cognac et l'avala d'un trait. Sa main tremblait encore un peu. Il n'offrit pas à boire à Anya, alors même qu'elle semblait en avoir besoin. Il ne se sentait pas à ce point charitable. Seigneur, quelle pagaille insensée !

— Que diable fabriquait une princesse dans un bordel ? gronda-t-il.

— Je suis la voisine de Charlotte Haye. J'apprends à certaines de ses pensionnaires à lire et à écrire.

— Sa voisine. À Covent Garden ! De mieux en mieux ! ricana-t-il avant de se resservir. Vous réalisez que nous allons devoir nous marier, n'est-ce pas ?

Anya fut si choquée qu'elle en resta un instant bouche bée.

— Ne soyez pas ridicule ! Ce n'est pas nécessaire. Ce n'est pas la princesse Anastasia que vous avez déshonorée, c'est Anna Brown, une simple dame de compagnie dont personne ne se soucie. La princesse Anastasia n'existe pas. Elle est morte.

Il la cloua d'un regard qui ne souffrait aucune réplique.

— L'honneur me contraint à faire ce qui est juste.

Elle parut affolée et Sebastian ne put s'empêcher d'en éprouver une pointe de plaisir mauvais. Qu'elle ait donc un peu peur, cette petite mystificatrice ! Son subterfuge les avait mis tous deux dans une situation qui allait ruiner le cours de leurs vies.

— Je ne vous épouserai pas, déclara-t-elle d'un ton buté. Je n'épouserai personne. Dès que Vasili retournera en Russie, je reprendrai mon emploi auprès de la duchesse douairière.

— Ma tante s'attendra que nous nous mariions, même si elle est la seule à savoir qui vous êtes. Vous croyez vraiment qu'elle permettrait que je vous séduise et que je vous abandonne sans la protection de mon nom ?

— Vous ne m'avez pas séduite ! Nous nous sommes mutuellement séduits. Et vous n'avez pas…, ajouta-t-elle en rosissant d'embarras, je veux dire que vous avez fini…

Elle hésita de nouveau, affreusement gênée, et Sebastian prit un malin plaisir à la laisser mariner.

— Il n'y a aucun risque que je tombe enceinte, acheva-t-elle d'un ton guindé.

— C'est une question de principe, objecta-t-il.

— Je me moque des principes. Vous ne souhaitez pas m'épouser, et je n'ai aucune envie de me marier avec quelqu'un qui le ferait parce qu'il se sent coupable ou au nom d'un honneur déplacé. Personne ne saura ce qui s'est passé entre nous, pas même la duchesse – à moins que vous ne le lui disiez. Car ce n'est pas moi qui irai lui en parler.

Sebastian se passa la main dans les cheveux. Il ne *voulait* pas épouser cette femme irritante, évidemment, pour autant, la véhémence de son refus le vexait.

— Dites-moi la vérité au sujet de Petrov. Est-il réellement votre fiancé ?

— Non. Jamais. Il convoite ce que je représente. Un titre. Une fortune. Un noble lignage. Mais qu'est-ce qu'une princesse ? demanda-t-elle, ses lèvres formant un pli dédaigneux. Rien ! Conversation polie et manières parfaites. Une jument poulinière destinée à produire des princes. Je me sentais pire qu'inutile à la Cour. Au moins, à Londres, j'ai acquis des savoir-faire. Je sais allumer un feu. Coudre un ourlet. J'ai appris à lire aux pensionnaires de Charlotte.

Elle releva le menton et Sebastian eut l'impression de se noyer dans le bleu de ses yeux.

— Savez-vous ce qui s'est passé quand Napoléon est arrivé à Moscou, il y a quatre ans ? lança-t-elle d'un ton farouche. Les habitants ont préféré réduire en cendres leur magnifique cité plutôt que de la lui abandonner. Eh bien, je préférerais me tuer plutôt que de laisser ce porc brutal de Vasili me posséder !

Sebastian fronça les sourcils. Il n'avait aucune réponse à cela.

— Il veut m'épouser pour s'assurer mon silence parce qu'il croit que je détiens la preuve de sa traîtrise envers la Russie.

— Est-ce le cas ?

— Non. Je vous l'ai dit. Si mon frère a trouvé quelque chose, il ne me l'a jamais fait parvenir. La preuve se trouvait probablement sur lui quand il s'est fait tuer à Waterloo et elle aura été enterrée avec lui.

Elle frissonna et Sebastian résista à l'envie stupide d'aller la prendre dans ses bras pour la réconforter. Des souvenirs similaires le hantaient depuis ses années dans les fusiliers, visions d'amis morts ou mourants qu'il ne parvenait pas à chasser de sa tête. Elle semblait si menue, si vulnérable dans ces habits de garçon – elle lui rappelait ces gamins des rues qu'il utilisait pour livrer des messages et récolter des informations pour Bow Street.

Peut-être existait-il bel et bien une preuve qu'il aura réussi à cacher avant de se faire tuer ? hasarda-t-il.

— Quand bien même, je ne vois pas où vous pourriez la chercher. Si elle était cachée parmi ses effets, ceux-ci ont été pillés ou détruits à l'heure qu'il est.

Sebastian tira la chaise de son bureau et s'assit, tâchant de donner un semblant de normalité à leur échange.

— Bien. Petrov sait donc où vous vous trouvez.

Elle s'adossa à la porte close et ses épaules s'affaissèrent.

— Oui.

— Vous ne pourrez pas vous cacher éternellement. Et je dois m'occuper de mon club. Je ne peux pas tout abandonner pour vous tenir lieu de garde du corps vingt-quatre heures sur vingt-quatre.

Elle lui décocha un coup d'œil agacé.

— Personne ne vous le demande.

— Il est temps de mettre un terme à votre petite farce, déclara-t-il sans tenir compte de sa réplique. La princesse Denisova doit ressusciter. On pourra vous présenter à la haute société comme la protégée de ma grand-tante. Personne n'osera contredire la Duchesse Douairière Démoniaque.

— Quoi ? Non ! En quoi cela me protégera-t-il de Vasili ?

— Il sera plus difficile de vous atteindre si vous êtes entourée par des membres de l'aristocratie. Vous aurez un chaperon. Vous serez constamment entourée. Vous devrez affronter Petrov, mais la confrontation aura lieu devant une centaine de témoins. Vous pourrez nier avoir jamais été fiancés.

— Il sera furieux, dit-elle en pâlissant.

— Que pourra-t-il faire dans une pièce remplie de monde ? Il est trop conscient de son rang social pour s'autoriser un esclandre. Pour les hommes comme lui, l'image que les autres ont de lui est essentielle.

Elle secoua la tête. Quelques brins de paille étaient encore accrochés à ses cheveux. Elle avait l'air d'une laitière ébouriffée. Une laitière qu'il avait toujours envie de culbuter dans la paille.

— Il n'abandonnera pas aussi facilement, dit-elle. Il tentera autre chose.

— Nous lui ferons clairement savoir que vous êtes sous la protection de Bow Street.

Elle eut une expression étrange. Sebastian ne put l'identifier, mais cela s'apparentait à de l'espoir. À l'envie d'y croire.

— Je ne resterai pas ici ?

— Non. Vous irez vivre avec ma tante. Alex, Benedict et moi-même nous chargerons de vous protéger à tour de rôle.

— Oh.

Elle semblait presque déçue. Sebastian s'empressa de chasser cette idée saugrenue. Elle regrettait sans doute d'avoir permis à un débauché tel que lui d'approcher sa royale personne.

Il comprenait mieux qu'elle ait repoussé ses avances chez Mme Haye. Elle ne le trouvait pas assez bien pour elle. Comme Julia Cowes dix ans plus tôt. Il avait beau avoir fait fortune et gagné un titre par son propre mérite depuis lors, cela ne suffisait pas à faire de lui le digne compagnon d'une fichue princesse.

Anastasia Denisova était destinée à épouser quelque charmant aristocrate européen – un noble à la réputation sans tache qui ne faisait pas des propositions inconvenantes à des inconnues dans les bordels, et ne se bagarrait pas – et à devenir la reine de quelque idyllique principauté méditerranéenne.

Sebastian pianota sur son bureau tandis qu'il réfléchissait à la situation.

— Si Petrov pense que vous détenez une preuve qui le compromet, nous pouvons peut-être en tirer parti, dit-il. Le piéger.

— Comment ?

— En lui forçant la main. S'il se sent aux abois, il risque de commettre une erreur - en cherchant à vous atteindre ou à récupérer la preuve. Et quand il le fera, nous serons prêts à le cueillir.

— Je ne veux pas le rencontrer. Que ce soit dans une salle de bal ou dans une ruelle. Il est dangereux.

Sebastian étrécit les yeux.

— Vous pensez que je ne le suis pas ?

Elle eut la grâce de rougir et de détourner le visage.

— Je protège ce qui m'appartient, reprit Sebastian d'un ton radouci.

Elle le gratifia de cet air hautain qu'il en était venu à détester.

— Je ne vous appartiens pas, lord Mowbray.

— Si, princesse, rétorqua-t-il d'une voix traînante comme s'il s'agissait d'une insulte. Pour le moment, vous m'appartenez.

Il haussa les sourcils, la mettant au défi de répliquer ; elle s'en abstint fort sagement. Il posa sur sa tenue de garçon d'écurie un regard qui se voulait acerbe, mais la vue de ses jambes fines et de sa poitrine pointant à peine sous l'étoffe lui donna envie de la jeter en travers de son épaule, de grimper à l'étage et de se perdre en elle, princesse ou pas.

Maudite soit-elle.

— Mickey vous montera une malle. Emballez vos affaires. Nous nous rendrons chez ma tante dans une demi-heure.

— Je la croyais à la campagne ?

— Non. Elle est rentrée à Grosvenor Square hier au soir. Elle m'a envoyé un message pour m'en aviser.

28

La duchesse douairière scruta longuement le visage impassible d'Anya avant de se tourner vers Sebastian.

— J'espère que tu as traité Mlle Brown avec le plus grand soin et le plus grand respect, Sebastian ?

Ce dernier la considéra d'un œil sombre tandis qu'il ôtait ses gants.

— Vous pouvez vous dispenser de jouer la comédie, Dorothea. Je sais qui elle est.

— Vraiment ? Voilà qui simplifiera les choses, n'est-ce pas ?

— Vous croyez ? J'aurais plutôt tendance à penser que cela les complique.

L'aïcule fronça le sourcil.

— Je vois. Tu es encore d'une humeur de dogue. Je suis ravie que vous me rendiez tous deux visite, cela va de soi, mais que faites-vous ici ? L'odieux Petrov a-t-il quitté la ville ?

— Non. La princesse ne peut toutefois pas rester au Tricorn. Dorénavant, elle logera chez vous.

— Et que fais-tu du danger qui la menace ?

— Je vais organiser une garde rapprochée avec Bow Street. Et dans dix jours, vous donnerez un bal afin de présenter la princesse Denisova, miraculeusement retrouvée, à la haute société.

La duchesse arqua un de ses fins sourcils, affichant une expression hautaine très semblable à celle d'Anya.

— Dans dix jours, Sebastian ? Tu as perdu l'esprit ?

— Je vous en sais capable. Vous inviterez tout le monde, et ils viendront tous.

— Et Petrov ?

— Invitez-le aussi. Et faites courir le bruit qu'un mystère entoure la princesse. Cela fera parler les gens.

Anya prit enfin la parole.

— À quelle fin ?

Sebastian tourna les yeux vers elle et son cœur se serra. Elle avait revêtu une des robes de jour qu'il lui avait achetées, d'un vert sauge très pâle qui la faisait ressembler à un esprit sylvestre ou à une naïade. Le simple fait de la regarder lui était douloureux. Elle lui semblait déjà différente, plus affirmée, plus inaccessible, comme si un rempart invisible s'était dressé entre eux. Il la revit, les joues rosies par la vodka devant la cheminée, et s'empressa de chasser cette image de son esprit. Il n'y aurait plus jamais de soirées comme celle-là.

— Afin d'inquiéter Petrov, répondit-il. Il va se demander ce que nous avons sur lui et si nous avons l'intention de le dénoncer.

— Et tu comptes le faire, Sebastian ? s'enquit Dorothea.

— À mon avis, il ne sera pas nécessaire d'en arriver là. Je vous laisse régler les détails. Je vais à Bow Street afin d'organiser votre protection, ajouta-t-il à l'adresse d'Anya. Ne quittez pas la maison avant mon retour.

Elle parut sur le point de protester, puis se ravisa. Sebastian tourna les talons et quitta la pièce. Il s'efforça d'ignorer ce sentiment qu'il avait de l'abandonner. La pensée que personne, pas même Alex ou Benedict, ne saurait la protéger aussi bien que lui continua cependant de le tarauder bien après qu'il eut franchi la porte.

Rester près d'elle était trop dangereux. Si fort soit-il, un homme a des limites quant aux provocations qu'il est capable d'endurer, et il connaissait les siennes. Alex et Benedict resteraient insensibles au charme irritant de la princesse, immunisés par l'amour qu'ils portaient à leur épouse.

— Une princesse russe ? répéta Benedict, peut-être pour la vingtième fois. Tu plaisantes.

Sebastian leva les yeux au ciel.

— Je préférerais, figure-toi.

— Tu crois qu'elle porte sa couronne au lit ? gloussa Alex.

Il y avait dans son regard une lueur de curiosité et Sebastian jura intérieurement. Alex avait l'esprit aussi affûté qu'un rasoir et il adorait débusquer les secrets. Bow Street ne l'avait pas recruté sans raison.

— Comment le saurais-je ? répliqua-t-il sèchement.

Alex le gratifia d'un regard franchement dubitatif, mais n'insista pas.

Tous trois étaient chez Manton, la galerie de tir de Davies Street. Sebastian avait envoyé un message à Bow Street, demandant à Benedict et Alex de l'y rejoindre. Il venait toujours là quand il avait besoin d'y voir plus clair. La concentration nécessaire pour viser juste lui vidait l'esprit. Au moins temporairement.

Munis de leurs fusils Baker, ils remontèrent la longue galerie, commodément déserte à cette heure matinale, la plupart des membres se levant rarement avant midi. Sebastian avait déjà offert à ses amis un résumé de ses aventures à Hounslow Heath et de la tentative d'enlèvement manquée d'Anya.

— J'ai besoin que vous m'aidiez à la protéger. Je vais tendre un piège à Petrov, et je ne veux pas la mettre en danger.

— Tu penses qu'il s'agit de notre espion ? demanda Benedict.

— C'est plus que probable, d'après ce qu'Anya... d'après ce que dit la princesse.

Benedict et Alex échangèrent un regard, et Sebastian se maudit une fois de plus. Difficile de penser à elle comme à une tête couronnée quand il avait tenu la vraie femme dans ses bras. Elle n'était pas quelque concept abstrait. Elle était belle, sensuelle...

Non, non, non. Le simple fait de penser à elle de cette façon relevait probablement de la trahison.

Furieux contre lui-même, il se débarrassa de son manteau, chargea son arme avec célérité, et prit position à plat ventre, en appui sur le coude, la jambe relevée à angle droit au niveau de la hanche pour garder l'équilibre. Benedict et Alex en firent autant, l'un à sa droite, l'autre à sa gauche.

Il cala la joue contre la crosse et fixa la mire à l'extrémité du canon. Il ferma l'œil gauche, positionna la cible au centre du V et ajusta son tir.

Il fit le vide dans son esprit, prit conscience de son pouls, de son souffle. Il respira lentement et attendit une pause entre deux battements de cœur avant de presser la détente. La cible de papier palpita quand le tir atteignit le centre. Il rechargea son arme avec la même célérité.

Maudite femme. Elle lui avait menti, l'avait manipulé. Il avait horreur de cela. C'était une des raisons qui l'avaient incité à s'enrôler dans les fusiliers plutôt que dans l'armée régulière. En tant que fusilier du roi, c'était lui qui menait le jeu. Lui qui visait. L'équilibre entre la vie et la mort était suspendu à la pression de son doigt et à la précision de son œil.

Il éprouvait la même impression de toute-puissance quand il surplombait la salle de jeu du Tricorn et regardait ceux qui risquaient tout sur une carte. Ces caprices stupides n'étaient pas pour lui. Il aimait être maître de son destin.

Et pourtant, quand il s'agissait d'Anya – non, de la *princesse Denisova* –, il ne contrôlait plus rien. Cette femme s'était jouée de lui. Il avait été sa « petite expérience », le naïf qui l'avait soulagée de sa virginité et avait satisfait sa curiosité sexuelle.

Que cette expérience se soit révélée la meilleure de sa vie ajoutait à sa fureur dans la mesure où il était évident qu'elle ne se répéterait pas. Ni maintenant, ni jamais.

Il atteignit de nouveau la cible, en plein dans le mille.

Dans une semaine, la petite intrigante redeviendrait la vertueuse princesse Denisova, aussi pure que la neige. Les hommes saliveraient devant elle et feraient la queue pour inscrire leur nom dans son carnet de bal.

Il serait le seul à savoir à quel point elle était belle, sa chevelure de miel répandue sur l'oreiller, et comment ses lèvres étaient gonflées après l'avoir embrassée. Il serait le seul à connaître les petits bruits qui lui échappaient quand elle se rapprochait de la jouissance, la morsure de ses ongles sur son dos quand elle l'incitait à...

Il rata complètement la cible.

Un juron lui échappa.

À côté de lui, Benedict rit tout bas.

— Aurais-tu du mal à te concentrer ? Quelque chose – ou quelqu'un – occuperait-il tes pensées ?

— Va te faire voir, grommela Sebastian.

Le problème, c'était qu'Anya et lui se ressemblaient. Elle était déterminée à demeurer maîtresse de son destin. Or, même s'il déplorait ses méthodes, il ne pouvait lui en faire le reproche. Pas quand il brûlait du même désir. Car maintenant qu'il avait rencontré Petrov, il comprenait la raison de son subterfuge.

Il soupira. Le pire dans toute cette histoire, c'était que l'espace d'un instant bizarre, alors qu'ils étaient dans son bureau, il s'était vraiment imaginé marié à elle... et que cette perspective ne lui avait pas du tout déplu.

Alors qu'il avait toujours détesté l'idée du mariage. Il ne voulait épouser personne, surtout pas une princesse de glace qui sentait le jasmin. Une parfaite entente sexuelle ne suffisait pas à bâtir un mariage. L'exemple de ses parents le prouvait suffisamment.

Sebastian considéra la cible avec un froncement de sourcils. Anya l'attirait physiquement, cela ne faisait aucun doute. L'honnêteté l'obligeait cependant à reconnaître que ce qu'il ressentait pour elle ne se limitait pas au seul désir sexuel. Elle lui plaisait. Il aimait son esprit vif et ses superstitions ridicules. Il l'admirait et la respectait en dépit de son caractère obstiné – ou peut-être à cause de lui. Il aimait sa façon de le défier. Elle nourrissait son âme, alimentait son énergie avec la sienne.

Paradoxalement, elle le stimulait et l'apaisait tout à la fois.

Il se languissait d'elle.

— Tu sais que tu peux compter sur nous en toutes circonstances, lui rappela Alex.

Benedict acquiesça d'un hochement de tête.

— J'ai l'impression que tu viens de passer une sacrée semaine avec elle au Tricorn, observa Alex. Cette princesse semble fascinante. Courageuse, aussi, pour avoir pris le risque de s'exposer afin d'épier les conversations de la délégation. Je suis sûr qu'Emmy et Georgie s'entendraient à merveille avec elle.

Sebastian émit un grognement.

— Elles auront l'occasion de faire sa connaissance au bal. Et elle n'est pas fascinante, elle est irritante au possible. Toujours à exiger ceci ou cela et à ignorer mes ordres. J'ai passé la semaine à me retenir de l'étrangler.

Sebastian se souvint soudain qu'Alex et Benedict l'avaient incité à trouver une jolie femme qui l'irriterait assez pour qu'il ait envie de l'étrangler. Il cilla. C'était tout à fait Anya. Il avait envie de la réprimander et de l'étreindre en même temps. Il avait envie de l'exhiber et de la garder pour lui seul.

Sapristi.

Il devait cesser de penser à elle. Rien n'était possible entre eux. Rien de permanent. La nuit qu'ils avaient passée ensemble n'avait été qu'un bref et glorieux intermède – dont il rêverait probablement jusqu'à la fin de ses jours –, mais il était désormais terminé. À partir de maintenant, leurs rapports seraient strictement professionnels. Il la protégerait contre Petrov parce qu'il était un agent de Bow Street et que c'était là son devoir.

Et il la regarderait depuis les coulisses choisir un homme à la réputation moins ternie que la sienne, un époux potentiel plus convenable, avant de disparaître de sa vie à tout jamais.

29

Wolff ne s'était pas trompé, songea Anya. Bien qu'envoyée tardivement, l'invitation au bal de la duchesse douairière remportait un franc succès. Les réponses favorables affluaient à Grosvenor Square et elle lisait chacune d'elles à voix haute à une duchesse de plus en plus extatique. Quelques invités tentèrent même de remettre leur réponse en main propre dans l'espoir d'apercevoir la mystérieuse princesse avant le bal – comme s'il s'agissait d'un animal étrange –, mais tous furent éconduits par Mellors, l'imperturbable majordome.

La perspective de ce grand bal avait ragaillardi la duchesse. Anya avait un début de cal au majeur de la main droite à force d'écrire sous sa dictée : commandes de fleurs et de vins, de musiciens et de cire d'abeille. Le personnel traquait frénétiquement le moindre grain de poussière, encaustiquait et polissait. On avait même imposé à Mme MacDougall, la cuisinière écossaise, de céder sa place au célèbre chef Lagrasse pour la soirée. Ce dernier promettait « un événement dînatoire sans égal ».

Anya ne voyait que deux des trois propriétaires du Tricorn : Benedict Wylde et Alex Harland. Aussi charmants l'un que l'autre, ils se relayaient pour assurer sa protection. Ils l'observaient avec beaucoup d'intérêt, comme curieux de voir avec quelle sorte de femme leur ami s'était retrouvé coincé au Tricorn, pour autant, ni l'un ni l'autre ne s'avisaient de lui parler en dehors des échanges strictement nécessaires. Ils rôdaient discrètement durant la journée et faisaient des rondes pendant la nuit.

De Wolff lui-même, en revanche, il n'y avait aucune trace. Anya se disait que c'était sans importance, un désir étrange, mal défini, lui contractait douloureusement la poitrine, et la nuit, dans sa somptueuse chambre à coucher, des rêves licencieux venaient la hanter.

La modiste la plus réputée de Bond Street, Mme Cerise, était venue en personne prendre ses mesures pour une robe « digne d'une princesse ». Anya s'était tenue aussi immobile qu'une statue, et tandis qu'on épinglait sur elle l'ébauche de sa robe de bal, elle s'était retranchée en elle-même, froide et réservée.

La robe qui avait résulté de ces essayages était tout simplement magique, elle était taillée dans un satin gris tourterelle semé de fils d'argent qui donnaient à la jupe l'aspect d'une cascade de mercure. Le corsage et le bas de la robe étaient rehaussés de broderies métalliques qui évoquaient de minuscules cristaux de glace et ajoutaient à la splendeur étincelante de la tenue.

Anya adressa un nouveau message à Elizaveta pour lui faire savoir qu'elle allait bien. Un gamin des rues nommé Jem Barnes fut chargé de le lui remettre en s'assurant de ne pas être suivi. À sa grande joie, la réponse de son amie ne tarda pas.

Je vais plus que bien, écrivait Elizaveta. Je suis fiancée ! Oliver et moi avons fait une promenade à Regent's Park hier et – après avoir fait tomber la bague dans un parterre de fleurs, le pauvre chéri ! – il m'a demandé de faire de lui le plus heureux des hommes en acceptant d'être sa femme. J'ai dit oui, bien sûr ! Je sais que tu m'adresseras tes vœux de bonheur, ma très chère amie, et il me tarde de te revoir. Je suis si heureuse de te savoir chez la duchesse à présent, et que tu bénéficies de la protection des agents de Bow Street, mais je ne peux m'empêcher de m'inquiéter pour toi. Je ne serai pas tranquille tant que Petrov ne sera pas retourné à Saint-Pétersbourg, aussi loin de nous que possible. Tendresse et baisers, Eliz.

Un chagrin doux-amer se mêla aux larmes de joie d'Anya à l'annonce des fiançailles de son amie. Elizaveta, le rocher de son enfance, son autre moitié, l'amie loyale et la confidente de sa jeunesse, allait la quitter. Elle avait beau se réjouir pour elle, elle ne pouvait se défaire de l'idée que tout changeait, et pas forcément pour le mieux. Tout ce qu'elle avait autrefois tenu pour acquis, tout ce qui était familier et rassurant, lui filait entre les doigts tel le sable d'un sablier. Bientôt, il ne lui resterait plus que des souvenirs.

Elle préférait ne pas examiner trop attentivement les sentiments qu'elle éprouvait pour Wolff. Trop complexes, trop contradictoires. Il n'avait vu en elle qu'un devoir dont il devait s'acquitter au plus vite. Dès qu'il avait pu, il ne s'était plus soucié de ce qui lui arrivait.

Anya laissa échapper un soupir mélancolique. Quand elle s'était donnée à lui, elle avait cru qu'il s'agissait d'une simple attirance physique, toutefois, de fil en aiguille, une foule d'émotions plus profondes avait émergé. Et maintenant, alors qu'elle était furieuse contre lui de l'avoir abandonnée, elle rêvait de revoir son beau visage renfrogné.

Le soir du bal arriva enfin. Anya accepta les soins d'un « friseur » pour l'élaboration de sa coiffure et laissa Tilly, la femme de chambre de la duchesse, ajuster sa robe sur elle avant d'appliquer une fine couche de poudre d'argent sur sa peau à l'aide d'une énorme houppette. Ses épaules et son torse chatoyaient sous la lumière de la lampe tels de pâles rayons de lune, et Anya eut du mal à reconnaître l'étrangère qu'elle découvrit dans son miroir.

Elle était l'incarnation de la princesse de conte de fées. Ses yeux bleus semblaient immenses et ses lèvres fardées offraient un contraste saisissant avec sa robe argentée.

Elle n'avait plus rien de commun avec la jeune femme insouciante qui avait quitté la Russie dix-huit mois auparavant. Il y avait de la tristesse dans son regard désormais. Elle savait que le monde était à la fois plus cruel et plus merveilleux qu'elle ne l'imaginait. Il y avait aussi de la détermination, de la fierté et une toute nouvelle conscience de sa féminité.

Ce soir, sa première incursion dans la haute société britannique s'annonçait comme une épreuve. Ç'aurait été certes plus facile, si Wolff avait été auprès d'elle pour moquer tout ce faste et décocher un regard méprisant à ceux qui oseraient remettre en question la légitimité de sa présence. Sans lui, elle se sentait aussi gelée qu'un bulbe de tulipe enfoui dans la terre. Il était la chaleur dont elle avait besoin pour briser sa gangue de glace et s'approcher de la lumière du soleil. C'était lui qui lui avait appris à rayonner, à brûler.

Mais il n'était pas dans le salon quand elle y rejoignit la duchesse douairière avant leur grande entrée dans la salle de bal. Quelques invités triés sur le volet étaient présents, et tous les yeux se tournèrent vers Anya quand elle s'arrêta sur le seuil.

— Princesse ! s'exclama Dorothea en venant lui prendre la main. Vous êtes merveilleuse, ma chère. Venez que je vous présente.

Un homme de haute taille aux cheveux blonds et au sourire amical s'avança.

— Princesse Denisova, permettez-moi de vous présenter l'aîné de mes petits-neveux. Geoffrey, marquis de Cranford.

Le demi-frère de Sebastian.

L'homme s'inclina au-dessus de sa main.

— Enchanté de faire enfin votre connaissance, princesse.

Excepté la taille, les deux hommes présentaient peu de ressemblances physiques. Les cheveux de Geoffrey étaient plus clairs. Et contrairement à Wolff, qui n'avait qu'à poser les yeux sur elle pour la faire fondre, le regard de Geoffrey était doux et rassurant. Son sourire facile lui rappela Dmitri, et elle ressentit une affinité immédiate.

— J'ai entendu dire que vous aimiez monter à cheval, dit-il. Sebastian m'a rapporté que vous étiez une cavalière accomplie.

Son estomac se noua à l'idée que Wolff l'ait complimentée – même si c'était en son absence.

— En effet.

— Peut-être me ferez-vous l'honneur de me retrouver au parc un de ces jours ? Nous pourrons faire faire un peu d'exercice à nos montures ensemble.

— Ce sera avec plaisir.

Il lui tendit une petite boîte entourée d'un ruban.

— La coutume veut que l'on offre un présent aux jeunes filles la veille de leur premier bal, expliqua-t-il en souriant. J'ai bien conscience que ce n'est pas votre premier bal, princesse, mais c'est votre premier bal *anglais*, et j'espère que vous voudrez bien accepter ceci dans un esprit amical.

Anya dénoua le ruban et découvrit une ravissante pochette de soirée brodée.

— C'est un réticule, précisa Geoffrey bien inutilement. Vous pouvez y glisser un mouchoir, votre carnet de bal ou des pièces de monnaie. Vous en possédez sans doute déjà des centaines, mais on prétend qu'une dame n'en a jamais trop.

Anya sourit, sincèrement ravie.

— Merci ! Il est assorti à ma robe. Avez-vous déjà glissé une pièce de monnaie, à l'intérieur ?

— Une pièce de monnaie ?

— C'est une superstition russe. Quand on offre un porte-monnaie, on doit y placer quelques pièces. S'il est vide, on dit que cela porte malheur financièrement. Ce sont des « graines d'argent », l'idée étant que celles-ci poussent et attirent encore plus d'argent.

— C'est une charmante théorie, décréta Geoffrey en tirant un souverain d'or de la poche de son gilet qu'il lui remit d'un air solennel. Voilà. Puisse-t-il croître et se multiplier jusqu'à faire votre fortune, milady.

Leurs pitreries firent glousser la duchesse.

— Y a-t-il d'autres superstitions que je devrais connaître ? s'enquit Geoffrey. Aurais-je, sans le savoir, enfilé depuis toujours mes bottes dans le mauvais ordre ? Faut-il manger du riz au lait uniquement les soirs de pleine lune ?

Anya s'esclaffa. Son sens de l'humour était assez proche de celui de son frère.

— Oh, il y en a des centaines ! Nous autres Russes sommes très superstitieux. Par exemple, un bouquet doit toujours comporter un nombre de fleurs impair pour une occasion festive. Les bouquets comportant un nombre de fleurs pair sont réservés aux enterrements.

— Juste ciel ! s'écria la duchesse. J'ignorais cela.

Elle entreprit de compter les fleurs du bouquet le plus proche avant de pousser un soupir de soulagement.

— Quinze, Dieu merci ! Me voilà rassurée. Le succès de notre bal est garanti.

Elle se tourna alors vers une ombre sur le seuil.

— Ah, Sebastian, te voilà !

30

Sebastian vit Anya à l'instant où il pénétra dans la pièce et ses poumons se vidèrent instantanément de tout l'air qu'ils contenaient. Il avait éprouvé la même sensation lors de ce tir d'artillerie à Waterloo : un rugissement dans les oreilles et la poitrine tellement comprimée qu'il avait failli tomber à la renverse.

Elle portait une robe de bal argentée et souriait à son frère. Sebastian n'avait jamais rien vu d'aussi beau de sa vie.

La semaine passée avait été un enfer. Le Tricorn lui avait semblé affreusement triste et vide sans elle. Elle n'y avait pas séjourné longtemps, mais elle y avait insufflé de la vie. Partout, il avait retrouvé des traces de sa présence – une pile de documents entassés n'importe comment dans la bibliothèque, des livres en cours de lecture, retournés sur des tables. L'envoûtante odeur de son parfum. Chaque fois qu'il entrait dans une pièce, il était assailli par des images d'elle le taquinant, la raillant ou le mettant au défi.

Le personnel aussi avait ressenti son absence ; Lagrasse avait grommelé à propos d'un « public ingrat » pendant plusieurs jours et Mickey lui-même s'était montré inhabituellement morose.

Ce soir, Sebastian était aussi à cran qu'avant une offensive militaire. Dorothea avait habilement répandu l'idée qu'une révélation allait avoir lieu et la salle de bal était déjà pleine d'invités attendant de rencontrer la déesse qui se tenait devant lui.

La présence d'une telle foule le rendait nerveux. Protéger la princesse serait difficile quand Petrov passerait à l'action – car il le ferait, Sebastian en était certain. Le Russe viendrait exiger la « preuve » qu'il croyait en la possession d'Anya. Celle-ci avait pour consigne de rester dans la salle de bal quoi qu'il advienne, ainsi, le Russe n'aurait aucune chance de se retrouver seul avec elle.

Il avait fait suivre Petrov par des agents toute la semaine, mais l'homme n'avait rien fait qui sortît de l'ordinaire. Les détectives de Bow Street qui surveillaient la maison avaient signalé la présence d'un rôdeur à Grosvenor Square, la veille au soir, hélas, l'homme avait filé avant qu'on ait pu l'identifier. Un des larbins de Petrov, peut-être ? Sebastian avait placé des hommes sur tout le périmètre, au cas où.

Que Petrov décide de faire taire Anya grâce à un tireur d'élite n'était pas impossible. Un bon tireur pouvait atteindre une cible à travers une fenêtre à une centaine de mètres de distance. La simple pensée d'une balle passant près d'elle suffisait à lui glacer le sang.

Anya se tourna vers lui quand la duchesse remarqua sa présence et le sourire qu'elle adressait à Geoffrey disparut, remplacé par une expression de méfiance polie. Pour la première fois de sa vie, Sebastian fut conscient d'être jaloux de son frère. Il n'avait jamais reproché à ce dernier le titre, ni la responsabilité du domaine dont il hériterait un jour, pourtant, il le détesta de lui avoir volé un sourire d'Anya.

Geoffrey était marquis. Il deviendrait duc de Southwick à la mort de leur père. Il ferait un époux idéal pour Anya.

— Qu'as-tu donc là ? demanda la duchesse en couvant d'un œil intéressé l'écrin de cuir qu'il était passé chercher un peu plus tôt à Ludgate Hill.

Sebastian se força à avancer et le tendit à Anya avec une désinvolture feinte. Il regrettait déjà son impulsion stupide.

— Si vous devez sortir dans la haute société, autant porter la parure qui convient, dit-il avec raideur.

Leurs doigts gantés se frôlèrent quand elle prit l'écrin, et cela suffit à le faire frissonner.

Anya souleva le couvercle et ses yeux s'arrondirent.

— J'ai apporté votre croquis chez Bridge & Rundell, expliqua-t-il.

Le diadème était parfait, l'incarnation de son rang. Aux yeux de Sebastian, il était censé symboliser le gouffre qui les séparait – le bâtard de Bow Street et la princesse de conte de fées. Un rappel de leur différence. Pourtant son cœur cognait sourdement tandis qu'il guettait sa réaction.

Les yeux d'Anya s'embuèrent.

— Oh, je...

Elle semblait à court de mots.

— Vous en aviez un semblable, m'avez-vous dit.

Elle déglutit et ses cils palpitèrent.

— Oui. Le diadème Denisov. J'ai dû le briser pour avoir de quoi venir ici.

Il fronça les sourcils, submergé par une vague de panique. Il n'avait jamais offert de bijoux qu'en guise de cadeau d'adieu – une façon élégante de remercier une femme pour quelques semaines de plaisir mutuel. Allait-elle penser qu'il s'agissait d'un « cadeau de consolation » ? Ils n'avaient passé qu'une seule nuit ensemble, mais il pria pour qu'elle n'interprète pas son geste comme une grossière tentative de paiement. Tous les joyaux du monde n'y auraient pas suffi.

Cependant, Anya caressait amoureusement les diamants et les saphirs, et Sebastian découvrit qu'il pouvait aussi envier des objets inanimés. Elle leva alors ses yeux mouillés de larmes sur lui et le reste du monde disparut.

— Merci, dit-elle d'une voix enrouée. Cela représente... tellement pour moi. Vous n'avez pas idée.

Il en avait une idée assez précise. Son expression était une récompense suffisante pour ce geste chevaleresque, quand bien même celui-ci révélait aux yeux de tous la haute estime dans laquelle il la tenait. Il venait de déposer son cœur dans un écrin de joaillier et le lui avait offert dans une pièce remplie de témoins.

Bon sang. Il aurait mieux fait de lui offrir un éventail ou un étui de cartes à jouer en argent – une babiole quelconque dépourvue de signification sentimentale, qui lui aurait évité de se mettre ainsi à nu. Mais il avait eu envie de la voir sourire, et lui restituer une infime partie de son héritage familial lui avait semblé un bon moyen d'y parvenir.

— Il est presque exactement tel que je m'en souviens, souffla-t-elle. Sauf la monture. L'originale était en or. Je préfère celle-ci.

Il se fendit d'un haussement d'épaules désinvolte, comme si ce n'était pas le cadeau le plus coûteux qu'il ait jamais fait. Comme s'il n'avait pas payé une fortune pour l'obtenir et harcelé Rundell toute la semaine afin qu'il soit prêt à temps.

Anya pinça les lèvres.

— Cela a dû coûter une fortune. Comment pourrais-je vous remb...

— Inutile de me rembourser, la coupa-t-il d'un ton plus bourru qu'il n'en avait eu l'intention. C'est un cadeau. Prenez-le.

Elle le scruta longuement, cherchant Dieu sait quoi dans son regard, puis inclina la tête.

— Merci, lord Mowbray. Vous êtes très gentil.

— Ce n'est pourtant pas la réputation que j'ai, répondit-il avec un demi-sourire.

— Oh, Seigneur ! soupira Dorothea en tendant le cou pour contempler le diadème sur son coussin de velours noir. Quels que soient tes torts, Sebastian – et ils sont légion –, je dois reconnaître que tu as un goût exquis.

— Je vous remercie, répondit-il avec flegme. La conception de ce joyau n'est cependant pas de mon fait. Rundell s'est contenté d'exécuter un dessin réalisé par la princesse.

— Venez, je vais vous aider à le mettre, dit Dorothea en entraînant Anya vers un miroir.

La princesse se tint immobile tandis que la duchesse plaçait le diadème sur ses cheveux, puis elle tourna la tête d'un côté et de l'autre pour l'inspecter. Les diamants projetèrent de minuscules arcs-en-ciel et les sombres saphirs menacèrent d'avaler toute la lumière. Obscurité insondable et lumière éternelle, l'univers entier dans une seule pièce de joaillerie étincelante.

Sebastian se retint d'applaudir. Il n'était pas franchement porté sur la poésie, pourtant un fragment de vers lui revint en mémoire, de Byron ou de Coleridge, il ne savait plus.

Elle marche, pareille en beauté à la nuit
Étoilée des cieux sans nuage,

Et le plus pur de la clarté et de l'ombre,
Fusionne dans son allure et ses yeux.

Cela semblait parfaitement à propos. Elle était une princesse de glace ramenée à la vie. Ses cheveux relevés en chignon révélaient sa nuque élégante. Le délicat relief de sa colonne vertébrale évoquait un rang de perles naturelles. Il eut envie de la suivre du doigt, de défaire les minuscules boutons de sa robe et d'écarter la soie pour découvrir le doux arrondi de son...

Non. Non, non, non.

Il n'était pas là pour le plaisir.

Elle était une princesse. Inaccessible.

Il s'éclaircit la voix, afficha un sourire poli et indiqua la double porte.

— Nos invités attendent. Après vous, princesse.

Il surprit le regard amusé de Geoffrey, comme si son frère appréciait, tout en s'en moquant, l'extravagance de son cadeau. C'était un regard qui disait clairement : « Ce qui est fait est fait, mon cher frère. Et je te taquinerai sans pitié dès que nous serons seuls... »

Sebastian lui répondit d'un froncement de sourcils, le défiant de faire le moindre commentaire. Anya et Dorothea s'avancèrent, l'une derrière l'autre. Il se retint d'attraper le poignet d'Anya pour la retenir et l'emporter dans la chambre à coucher la plus proche. Personne ne pourrait lui faire de mal si elle était enfermée avec lui. Elle serait en sécurité s'il la gardait éternellement dans ses bras.

Il secoua la tête en se traitant d'imbécile.

La voix de Mellors résonna dans le hall quand les portes de la salle de bal s'ouvrirent. Sebastian aperçut une mer de visages impatients tournés vers eux.

— La duchesse douairière de Winwick et Son Altesse la princesse Anastasia Denisova.

Sebastian cilla. Anastasia. Pour lui, elle avait toujours été Anya. La fille qui lui avait fait imaginer un avenir ridiculement absurde. La fille qui l'avait rendu fou.

Il devait se ressaisir. Le monde secret qu'ils avaient créé au Tricorn n'avait été qu'une illusion. La réalité, c'était ce qui se déroulait sous ses yeux. La princesse livrée en pâture au public ; il devait désormais la partager avec le monde entier.

Il fut soudain frappé par une révélation. Bonté divine, était-ce cela qu'on ressentait lorsqu'on était *marié* ? Partager son épouse n'était-il supportable que parce que vous aviez ensuite le privilège de rentrer avec elle ? Parce que vous étiez le seul destinataire de ses sourires secrets ? Le seul à la voir nue ? Les maris savouraient-ils ces moments intimes, tel un dragon veillant sur un trésor, à seule fin de réussir à endurer des soirées comme celle-ci ?

Il ne le saurait jamais. Il était là pour assurer sa protection, pour accomplir son devoir.

Rien de plus.

31

— Princesse, puis-je vous présenter le comte et la comtesse de Ware, Benedict et Georgiana Wylde.

Anya s'efforça d'ignorer l'effet que la présence de Wolff, rôdant à ses côtés, avait sur ses nerfs et tendit la main au couple venu les saluer.

— Enchantée.

Le sourire amical de la jolie femme brune la mit immédiatement à l'aise.

— Je vous en prie, appelez-nous Georgie et Benedict. Nous détestons faire des manières.

Anya lui retourna son sourire.

— Moi aussi, habituellement. Je vous en prie, appelez-moi Anya.

Elle avait souvent vu Benedict Wylde au cours de la semaine écoulée, quand il patrouillait dans la maison et les jardins. C'était un grand et bel homme aux yeux bruns et aux cheveux un peu plus clairs que ceux de Wolff. Elle l'avait trouvé assez hautain et un peu effrayant, mais la façon dont son regard s'adoucissait dès qu'il posait les yeux sur son épouse l'incita à revenir sur sa première impression.

— Georgie dirige la Compagnie de transport maritime Carvesteed, expliqua Wylde. Une entreprise internationale, précisa-t-il sans dissimuler sa fierté. Ses navires commercent beaucoup avec la

Russie et je suis certain qu'elle meurt d'envie de discuter avec vous de détails ennuyeux, comme les tarifs douaniers et les routes de navigation.

Il avait adopté un ton taquin et son épouse lui donna un coup de coude dans les côtes.

— Benedict ! Vous me faites passer pour la femme la plus ennuyeuse de la soirée !

Il haussa les sourcils et laissa échapper un petit rire.

— Jamais. J'adore vous écouter parler commerce. Je me sens plus intelligent par procuration. D'autant que ce ne serait peut-être pas une mauvaise idée d'étendre votre négoce aux alcools russes. J'ai goûté la vodka que Sebastian proposait au Tricorn la semaine dernière et, bien que je doute qu'elle parvienne à détrôner notre bon vieux gin national, je pense qu'un marché pourrait se développer si vous l'importiez.

— Il se trouve que ma famille possède toutes sortes d'intérêts commerciaux en Russie, dit Anya. Je possède moi-même une distillerie de vodka.

Elle sentit, plus qu'elle ne le vit, Wolff se raidir, et réprima un ricanement. Elle se demanda s'il se souvenait qu'elle avait dit s'y connaître « un petit peu » en vodka le soir où ils avaient bu ensemble. Pour l'heure, il devait avoir envie de l'étrangler.

Cette pensée la ravit bien plus qu'elle n'aurait dû. Pour une raison qui lui échappait, elle adorait taquiner Wolff.

Elle tourna la tête, lui adressa un sourire malicieux et apprécia la façon qu'il eut de lui promettre un châtiment rien qu'en plissant les yeux. S'il avait l'intention de la punir, il faudrait qu'ils soient seuls. Et c'était ce qu'elle désirait plus que tout au monde.

— Vraiment ? dit Georgie Wylde. C'est fascinant. J'espère que vous viendrez visiter mes entrepôts à l'occasion. J'aimerais avoir votre opinion sur la qualité des marchandises russes que j'importe. Si cela ne vous ennuie pas, bien sûr, s'empressa-t-elle d'ajouter.

— Cela semble très intéressant. Je viendrai volontiers, merci, répondit Anya, touchée par l'offre d'amitié de cette femme.

Un autre couple les rejoignit ; son second garde du corps, Alex Harland, accompagné d'une femme qui devait être son épouse. Elle était petite, avec un visage d'elfe malicieux. Elle plut à Anya d'emblée.

— Et voici le comte Melton et sa comtesse, Alexander et Emmeline Harland, les présenta Wolff.

— Alex et Emmy, dit la jeune femme. Inutile d'être aussi guindé, Sebastian, ajouta-t-elle avant de reporter son attention sur Anya. Ma grand-mère, Camille, comtesse de Rougemont, est une excellente amie de la Duchesse Douairière Démoniaque.

Elle désigna la vieille dame élégante qui bavardait avec Dorothea de l'autre côté de la salle.

— Et mon frère, Luc, se trouve également quelque part dans cette foule avec son épouse, Sally. Ils se sont mariés le mois dernier.

Son regard s'attarda sur le diadème d'Anya.

— Ces diamants sont exceptionnels, déclara-t-elle d'un ton admiratif.

— Vous êtes bien placée pour le savoir, mon ange, commenta son mari avec un rire amusé.

Elle lui décocha un regard de reproche avant de reporter son attention sur Anya.

— J'adore les diamants.

— Ainsi que les émeraudes, les rubis, et... ma foi, tous les bijoux, ajouta son mari, railleur.

Benedict et Georgie gloussèrent. Alex attira sa femme contre lui et coinça une mèche de cheveux derrière son oreille d'un geste aussi spontané qu'affectueux.

— Tâchez de vous souvenir de votre promesse, ma chérie. Que faisons-nous avec les bijoux ?

Emmy leva les yeux au ciel.

— Nous regardons, mais ne touchons pas, récita-t-elle.

— Exactement, répondit Alex.

Elle laissa échapper un soupir.

— Vient-il de chez Bridge & Rundell ? Je crois reconnaître leur patte, dit-elle avant de couler un regard oblique à son mari. Je n'y ai pas mis les pieds depuis une éternité. Je n'ai pas le droit de m'en approcher à plus de trente pas.

Anya plissa le front, perplexe.

— Parce que votre mari redoute que vous ne le ruiniez ?

Sa question provoqua l'hilarité des deux couples et Anya eut l'impression de passer à côté d'une plaisanterie réservée aux initiés.

— Ce n'est pas pour cette raison, répondit Harland.

Anya questionna Wolff du regard.

— Emmy avait une vocation assez inhabituelle, dit-il doucement. Elle œuvrait dans le commerce des pierres précieuses.

Anya tourna un regard intéressé vers la jeune femme.

— Sebastian est beaucoup trop poli, ajouta Alex. Jusque très récemment, ma femme était un génie du crime qui « délivrait » certains joyaux de leurs possesseurs illégitimes.

Anya dévisagea Emmy, fascinée, et celle-ci la gratifia d'un petit sourire effronté.

— Hélas, ma carrière a été interrompue par ces vertueux gentlemen de Bow Street.

Elle rit, son regard passant de son mari à Wylde, et de Wylde à Wolff.

— Ils ont mis fin à toutes mes aventures.

Alex la considéra d'un œil aussi malicieux qu'entendu.

— Pas à *toutes* vos aventures, j'espère ? ronronna-t-il.

Les joues d'Emmy s'empourprèrent.

La complicité et l'affection évidente qu'il y avait entre les deux couples firent sourire Anya. Des mariages qui ne soient pas fondés sur la raison ou le devoir étaient si rares dans la haute société. Ses propres parents échangeaient eux aussi des regards tendres... Son cœur se serra à ce souvenir. Elle aimerait tant connaître cela un jour.

Elle balaya la salle du regard à la recherche de Vasili et du reste de la délégation russe. Si elle repéra le prince Troubetskoï et les deux hommes qui l'accompagnaient au Tricorn, elle ne vit nulle trace de Petrov.

— Dorothea me fait signe, dit Wolff. Je vous prie de m'excuser.

Anya ne put s'empêcher de le suivre du regard. À mi-chemin, il fut accosté par une superbe brune. Il la gratifia d'un grand sourire chaleureux et s'inclina sur sa main. Anya dut ravaler une bouffée de jalousie quand la femme leva vers lui un regard d'adoration.

— Elle est très belle, n'est-ce pas ? dit Georgie.

Anya sursauta, prise en flagrant délit, et feignit de ne pas comprendre.

— Qui ?

Georgie lui coula un regard entendu.

— La femme qui parle avec Sebastian. Elle s'appelle Caroline Apsley. Je crois qu'ils étaient, heu... romantiquement liés avant la guerre.

— Vous voulez dire qu'elle était sa maîtresse ? Ils sont restés en très bons termes, visiblement.

Georgie hocha la tête.

— Elle est veuve à présent. Elle espère le reconquérir.

Anya s'efforça d'adopter une expression polie. Cela ne la regardait en rien. Elle n'avait aucun droit sur Wolff. Pour autant, elle se sentait trahie.

— Sebastian n'est pas intéressé, murmura Benedict qui avait écouté leur conversation.

— Pourquoi dites-vous cela ? s'enquit Anya d'un ton qui se voulait détaché.

Elle était pitoyable.

— Parce que je connais Sebastian. J'ai passé trois ans avec lui, jour et nuit, sur le continent. Je l'ai vu sourire à un nombre incalculable de femmes comme il sourit à Caroline en ce moment. Il est charmant et galant, mais cela ne signifie rien.

Anya haussa une épaule.

— Si vous le dites.

— Benedict a raison, renchérit Alex. Sebastian sourit ainsi à toutes les femmes. À toutes sauf une.

Anya le regarda, saisie par son intonation.

— Vous avez raison, dit-elle. Moi, il me fusille du regard.

— Il vous offre aussi de somptueux bijoux ! fit remarquer Emmy en s'esclaffant.

— Vous savez l'importance qu'il accorde aux apparences, répliqua Anya d'un ton léger. Il voulait que je sois bien mise.

— Si on a droit à cela quand Sebastian Wolff vous fusille du regard, il peut me fusiller du regard autant qu'il voudra ! gloussa Emmy.

Alex lui donna une petite tape.

— Dois-je vous rappeler que vous êtes une femme heureuse en mariage, Emmeline Harland ?

Emmy le regarda en battant outrageusement des cils.

— Je n'ai nul besoin de rappel.

Alex inclina la tête vers elle et Anya surprit leur échange murmuré.

— Vous m'abandonnez, princesse ?

— Jamais.

Anya détourna les yeux. Le terme affectueux employé par Alex faisait clairement allusion à une autre de leurs plaisanteries intimes. Anya avait beau être une vraie princesse, Wolff n'avait jamais employé ce mot avec elle comme un terme affectueux. Un monde séparait le rire complice des Harland de ce que Wolff et elle avaient partagé.

32

— Tu dois danser avec la princesse, Sebastian.

Sebastian jeta un regard oblique à sa tante. Elle était en pleine forme ce soir, ravie d'être l'épicentre de ce tourbillon mondain. Il ne l'avait pas vue aussi enjouée depuis des années.

— Navré, répondit-il benoîtement, je ne vous entends pas.

Elle émit un reniflement agacé.

— Tu as une mine épouvantable, ce soir. Et ta redingote est affreusement mal coupée.

— Pas du tout !

— Ah ! Tu vois que tu m'entends. Tu n'es pas sourd des *deux* oreilles ; tu m'ignores volontairement. Franchement, Sebastian, je crois que tu te sers parfois de ton handicap pour éviter de parler à certaines personnes.

Il ne prit pas la peine de nier.

— Je suis certainement sourd aux insultes. Et aux idées stupides.

— Tu n'entends que ce que tu as envie d'entendre, rétorqua-t-elle. Et tu n'as aucune raison de te montrer grincheux avec moi. Tu as forcément compris pourquoi je t'ai adressé Anya. J'étais certaine que vous vous entendriez à merveille tous les deux. Je me trompais ?

Il lui lança un regard noir.

— Oui, vous vous trompiez complètement. Je ne l'ai aidée que par sens du devoir.

Sa réponse lui rabattit légèrement le caquet.

— Hmm. Eh bien c'est mon bal, ce soir, et en tant que plus proche parent de l'hôtesse, c'est à toi qu'il revient de la faire danser. Tu es comte, n'est-ce pas ? Pour sa première danse, il lui faut au moins un comte.

Il grinça des dents.

— Si tu refuses, je demanderai à Geoffrey...

Sebastian gronda.

Dorothea lui décocha un sourire entendu.

— Oh, peu importe ! Regarde, le prince Troubetskoï t'a pris de vitesse.

Il tourna vivement la tête. En effet, Anya venait d'accepter le bras de son compatriote. Sebastian s'obligea à desserrer les poings.

Le prince était très bel homme. Ce soir, il portait son uniforme militaire d'apparat, orné d'une rangée de médailles de campagne. Ses yeux étincelaient et sa moustache s'agita quand il rit de quelque chose que disait Anya.

Sebastian ne faisait jamais confiance à un homme à moustache. Petrov avait une moustache, n'est-ce pas ? Et franchement, qui s'avise de porter un uniforme militaire pour assister à un bal privé ? Sebastian aurait très bien pu arborer ses médailles, lui aussi – s'il avait voulu ressembler à un crétin vaniteux. Mais ces breloques de soldats n'impressionnaient pas Anya, n'est-ce pas ?

Il avait choisi une redingote d'un bleu si sombre qu'il paraissait noir, et une épingle surmontée d'un diamant et d'un saphir était piquée dans son nœud de sa cravate. Un choix délibéré, écho subtil aux joyaux d'Anya. Comme si quelque chose d'aussi insignifiant pouvait les relier l'un à l'autre. Il n'était qu'un imbécile.

Il n'arrivait pas à détacher les yeux de la piste de danse. Troubetskoï la serrait si étroitement qu'il devait sentir son parfum, cette divine senteur de jasmin et de pluie, qui devait s'insinuer dans son esprit, l'enfiévrer. Comment pourrait-il résister à une femme aussi envoûtante ?

La main du prince reposait sur la peau soyeuse de son dos et Sebastian retint une grimace. Pourquoi Troubetskoï avait-il le droit de poser la main sur cette ineffable douceur ? Il vit le regard du Russe s'attarder sur ses épaules d'albâtre et sa gorge parfaite, et ravala une furieuse envie de le faire passer par la fenêtre la plus proche, et au diable la diplomatie internationale.

Dorothea lui décocha un coup d'œil amusé.

— Plusieurs gentlemen ont déjà annoncé leur intention de demander sa main. Un mariage avec un Anglais renforcerait les liens d'amitié entre nos deux nations. Bien entendu, vu ses relations, elle n'a que l'embarras du choix parmi toutes les cours d'Europe.

Sebastian ne put réprimer un grondement irrité.

— C'est une femme, pas un satané traité de paix. Et je sais de source sûre qu'elle ne souhaite pas se marier. Ce ne sont que des coureurs de dot, tous autant qu'ils sont – y compris les ducs perclus de goutte.

— Peu d'hommes peuvent rivaliser avec sa fortune, il est vrai, lâcha la duchesse avec un haussement d'épaules. Elle possède toutes sortes d'intérêts commerciaux en Russie. Filatures textiles, imprimeries. Elle est même propriétaire d'une distillerie de vodka !

Sebastian grinça des dents tandis que la voix rieuse d'Anya résonnait dans sa tête. « Je m'y connais un petit peu en vodka. » La misérable.

— C'est très généreux de ta part d'avoir fait refaire son diadème à l'identique.

— C'est une princesse. La société s'attend à lui en voir porter un.

— Pour quelqu'un qui prétend n'agir que par devoir, je dirais que tu t'es surpassé. Rundell a dû exiger une petite fortune pour l'exécuter en si peu de temps.

Il haussa les épaules.

— J'imagine qu'il serait vulgaire de demander combien il a coûté ?

— En effet. Je peux me le permettre.

Dorothea l'observa d'un air pensif.

— J'en suis sûre. Financièrement parlant.

Sebastian préféra ne pas lui demander ce que signifiait ce commentaire ambigu ; il feignit donc de ne pas avoir entendu et s'empressa de prendre congé.

— Vous voudrez bien m'excuser, je crois qu'Alex essaie d'attirer mon attention.

Dorothea émit un ricanement, histoire de lui faire savoir que sa lâcheté ne lui avait pas échappé, mais le laissa s'éclipser sans mot dire.

Benedict et Alex se trouvaient temporairement sans leurs épouses. Sebastian les rejoignit et tous trois gardèrent le silence un moment. Ils avaient adopté cette posture d'innombrables fois pendant la guerre, guettant un éventuel danger sur le territoire ou les fortifications qui se trouvaient devant eux. Sebastian ressentit un profond sentiment de gratitude à la pensée qu'ils avaient survécu et se retrouvaient là où ils étaient ce soir, en hommes libres.

— Vous savez, déclara soudain Benedict, Coleridge a dit un jour que le mariage le plus heureux qu'il puisse imaginer serait l'union d'un homme sourd avec une femme aveugle.

Sebastian s'esclaffa.

— C'est plutôt bien vu.

Benedict lui coula un regard si insistant qu'il arqua les sourcils.

— Qu'y a-t-il ? demanda Sebastian.

— Tu es peut-être sourd, mon ami...

— Seulement d'une oreille.

Benedict continua sans tenir compte de son interruption :

— ... mais la princesse n'est pas aveugle. Elle voit tes défauts et t'apprécie malgré tout. C'est inexplicable, mais c'est un fait. Et tu serais le plus grand imbécile de la capitale si tu ne faisais rien à ce sujet.

Sebastian se renfrogna.

— J'ai déjà fait quelque chose, figure-toi. Je lui ai demandé de m'épouser. Elle a refusé.

Alex et Benedict échangèrent un regard qui lui donna envie de cogner leurs têtes l'une contre l'autre. Crétins prétentieux.

— Depuis quand êtes-vous devenus experts en mariage ? gronda Sebastian. Bon sang, vous êtes aussi pénibles que Dorothea.

— Nous sommes surtout des experts de Sebastian Wolff. Nous ne t'avons jamais vu ainsi avec aucune autre femme.

— Vu comment, précisément ?

— Irritable, glousssa Alex.

— Frustré, ajouta Benedict avec un grand sourire.

— Sens dessus dessous. C'est un vrai bonheur à regarder.

Sebastian se surprit à grincer de nouveau des dents. À ce rythme-là, il n'allait bientôt plus lui rester une seule molaire.

— Redemande-lui, suggéra Alex. Après tout, la prérogative d'une femme n'est-elle pas de changer d'avis ?

— Aucune chance. Elle m'a déjà donné sa réponse.

Sebastian tourna les yeux vers Anya qui tournoyait toujours entre les bras de Troubetskoï. Elle était splendide, heureuse, parfaitement à son aise. Des tas d'hommes rôdaient alentour, pressés de lui réclamer une danse.

Aucun d'eux ne la connaissait. Tout ce qu'ils voyaient c'était un beau visage et des diamants étincelants. Sebastian était le seul à remarquer que son sourire poli n'atteignait pas ses yeux. Le seul à l'avoir vue rire devant des pélicans ou boire de la vodka tel un criminel endurci devant une cheminée. Il ferma les yeux. Il la désirait encore. C'était comme une maladie qui courait dans ses veines. Une douleur qui le rongeait.

— Très bien. Je vais l'inviter à danser.

La foule s'écarta devant lui telle la mer Rouge. Il s'avança, l'air farouche, et attendit au bord de la piste, les bras croisés, que Troubetskoï ait cessé de faire tournoyer Anya. Alors que deux imbéciles tentaient de passer devant lui, Sebastian darda sur elle un regard déterminé, la défiant d'accepter de danser avec un autre, tout en se frayant un chemin jusqu'à elle.

— Ma danse, décréta-t-il en lui tendant la main.

Elle cilla, mais adressa un sourire poli à Troubetskoï et accepta sa main. Le contact fut brûlant malgré ses gants de bal. Sebastian se plaça face à elle et, tandis que les musiciens entamaient une valse, il glissa sa main libre au creux de ses reins. D'une infime poussée des doigts, il l'attira vers lui ; elle prit une brève inspiration, comme si ce léger contact lui échauffait autant le sang que lui.

Il la fit tournoyer.

Elle lui marcha sur le pied.

Ses jupes dissimulèrent son faux pas, pourtant, Sebastian fut ravi de la voir rougir. Elle n'était pas si sereine que cela. *Tant mieux.*

— Vite ! souffla-t-elle, paniquée. Marchez-moi sur le pied !

— Quoi ?

— C'est une superstition russe.

Il leva les yeux au ciel.

— Encore une ! Attendez, laissez-moi deviner : nous allons devoir sacrifier un poulet et répandre ses entrailles dans la rue ou quelque chose d'aussi ridicule.

— Rien d'aussi sanglant, répondit-elle en étrécissant les yeux. Quand on se fait marcher sur le pied, on doit rendre la pareille.

— Pourquoi ?

— Parce que sinon on sera ennemi pour toujours.

Il lui jeta un coup d'œil ironique.

— Nous sommes à couteaux tirés depuis toujours, Votre Altesse. Vous croyez vraiment que cela changerait quelque chose ?

Elle lui décocha un regard qui l'atteignit en plein cœur.

— Pas depuis toujours, rectifia-t-elle doucement.

Son corps durcit au point de lui faire mal. Maudite femme. Comme s'il avait besoin de ce rappel.

— Marchez-moi sur le pied ! siffla-t-elle tout en affichant un sourire pour le bénéfice de ceux qui les regardaient.

— Je vais vous faire mal.

— Non.
— C'est ridicule.
— Faites-le, c'est tout.
— Très bien, consentit-il avec un soupir exagéré.

Il attendit que la musique ralentisse et pressa délicatement la pointe de sa botte sur le dessus de son pied, conscient qu'elle portait de fines pantoufles de danse sous sa robe. Ce qui, naturellement, l'incita à imaginer tout ce qu'il y avait d'autre sous ces jupons.

Sebastian prit une brève inspiration. Danser avec elle était une erreur. Se trouver dans la même pièce qu'elle était une erreur. Il en vint presque à souhaiter que Petrov apparaisse et passe à l'action pour mettre fin à son tourment.

Presque.

— Vous êtes ravissante, ce soir, dit-il en priant pour qu'elle ne perçoive pas le ridicule mélange de ressentiment et de désir dans sa voix.

Elle le regarda et il en oublia de respirer. Les yeux d'Anya brillaient de mille feux.

— Merci. Vous aussi.

— Je ne pense pas qu'un homme puisse être *ravissant*, répliqua-t-il avec le plus grand sérieux.

Elle inclina la tête de côté, comme si elle réfléchissait à sa réponse.

— Comment devrais-je vous complimenter, dans ce cas, lord Mowbray ? Devrais-je dire que vous êtes beau ? Noble ? Irrésistible ?

Ses lèvres s'entrouvrirent sur un sourire taquin et il se retint de répondre : « Vous devriez dire que je suis à vous. »

— Tous ces termes me conviennent, assura-t-il d'un ton léger. Appréciez-vous votre séjour chez la duchesse ? enchaîna-t-il, soucieux de passer à un sujet moins dangereux.

Elle hocha la tête et il se maudit d'en être réduit à parler de choses aussi insipides. Seigneur, ils n'allaient pas tarder à évoquer le temps qu'il faisait. Quelques centimètres seulement les séparaient, mais ils auraient aussi bien pu se trouver à des kilomètres l'un de l'autre.

— Geoffrey vous a donné un réticule, enchaîna-t-il.

Il se serait giflé tant il paraissait jaloux.

— En effet, et il est très joli. Je préfère toutefois le cadeau que *vous* m'avez fait.

— Le diadème ?

Elle secoua la tête et le diadème en question étincela tel le givre aux premières lueurs de l'aube.

— Non.

Elle vit qu'il était surpris et s'empressa de s'expliquer.

— Le diadème est indubitablement le plus beau cadeau qu'on m'ait jamais fait, ce n'est toutefois pas à cela que je pensais, dit-elle avec un sourire complice. Je faisais allusion au flacon de somnifère que vous m'avez donné au Tricorn.

Il haussa les sourcils.

— Vous préférez ce flacon au réticule de Geoffrey ?

— Oui. À moins de frapper quelqu'un sur la tête avec le réticule, c'est un piètre moyen de défense. Alors qu'avec ce petit flacon je me sens invulnérable. Il m'offre la possibilité de contrôler mon destin. Il m'offre la *liberté*.

Sebastian s'efforça d'ignorer le sentiment de satisfaction démesuré que lui procuraient ces paroles et échoua lamentablement. Sa façon de faire cet aveu, d'un ton empreint de respect, lui donnait envie de lui offrir une pleine cuve de somnifère. Bon sang, il demanderait à Lagrasse de ne plus cuisiner que des mandragores pendant un mois. Elle pourrait s'y baigner si elle le souhaitait.

Il imagina Anya dans ce bain et manqua de trébucher.

— Tout cela dans un minuscule flacon, réussit-il à articuler d'un ton léger.

— Je ne m'en sépare jamais, avoua-t-elle, les yeux brillants.

— Pas même ce soir ? la taquina-t-il, et, baissant les yeux sur son corsage, il ajouta : Je me demande où vous pouvez le cacher.

— Dans la poche de mes jupes, murmura-t-elle.

— Souvenez-vous que vous avez juré de ne jamais l'utiliser sur moi.

— Bien sûr que non, pouffa-t-elle.

Sebastian réalisa soudain qu'ils dansaient ensemble sans que cela lui coûte le moindre effort, comme si c'était la chose la plus naturelle du monde.

— J'étais ravie de rencontrer vos amis, dit-elle. Ils semblent extrêmement intéressants.

Sebastian se contenta d'émettre un vague grognement.

— J'aimerais beaucoup les revoir.

Il retint un gémissement. Comme s'il avait besoin de cela ! Qu'elle se retrouve partout où il allait, riant avec ses amis et le soumettant à la tentation à chaque instant. Vivant rappel de tout ce qu'il désirait et n'aurait jamais. Napoléon lui-même n'aurait pu imaginer pire torture.

Depuis le bord de la piste de danse, les Harland et les Wylde regardaient Sebastian et Anya danser.

Georgie sirota pensivement une gorgée de champagne.

— Je comprends mieux que Sebastian n'ait pas voulu rester dîner avec nous l'autre soir. Comment aurait-il pu résister à ce qui l'attendait au Tricorn ?

— Ils forment un très beau couple, soupira Emmy.

— Un vrai couple de conte de fées, renchérit Georgie.

Leurs époux levèrent les yeux au ciel de concert.

— Vous êtes aveugles, dit Alex. Et vous vous bercez d'illusions. Ils se disputent, cela crève les yeux.

Emmy les observa attentivement.

— Non, je ne crois pas. Je perçois de la tension entre eux, mais ce n'est pas de l'animosité. Cela m'évoque plutôt… de la passion. À peine contenue.

Georgie haussa les sourcils.

— Crois-tu qu'ils aient…

— ... échoué à la contenir ? gloussa Emmy. Allons, Georgie, regardez-les ! C'est évident qu'ils ont échoué !

— Qu'est-ce qui a mal tourné dans ce cas ? s'étonna Georgie. Ils sont clairement en désaccord, maintenant. Sebastian s'est-il lassé ? Devons-nous considérer ce diadème comme son cadeau d'adieu ?

Alex secoua la tête.

— Il ne s'est pas lassé, croyez-moi, déclara-t-il en jetant un coup d'œil amusé à Benedict. Il a été d'une humeur de dogue toute la semaine. Celui qui a dit que « l'absence renforçait les liens du cœur » n'a rien compris à l'affaire. Dans le cas de Sebastian, l'absence renforce seulement la mauvaise humeur.

— Le pauvre Sebastian, murmura Emmy. Vous pourriez vous montrer un peu plus compatissant.

Alex se retint de ricaner.

— Le « pauvre Sebastian » n'a cessé de se moquer de nous quand nous sommes tombés amoureux. Il mérite ce qui lui arrive. Tu te souviens de ce qu'il m'a dit chez Manton, Benedict ?

— Non, rappelle-le-moi.

— Il a dit qu'il avait envie d'étrangler Anya.

Emmy eut l'air consternée.

— Et c'est censé être une bonne chose ?

Glissant le bras autour de sa taille, Alex l'attira contre lui.

— Oh que oui, ma petite voleuse, c'est une très bonne chose !

Georgie et Emmy échangèrent un regard.

— Les hommes sont incompréhensibles, déclara Georgie.

— Nous pensons la même chose des femmes, s'esclaffa Benedict. La question qui demeure, bien sûr, c'est de savoir si cet entêté va se décider à agir.

33

Le cœur d'Anya battait à tout rompre tandis qu'elle tournoyait sur la piste de danse entre les bras de Wolff. Sa proximité la perturbait, le moindre contact l'enflammait. Une partie d'elle-même lui en voulait. Pourquoi *lui* ? Pourquoi pas quelqu'un de moins compliqué, de plus convenable ?

Elle savourait pourtant la sensation d'être dans ses bras, même si l'étiquette imposait une distance polie. Son odeur lui chatouilla les narines et ses doigts se crispèrent involontairement sur son épaule. Sa chaleur lui arracha un frisson et le souvenir – plus vivace que jamais – de son corps puissant pesant sur elle, de sa virilité allant et venant en elle, la fit rougir.

Elle aurait voulu ôter ses gants, sentir la texture de sa peau sous ses doigts, les enfouir dans sa chevelure et l'inciter à baisser la tête pour échanger un baiser passionné.

Elle aurait voulu l'entraîner loin de cette salle de bal étouffante et bondée, s'isoler avec lui dans un endroit sombre. Une autre pièce, le jardin éclairé par le clair de lune, n'importe où, pour apaiser la soif et la faim qu'elle avait de lui.

Il croisa son regard et la gratifia d'un de ces sourires intimes dont il avait le secret, comme s'il avait deviné la direction prise par ses pensées. La violence de son propre désir la choquait. C'était une force primitive, indomptée, surgie du plus profond de son être, de là où elle n'était pas une princesse, mais juste une femme.

Elle n'en revenait pas qu'il ait fait refaire son diadème. Se rendait-il compte de l'énormité de la chose ? De ce que cela signifiait pour elle ? D'un seul geste, il avait effacé le désastre qu'avait été la destruction de ce joyau issu de son héritage et lui avait offert un nouveau symbole d'espoir à transmettre aux générations futures.

Peut-être s'en rendait-il compte. Ou peut-être valait-il mieux ne pas attribuer à ce geste un objectif qui n'était pas le sien. Après tout, Wolff aimait les belles choses. À ses yeux, refaire ce diadème, c'était comme exiger l'excellence culinaire de la part de Lagrasse ou commander la plus belle paire de pistolets de duel chez Manton.

La valse s'acheva sur une série d'accords, et Anya s'obligea à laisser retomber ses mains le long de son corps. Elle qui avait excellé, à la cour du tsar, dans l'art de converser sans effort avec tout le monde, depuis les cardinaux jusqu'aux courtisanes, ne trouvait rien à dire à cet homme qui en était venu à représenter tant pour elle.

Elle s'écarta.

— Je... Pardonnez-moi. J'ai besoin d'air.

Il se rembrunit.

— Vous ne devez pas quitter la maison. Ne vous aventurez pas même dans les jardins. Pas avant que nous sachions où se trouve Petrov.

Elle acquiesça puis se fondit dans la foule des invités, feignant de ne pas entendre ceux qui la hélaient. Elle avait besoin d'un peu de calme pour mettre de l'ordre dans ses sentiments si confus.

Son diadème lui donnait la migraine. Elle se retint de rire. N'était-ce pas le roi d'une des pièces de Shakespeare qui déplorait : « Elle a grand mal à reposer, la tête qui porte couronne[1] » ? Le poids de son rang pesait littéralement sur son crâne.

Elle adressa un signe de tête à Mellors, qui montait la garde à l'entrée du couloir menant à l'aile privée de la maison, et se faufila dans le salon rose. Le brouhaha de la salle de bal s'estompa quand elle referma la porte. Elle se laissa choir dans un fauteuil confortablement rembourré, ôta son diadème et le posa sur un guéridon. Elle l'avait dessiné de mémoire, aussi n'était-il pas exactement semblable à l'original, il s'en rapprochait cependant admirablement. Lorsqu'elle l'avait détruit, elle avait eu de la peine pour les futures épouses Denisova, qui ne le porterait pas pour leur mariage, or, Wolff avait rendu possible de faire revivre la tradition familiale.

Non qu'un mariage semble se profiler pour elle dans un avenir proche.

La proposition de mariage de Wolff avait été totalement inattendue. Son refus instinctif était davantage un rejet de la situation que de l'homme, malheureusement, Wolff ne l'avait pas perçu ainsi. Elle soupira. En dépit de ce qu'elle lui avait dit, elle souhaitait se marier un jour. Et l'idée d'accepter d'épouser un autre que lui la rendait malheureuse.

Il avait raison ; maintenant qu'il l'avait déshonorée elle ne pourrait jamais épouser un autre homme – non parce qu'il avait été le premier dans son lit, mais parce qu'elle ne se sentirait jamais aussi désirée, aussi parfaitement comprise par un autre que lui. Il était le seul à savoir quelle femme stupide et obstinée se cachait sous ses robes de princesse, et

1. *Henry IV*, part. II, acte III, scène I. *(N.d.T.)*

à la préférer malgré tout à toutes les autres. Elle n'imaginait pas un autre homme la touchant comme il l'avait touchée. C'était *lui* qu'elle voulait. Ses baisers, ses sourires. Toute une vie de taquineries et de chamailleries, de découverte progressive de ses secrets.

Anya se figea. Dieu du ciel, elle était tombée amoureuse de lui !

Elle sursauta comme on frappait un petit coup à la porte, et Mellors entra discrètement.

— Un gentleman s'est présenté à la porte de service, milady. Il demande à vous parler en privé. C'est très urgent apparemment.

Anya s'alarma.

— Un gentleman russe ? Le comte Petrov ?

— Non, madame. Il se dit avocat – un dénommé Oliver Reynolds. Le fiancé de votre amie, Mlle Ivanov ?

— Où est-il ?

— Il est à l'office. Dois-je l'amener ici ?

Anya s'était déjà levée.

— Non, je vais le rejoindre. Merci, Mellors.

Le majordome hocha placidement la tête.

Anya gagna l'escalier de service et le descendit en hâte. Lui parvinrent de la cuisine les voix véhémentes de Lagrasse et de Mme MacDougall qui n'étaient pas d'accord sur la façon de réaliser une crème pâtissière « digne de ce nom », mais elle était trop inquiète pour sourire de leur querelle. Quand elle entra dans l'office, l'expression d'Oliver confirma aussitôt ses craintes.

— Oliver ! Qu'y a-t-il ? Que s'est-il passé ?

Le jeune homme fourragea dans ses cheveux.

— C'est Elizaveta. Elle a été enlevée.

— Enlevée ? Quand ? Par qui ?

Anya devinait déjà la réponse.

— C'était il y a un peu moins d'une heure. Nous rentrions du théâtre quand une voiture s'est arrêtée près de nous. J'y ai à peine prêté attention jusqu'à ce que deux hommes en sortent. L'un d'eux m'a fait tomber à terre, dit-il en se frottant l'arrière du crâne, et l'autre a attrapé Elizaveta par la taille et l'a poussée dans la voiture. Ils ont démarré avant que j'aie pu faire quoi que ce soit.

Le pauvre Oliver avait le teint verdâtre. Anya enroula les bras autour de son buste, partagée entre fureur et effroi.

— Ces hommes sont à la solde du comte Vasili Petrov, dit-elle.

Oliver glissa la main dans la poche intérieure de sa veste et en tira un feuillet plié. Elle reconnut le sceau de Petrov, traversé d'un arc et d'une flèche, un trois-mâts figurant sur la partie inférieure.

— Ils m'ont jeté cela et m'ont dit de vous le remettre, articula-t-il d'une voix blanche. Ils vont faire du mal à Elizaveta, n'est-ce pas ?

Anya s'empara du feuillet et étreignit le bras d'Oliver.

— Pas si je peux l'empêcher.

Elle rompit le sceau et prit connaissance du message. Il était écrit en russe, sans doute pour limiter le nombre de personnes capables de le lire s'il était ouvert.

Princesse. Je détiens votre amie. Si vous tenez à ce qu'elle reste indemne, apportez les lettres que votre frère vous a envoyées dans l'écurie de la duchesse, à minuit. Mon homme vous attendra. Ne songez même pas à vous faire escorter par votre toutou anglais ou ses frères d'armes de Bow Street. Venez seule ou votre amie connaîtra le même sort que votre frère.

Anya retint un juron et jeta un coup d'œil à la pendule. Il était déjà presque 23 h 30. Que faire ? Elle n'avait pas les lettres qu'il lui demandait.

Ils s'étaient attendus que Petrov vienne au bal ce soir et exige la « preuve » qu'il croyait en sa possession. Anya avait sélectionné trois lettres, parmi celles que Wolff lui avait données à traduire, et les avait attachées ensemble avec un ruban jauni, histoire d'avoir quelque chose à lui montrer. Elle était censée l'attirer à l'écart afin que Sebastian et ses acolytes puissent l'arrêter sans faire d'esclandre. Elle aurait dû se douter qu'il ne se laisserait pas piéger aussi facilement.

Elle mit la lettre de côté et adressa à Oliver un triste sourire.

— Attendez-moi ici. Je reviens tout de suite.

Elle remonta l'escalier de service en courant, se glissa dans la bibliothèque et prit le petit paquet de fausses lettres dans le secrétaire. Ce n'était que d'ennuyeux rapports militaires, elle espérait juste que l'écriture cyrillique et l'aspect officiel suffiraient à tromper l'envoyé de Vasili.

Elles ne tromperaient malheureusement pas Vasili. Dès qu'il les ouvrirait, il comprendrait qu'il ne s'agissait pas de la preuve qu'il recherchait. Anya préférait ne pas penser à ce qui arriverait alors à Elizaveta. Elle devait trouver le moyen de délivrer son amie avant que Vasili réalise qu'il avait été dupé.

Elle glissa les lettres dans la poche de sa jupe et descendit retrouver Oliver, qui arpentait l'office.

— Que disait le message ? s'enquit-il. Où allez-vous ? ajouta-t-il en la voyant sortir un couteau d'office du buffet.

— Je vais aller retrouver l'homme de Petrov à l'écurie. Ne vous inquiétez pas, dit-elle d'un ton faussement assuré, je ramènerai Elizaveta saine et sauve.

Elle montrerait les faux documents à l'envoyé, mais refuserait de les lui remettre tant qu'Elizaveta n'aurait pas été libérée.

— Pourriez-vous me prêter votre veste ? demanda-t-elle.

Oliver fronça les sourcils, mais s'exécuta. Elle enfila le vêtement par-dessus sa robe et glissa le couteau dans la poche.

— Vous ne comptez quand même pas y aller seule ?

— Je n'ai pas le choix. Petrov l'a exigé.

Oliver lâcha un juron. Lagrasse et Mme MacDougall se chamaillaient toujours lorsque Anya passa devant la porte de la cuisine en vitesse et sortit dans la cour. Comme elle entrait dans l'écurie, Jem Barnes, un des gamins des rues qu'employait Wolff, jaillit de l'obscurité.

— Oh, princesse, où vous allez comme ça ? Wolff a ordonné que vous restiez ici.

Anya pesta intérieurement. Comment se débarrasser de lui ? La tête d'Éclipse apparut au-dessus de la demi-porte d'une des stalles, et il poussa un petit hennissement de bienvenue. Elle adressa au garçon un sourire confiant.

— J'ai besoin de quelques minutes de tranquillité. Il fait tellement chaud dans la salle de bal. Je voulais bavarder un peu avec Éclipse.

— Drôle de truc à faire, pour une princesse, commenta Jem en jetant un coup d'œil à la robe étincelante qui dépassait sous la veste. Vous allez salir votre belle robe. Je peux pas vous laisser seule, en tout cas, ajouta-t-il avec un haussement d'épaules. Wolff me ferait la peau s'il l'apprenait.

Anya ne put qu'admirer le dévouement du garçon, même si cela n'arrangeait pas ses affaires. À peine ouvrit-elle la bouche pour lui répondre qu'une silhouette noire se dressa derrière lui. Jem dut voir l'expression horrifiée d'Anya car il commença à pivoter, trop tard, hélas. Vasili Petrov le frappa à la tempe avec le manche d'une fourche. Jem s'écroula sur le sol.

Anya laissa échapper un cri et s'agenouilla à côté de l'enfant. Il était inconscient, mais respirait, Dieu merci.

— Ordure ! siffla-t-elle, la fureur l'emportant momentanément sur la peur. Comment avez-vous pu ? Ce n'est qu'un enfant !

— Je vous avais demandé de venir seule, répliqua Vasili avec un haussement d'épaules.

Le cœur d'Anya se mit à cogner contre ses côtes. Elle se redressa et l'observa d'un air méfiant.

— Quoi ? Vous n'êtes pas heureuse de revoir votre fiancé ? ricana Petrov. Vous m'avez fait cavaler ces derniers mois, princesse. Votre fuite m'a grandement indisposé.

— Où est Elizaveta ? répliqua-t-elle d'un air de défi.

— Sur mon bateau. Vous avez les lettres ?

Anya s'efforça de se remémorer ce que Sebastian lui avait dit à propos du mensonge.

— Celles qui prouvent que vous êtes un traître ? Oui, je les ai.

« Dans un monde juste et parfait », ajouta-t-elle en silence.

Les yeux de Vasili étincelèrent.

— Je savais que vous aviez menti. Donnez-les-moi.

— Je les ai mises en lieu sûr.

Le visage de Vasili se durcit.

— Espèce de petite garce. Ce n'est pas un jeu, grinça-t-il.

Il avança et Anya se recroquevilla, anticipant le coup.

— Vous les aurez quand vous aurez relâché Elizaveta.

La bouche de Vasili se tordit en un rictus méprisant.

— Toujours à donner des ordres, princesse. En l'occurrence, je ne suis ni votre domestique ni votre sujet. Je suis votre maître.

— Certainement pas.

— Je le serai bientôt.

Il fit un autre pas, réduisant la distance qui les séparait.

— Quoi que vous ayez fait de ces lettres, vous ne pourrez pas témoigner contre moi si vous êtes ma femme. Je maintiens ce que j'ai dit à Paris. Nous allons nous marier.

Anya se sentit gagnée par la nausée. Sebastian lui avait montré à quel point l'acte d'amour pouvait être beau. C'était lui qu'elle voulait épouser. Vasili n'était que violence et convoitise, et elle préférerait mourir que de partager son lit.

Il bondit soudain, la prenant par surprise, et la souleva. Elle se débattit furieusement, tâchant vainement de lui faire lâcher prise – il faisait presque deux fois sa taille et son poids. Il l'entraîna vers la porte située au fond de l'écurie, la traînant et la portant à demi. Elle tenta de lui mordre le bras, sans succès car le tissu de sa veste était trop épais.

— Oliver ! cria-t-elle, désespérée. Au secours !

Vasili la secoua avec hargne. Une voiture attendait derrière l'écurie, portière ouverte, et le comte la lança à l'intérieur sans ménagement. Elle retomba en travers de l'unique banquette.

— Au port ! lança-t-il au cocher. Vite !

Il grimpa à l'intérieur et claqua la portière. Anya essaya de se redresser, mais elle était empêtrée dans ses jupes et la longue veste d'Oliver. Son cœur se mit à battre follement quand Vasili se pencha sur elle. Elle retomba en arrière, et se cabra en agitant les pieds et les poings. Elle retint un cri de triomphe quand son talon entra en contact avec l'entrejambe de Vasili. Ce dernier lâcha un juron des plus orduriers.

Anya aperçut alors son poing à la limite de son champ de vision. Puis tout devint noir.

34

Sebastian lança un regard noir à la porte de la salle de bal. Petrov n'avait toujours pas fait son apparition, et il ignorait où était passée Anya. En proie à un vilain pressentiment, il partit à sa recherche, ignorant les sourires féminins et les salutations joviales des messieurs qu'on lui adressait au passage.

— Mellors, où est-elle ?

Le majordome n'eut pas besoin de clarification.

— Je crois que la princesse s'entretient avec un gentleman à l'office, milord.

Les sourcils de Sebastian remontèrent jusqu'à la racine de ses cheveux.

— Elle *quoi* ?

— Pas un gentleman russe, précisa en hâte Mellors, comme si cela pouvait suffire à le rassurer. Je crois que c'est un ami de la princesse.

Sebastian n'attendit pas d'en entendre davantage. Il dévala l'escalier de service et passa devant la porte ouverte de la cuisine où Mme MacDougall et Lagrasse se chamaillaient. L'office était vide, mais une feuille de papier sur la table attira son regard. Il lâcha un juron en découvrant l'indéchiffrable griffonnage en caractères cyrilliques.

Un mélange de peur et de fureur lui rugissait aux oreilles quand il remonta deux à deux l'escalier menant dans la cour. Entendant un cri provenant de l'écurie, il s'y rua et découvrit Jem Barnes étendu sur le sol. Un inconnu aux cheveux blonds était accroupi près de lui.

Sebastian attrapa ce dernier par le col, le hissa sur ses pieds, et le plaqua violemment contre le mur.

— Où est Anya ? Qui êtes-vous ?

— Oliver Reynolds, bafouilla l'homme en levant les mains pour se protéger. Je suis avocat. Je suis le fiancé d'Elizaveta Ivanov. Un ami de la princesse. Je l'ai trouvé comme cela, ajouta-t-il en désignant Jem.

Le garçon laissa échapper un gémissement et roula sur le côté. Il porta la main à l'arrière de sa tête, et quand il l'écarta, elle était couverte de sang.

Sebastian lâcha l'homme et se pencha sur Jem.

— Reste tranquille, mon garçon. Il te faut un docteur. Où est la princesse ? demanda-t-il en fusillant Reynolds du regard. Je lui avais interdit de quitter la maison.

— Elle est venue ici retrouver le messager du comte Petrov, expliqua l'avocat. Il a enlevé ma fiancée.

— Il l'a enlevée aussi, marmonna Jem d'une voix pâteuse. La princesse. Pas pu l'arrêter.

Sebastian sentit son sang se figer.

— Elle est entre les mains de Petrov ? Où l'a-t-il emmenée ?

— Je ne sais pas, gémit Reynolds. Il y a peut-être quelque chose, là-dedans ? dit-il en désignant la lettre que Sebastian serrait toujours dans son poing.

Sebastian jeta un coup d'œil à l'incompréhensible griffonnage.

— C'est en russe ? dit-il, en proie à une rage impuissante.

Puis il regagna la maison au pas de course.

— Mellors, amenez-moi le prince Troubetskoï ou Lieven, l'ambassadeur de Russie, dans le salon rose, ordonna-t-il. Immédiatement. Ainsi que lord Harland et lord Wylde.

Le majordome hocha la tête, le visage indéchiffrable, et Sebastian se demanda ce qui pourrait émouvoir cet homme. L'Apocalypse, sans doute.

Il repéra le diadème d'Anya abandonné sur un guéridon, et la terreur lui transperça le cœur tel un coup de poignard. Elle aurait dû le garder avec elle, pour rappeler son rang à Petrov. Et le courroux qui s'abattrait sur sa tête s'il lui faisait du mal.

Le prince Troubetskoï pénétra dans la pièce.

— Vous avez demandé à me voir, lord Mowbray ?

Sebastian le scruta. Petrov était ami avec Troubetskoï. Pour autant qu'il sache, le prince pouvait très bien être celui qui avait transmis des informations sensibles à Petrov. Ils étaient peut-être de mèche, mais c'était un risque qu'il devait prendre.

— J'aimerais que vous lisiez ceci à voix haute. En anglais.

Troubetskoï s'exécuta, et afficha une expression effarée quand il eut terminé.

— Qui a écrit cela ?

— Le comte Vasili Petrov. Il est persuadé que la princesse détient la preuve qu'il a espionné pour le compte des Français, et ce, dès avant Waterloo.

Le prince secoua la tête, sidéré.

— J'ai du mal à le croire. Je le connais depuis des années. Il est ambitieux, certes, pour autant, je l'ignorais capable d'une telle perfidie. Ce message prouve en tout cas qu'il existe bel et bien des documents l'incriminant.

— En effet. Ce n'est toutefois pas ce qui m'intéresse. Il a enlevé la princesse. *Ma* princesse, déclara

Sebastian avant de tourner les talons. Merci, Votre Altesse.

Alex et Benedict entrèrent dans le salon et lui adressèrent un regard interrogateur.

— Je file à Bow Street, dit Sebastian.

— Maintenant ? Que se passe-t-il ?

— Petrov a enlevé la princesse, et je ne sais pas où il l'a emmenée. Le prisonnier que nous gardons en cellule le saura, lui.

— Celui qui a tenté de l'enlever au Tricorn ? Cela fait une semaine qu'il refuse de parler, l'avertit Alex.

— Nous n'avons pas su nous montrer assez persuasifs, répliqua Sebastian. Je saurai le faire parler. Vous m'accompagnez ?

— Évidemment, répondirent Benedict et Alex d'une même voix.

— Dans ce cas, allons-y.

— J'ai des pistolets dans ma voiture, annonça Alex alors qu'il descendait l'escalier de service dans le sillage de Sebastian.

— Moi aussi, renchérit Benedict.

— Parfait. Vous allez en avoir besoin, dit Sebastian sombrement.

Une furie meurtrière irriguait son sang tandis qu'il se dirigeait vers l'écurie. Il allait retrouver Petrov et loger une balle entre les deux yeux de cette ordure. Son fidèle Baker était resté au Tricorn, mais il avait un pistolet dans sa sacoche de selle. Il s'en contenterait.

Le trajet depuis Grosvenor Square jusqu'à Bow Street prit d'autant moins de temps qu'ils le parcoururent au triple galop et Sebastian ne tarda guère à saluer l'officier de garde au numéro trois.

— Bonsoir, George. Nous venons nous entretenir avec notre invité russe.

Le prisonnier émergea de son sommeil en clignant des yeux quand les trois hommes firent irruption dans sa cellule. Sebastian se pencha, le souleva du bat-flanc et le plaqua contre le mur.

— Où étais-tu censé emmener la princesse ?

Le Russe eut un rictus narquois.

— Petrov l'a attrapée, pas vrai ?

Sebastian lui flanqua un coup de poing dans le ventre et le prisonnier se plia en deux. Les chaînes à ses poignets l'empêchèrent de riposter. Ignorant l'odeur rance que dégageait son corps, Sebastian se pencha pour lui murmurer à l'oreille :

— Je vais te le demander encore une fois. Où. Est. La. Princesse ?

Le Russe s'obstina à secouer la tête et Sebastian laissa échapper un soupir de frustration.

— Je n'ai pas le temps pour cela. S'il ne veut rien nous dire, inutile de le garder en vie. Vous êtes d'accord ? lança-t-il à Benedict et à Alex.

Entrant dans son jeu, Alex se contenta de hausser les épaules, aussitôt imité par Benedict. Si tous deux savaient qu'il n'avait pas l'intention de le tuer, le prisonnier, lui, l'ignorait.

Le cosaque laissa échapper un cri.

— Quoi ? Vous n'avez pas le droit de me tuer !

— Oh, que si ! répliqua Sebastian. En Angleterre, des lords peuvent faire quasiment tout ce qu'ils veulent. Si tu meurs, on ne nous donnera même pas une tape sur la main. Sir Nathaniel nous félicitera sans doute de ne pas avoir participé au surpeuplement de Newgate avec un détenu supplémentaire.

Benedict lâcha un rire bref.

— Il te fait une faveur, crois-moi. J'ai passé un moment à Newgate, la mort est un sort plus doux.

Sebastian tira son pistolet, une balle de plomb et un flacon de poudre de la poche de sa veste, et entreprit de charger son arme.

Le Russe émit un cri étranglé et recula dans le coin le plus éloigné de sa cellule.

— Attendez ! s'écria-t-il en levant les mains, paumes en avant.

Sebastian versa une mesure de poudre dans le bassinet du pistolet et secoua la tête, feignant la perplexité.

— Je ne comprends pas ce qui t'incite à rester loyal envers un type comme Petrov. Tu crois qu'il se soucie de toi ? Voilà plus d'une semaine qu'il te laisse moisir ici.

Il s'interrompit pour lui laisser le temps de réfléchir à ses paroles, puis haussa les épaules.

— Ce sera rapide, si cela peut te consoler. Je suis un excellent tireur.

— Le meilleur, renchérit Benedict. Tu aurais dû le voir au Portugal. Il t'atteignait une cible à deux cents mètres avec un méchant vent traversier.

— Merci du compliment, dit Sebastian avant de reporter son attention sur le prisonnier. Que préfères-tu ? La tête ou le cœur ?

Il releva le canon de son arme, arma le chien et ajusta tranquillement son tir. Son bras ne dévia pas d'un millimètre.

— Son bateau ! cria le Russe d'un ton désespéré.

Sebastian inclina la tête de côté.

— Je t'écoute.

— Petrov voulait que je la ramène sur son bateau, débita le Russe. Le *Souvarov*. Il est ancré au dock de Blackwall. C'est tout ce que je sais.

Sebastian abaissa son arme. Le Russe se laissa glisser le long du mur et Sebastian éprouva une satisfaction féroce en voyant la tache humide qui s'agrandissait sur le devant de son pantalon. Il jeta un coup d'œil à ses amis.

— Allons-y.

Cinq minutes plus tard, ils fonçaient à l'est, le long de Piccadilly, aussi vite que la circulation le leur permettait. Sebastian maudissait chaque fiacre qui roulait trop lentement à son gré et chaque fêtard qui croisait son chemin.

Il était à la fois tenaillé par la peur et animé d'un farouche besoin de punir Petrov. Ne pas avoir le contrôle de la situation le mettait au supplice. Il devait retrouver Anya. La protéger. Seigneur, elle avait déjà affronté tant d'épreuves douloureuses.

— Pourquoi un bateau ? demanda Alex comme ils ralentissaient pour laisser passer la charrette d'un brasseur. Tu crois qu'il a l'intention de la ramener en Russie ?

— C'est possible, grommela Sebastian. Il veut l'épouser. Pas seulement pour l'argent, mais pour s'assurer son silence.

— Comme ils ne dépendent pas de l'Église d'Angleterre, il ne peut pas l'épouser ici, intervint Benedict. Pour que ce soit légal, il a besoin d'un prêtre orthodoxe russe.

— Peut-être en a-t-il déniché un à Londres, suggéra Alex. Peut-être qu'il en a un à bord ? C'est ce que je ferais si je devais…

— Tais-toi et avance, l'interrompit Sebastian.

L'idée d'Anya mariée à Vasili lui donnait envie de casser quelque chose. Des os, principalement. Anya lui appartenait, nom de nom. Il aurait préféré mourir que de la voir avec un autre homme, surtout un traître aussi immonde que celui-là. Si quelqu'un devait l'épouser, ce serait *lui*.

Un sentiment de tranquille acceptation l'envahit tandis qu'il réalisait que c'était exactement ce qu'il voulait.

L'épouser.

Il la voulait, quel que soit le rôle qu'elle choisisse de jouer – princesse, dame de compagnie ou courtisane.

Il allait l'arracher aux griffes de Petrov, prouver qu'il était digne d'elle et lui demander à nouveau sa main.

Certes, elle avait refusé la première fois, cela dit, sa première tentative laissait à désirer. Avec le recul, il se rendait compte qu'il ne lui avait pas vraiment demandé sa main. Il s'était contenté de déclarer qu'ils étaient censés se marier. Aucune femme n'a envie d'entendre cela. Et certainement pas une femme aussi déterminée à forger son propre destin qu'Anya. Il n'était guère étonnant qu'elle l'ait éconduit.

Il s'y prendrait mieux la prochaine fois. Il lui expliquerait les raisons qu'il avait de *vouloir* l'épouser. Sa façon de le défier, par exemple. Sa force et son arrogance. Son humour et son esprit. Sans parler du fait qu'il n'avait jamais désiré une femme à ce point. La nuit qu'ils avaient passée ensemble lui avait juste ouvert l'appétit. Il voulait la posséder de toutes les façons auxquelles il pouvait penser, et d'une centaine d'autres par-dessus le marché.

— Si ce salaud touche à un seul cheveu de sa tête, c'est un homme mort, gronda Sebastian.

Il éperonna sa monture et se souvint de la première fois qu'il s'était porté au secours d'Anya. Il n'en avait pas eu conscience sur le moment, mais il avait connu son propre Waterloo à Hounslow Heath, sous l'apparence d'une irrésistible aristocrate russe.

Alex se redressa sur sa selle comme ils approchaient des docks.

— Tu te souviens de ce Russe qu'on a retrouvé mort ? L'autre Orlov ? La taverne où c'est arrivé est juste là. Je suis prêt à parier à dix contre un que Petrov a quelque chose à voir dans cette affaire.

La peur se ficha dans le cœur de Sebastian telle une lame de glace, et il murmura une supplique dans l'air froid de la nuit.

— Tenez bon, Anya, j'arrive.

35

Anya fut réveillée par une claque sur la joue. Elle ouvrit les paupières et tourna des yeux hagards vers la fenêtre. La voiture était à l'arrêt. Elle distingua les lumières floues et l'enseigne oscillante d'une taverne, entendit les commentaires obscènes des prostituées qui patientaient dans l'obscurité et les sifflets des ivrognes qui rôdaient alentour. Son cœur se serra. Elle se trouvait dans un quartier *très* mal famé.

Vasili lui agrippa le bras et la tira hors de la voiture. Elle trébucha sur le marchepied.

L'énorme silhouette trapue d'un vaisseau surgit au-dessus d'elle et elle fronça les sourcils. Elle devait être sur les docks. Elle plissa les yeux pour déchiffrer la plaque fixée au flanc du vaisseau : *Souvarov*.

Cela ressemblait tellement à Vasili de réquisitionner un bateau portant le nom d'un célèbre héros militaire russe, songea-t-elle avec amertume. Sa soif de gloire se reflétait jusque dans ce choix. Elle secoua la tête pour mettre de l'ordre dans ses pensées. Sa joue lui fit mal.

Deux silhouettes sombres se détachaient sur le pont, chacun à une extrémité du navire. Une troisième, imposante, portant le chapeau bordé de fourrure et le long manteau des cosaques, montait la garde au pied de la passerelle. Elle sut d'emblée qu'il n'y avait aucune aide à espérer de ce côté-là – si elle se fiait au regard vide du cosaque, son sort lui était parfaitement indifférent.

Vasili la poussa pour la faire avancer. Elle avait les jambes si tremblantes qu'elle peina à gravir la passerelle, cependant, le poids du couteau au fond de sa poche lui redonna courage. Au moins Vasili ne l'avait pas fouillée lorsqu'elle était inconsciente.

Ils atteignirent le pont. Anya glissa la main dans sa poche et se libéra de l'étreinte de Vasili.

— Où est Elizaveta ?

Elle sortit le couteau de cuisine de sa poche et le brandit devant elle, douloureusement consciente du ridicule de son arme.

Vasili s'esclaffa.

— Vraiment ? Vous espérez me menacer avec cela ?

Il tira un pistolet de sa veste et le pointa sur sa poitrine.

— Lâchez-le.

Réprimant un juron, Anya jeta son arme pathétique sur le pont.

Le regard de Vasili se posa sur la jupe argentée qui dépassait de la veste d'Oliver.

— Ôtez cette veste.

Anya s'en débarrassa d'un mouvement d'épaules. L'air frais lui arracha un frisson, mais quand le regard luisant de convoitise de Vasili se posa sur son décolleté, elle frémit de dégoût.

— Je vois que vous êtes habillée pour l'occasion, ricana-t-il. Cela tombe bien.

Gardant son pistolet braqué sur elle, il ouvrit la porte menant sous le pont.

— Entrez dans la cabine, ordonna-t-il.

N'ayant d'autre choix qu'obéir, Anya leva le menton et franchit la porte. Une table destinée aux cartes de navigation occupait le centre de la cabine et un banc capitonné courait le long d'une cloison. Tout au fond de la cabine, Elizaveta, les mains liées devant elle, était assise sur un petit lit de camp.

La jeune femme se leva en chancelant et laissa échapper un cri de soulagement.

— Anya ! Oh, mon Dieu !

Anya se précipita vers elle, l'enlaça et l'étreignit avec force.

— Oh, non ! sanglota Elizaveta. Je ne voulais pas qu'il te...

Anya lui caressa les cheveux et remarqua, furieuse, ses yeux rougis et sa lèvre fendue. Vasili – ou l'un de ses complices – l'avait frappée elle aussi.

— Tout va bien, murmura-t-elle. Je suis si heureuse que tu sois saine et sauve. Est-ce qu'il t'a fait du mal ?

— Vasili ? Il s'est contenté de me gifler en guise de salut.

Anya lança un regard noir à Vasili qui était resté près de la porte. Elle tira sur le lien de cuir qui entravait les mains de son amie.

Détachez-la immédiatement.

— Pas avant que nous soyons mariés, répliqua-t-il. Je ne tiens pas à ce qu'elle m'assomme une fois de plus. Elle fera office de témoin.

Anya balaya la cabine du regard, cherchant quelque chose – n'importe quoi – qui puisse servir d'arme. Une lampe à alcool était suspendue à une poutre, trop haut pour qu'elle puisse l'atteindre, malheureusement. Sur la table, la carte était punaisée aux quatre coins, mais les punaises étaient minuscules...

Très à l'aise, Vasili se débarrassa de son manteau.

— J'ai un prêtre prêt à nous marier, annonça-t-il avec un sourire glaçant. Le père Baroukov est venu de Saint-Pétersbourg.

L'estomac d'Anya se noua. En découvrant le bateau, elle avait cru que Vasili avait l'intention de la remmener en Russie et d'organiser la cérémonie là-bas. La situation était encore plus catastrophique qu'elle ne l'avait imaginé.

Alors qu'elle crispait les mains sur sa jupe, et elle sentit le contour d'un flacon de verre sous ses doigts. Son cœur fit un bond. Le somnifère de Lagrasse ! Il lui fallait à tout prix trouver le moyen d'en faire boire à Vasili.

Elle plaqua un sourire conciliant sur ses lèvres et s'avança vers lui. Il la regarda d'un air méfiant.

— Très bien, déclara-t-elle calmement. Refuser d'admettre ma défaite serait folie de ma part.

Derrière elle, Elizaveta émit une protestation, mais Anya secoua la tête.

— C'est vrai. Personne ne viendra nous sauver, Elizaveta, et je n'ai pas envie d'être davantage malmenée que je ne l'ai déjà été. Autant tirer le meilleur parti de la situation.

Vasili eut un haussement de sourcils incrédule.

— Vous allez m'épouser ? Sans protester ?

Anya haussa une épaule.

— À quoi bon protester ? Si toutes ces années passées à la cour de Russie m'ont enseigné une chose, c'est bien le pragmatisme. Vous n'êtes certes pas mon premier choix, Petrov, mais il ne sera plus nécessaire de nous voir une fois mariés. Allez chercher votre prêtre et finissons-en.

Bien qu'il paraisse toujours douter de sa capitulation, Vasili pivota sur ses talons et remonta sur le pont. À peine eut-il tourné la clef dans la serrure qu'Anya se rua sur la bouteille de vodka qu'elle avait repérée sur un guéridon. Elle en arracha le bouchon avec les dents, remplit deux verres et répartit la faible quantité de potion que contenait le flacon entre les deux.

— Qu'est-ce que c'est ? chuchota Elizaveta.

— Un somnifère. Comme j'ignore quel verre prendra Vasili, j'en boirai aussi, histoire d'apaiser ses soupçons.

Elle était un peu inquiète car elle n'avait aucune idée de la dose à administrer ; quelques gouttes avaient suffi à endormir Stoke et Alvanley au Tricorn, sauf que tous deux étaient déjà presque ivres morts. Wolff avait dit que cela mettait plus longtemps à agir sur un sujet sobre... Dix minutes de plus ? Une demi-heure ?

Il y avait plus que quelques gouttes dans chaque verre. Cela ne risquait-il pas de se révéler mortel ?

Anya soupira. Personne ne se porterait à leur secours ; Sebastian ignorait où elle se trouvait. La mort était-elle préférable à un mariage avec Vasili ? Oui. De toute façon, elle était sûre qu'il comptait se débarrasser d'elle au plus vite. Un tragique « accident » éliminerait une bonne fois pour toutes tout risque de révélation. Elle pouvait s'estimer heureuse qu'il ait décidé de l'épouser avant de la tuer – pour mettre la main sur son argent. Sa cupidité entraînerait sa chute.

Elle s'approcha de la fenêtre de la cabine. Vasili était penché au-dessus d'une écoutille ouverte.

— Père Baroukov, appela-t-il, vous pouvez nous rejoindre.

Un instant plus tard, une silhouette encapuchonnée apparut. Sous sa cape, l'homme portait les vêtements sacerdotaux d'un prêtre orthodoxe. Si elle se fiait à ses épaules voûtées et à sa démarche précautionneuse, il était très âgé. Il tenait dans une main une bible reliée de cuir et dans l'autre, deux fines couronnes de laurier attachées par un ruban blanc.

Le cœur d'Anya se mit à battre la chamade. Il s'agissait des « couronnes » qu'il était censé tenir au-dessus de leurs têtes pendant la cérémonie traditionnelle d'un mariage russe.

La clef tourna dans la serrure et Vasili entra avec le prêtre. Anya tenta de voir le visage de l'homme dans l'espoir d'y déceler un peu de compassion, sans succès, car sa capuche dissimulait ses traits ; elle n'aperçut qu'une barbe sombre.

Sans même les saluer, Elizaveta et elle, il posa les couronnes sur la table et entreprit de feuilleter sa bible. Anya remarqua alors que ses mains n'étaient pas celles d'un vieil homme, veineuses et tavelées. Ces mains appartenaient à quelqu'un de jeune, avec de longs doigts et des ongles soignés. De toute évidence, il s'agissait d'un complice de Petrov qui avait été soudoyé ou menacé. Aucune aide à espérer de ce côté-là.

Elle offrit un des verres de vodka à Vasili.

— N'ignorons pas tout à fait la tradition, Petrov. Nous devons porter un toast à notre mariage. Puisse-t-il être long et heureux.

Son ton ironique tira un demi-sourire à Vasili, il prit néanmoins le verre de ses mains et le porta à ses lèvres. Alors qu'Anya l'observait avec attention, il hésita, elle leva son propre verre et trinqua avec lui.

— *Za zdarovié.*

À la santé de Vasili. Et à la sienne.

Dieu lui vienne en aide.

Elle renversa la tête en arrière et vida son verre d'un trait. La morsure de l'alcool lui arracha une grimace.

Si elle devait mourir, au moins rejoindrait-elle Dmitri. Et leurs parents. Ce ne serait pas si mal.

Les yeux embués de larmes, elle regarda Vasili boire son verre et la bouffée de triomphe qui l'envahit la réchauffa autant que la vodka. Il ne lui restait plus qu'à reculer l'échéance de ce mariage jusqu'à ce qu'ils s'endorment... ou meurent.

Quelle merveilleuse perspective.

Elle se retourna vers la table sous prétexte d'y déposer son verre vide et le plaça à côté d'une des punaises retenant la carte. Elle en arracha discrètement une et se rapprocha du prêtre.

— Je suis la princesse Anastasia Denisova, déclara-t-elle d'un ton égal. Cousine du tsar. Quelle que soit la somme que vous a donnée Petrov, je vous offre le double.

Le cliquetis d'un pistolet qu'on arme lui fit tourner la tête.

— Assez plaisanté, Anya, dit Vasili avant de pointer son arme sur Elizaveta. Vous allez prononcer vos vœux sinon je loge une balle dans la tête de votre amie.

Elizaveta gémit et le sang d'Anya se glaça dans ses veines. Maudit Vasili. Que pouvait représenter une punaise à côté d'une balle ?

Et pourquoi ce maudit somnifère n'agissait-il pas ? Excepté la chaleur due à la vodka au creux de son estomac, Anya n'éprouvait rien d'extraordinaire. Or, elle était plus petite que Vasili. Étant donné qu'ils avaient avalé une dose équivalente, n'aurait-elle pas dû ressentir les effets de la drogue avant lui ?

Il s'avança pour se placer de l'autre côté du prêtre.

— Procédons, voulez-vous ?

Un calme étrange s'empara d'elle. Sebastian serait-il fâché si elle épousait Vasili ? Vengerait-il son honneur ? Il avait dit qu'il ne livrerait jamais de duel pour une femme. Querelle mesquine, avait-il déclaré. Mais peut-être que...

Elle ferma les yeux et pria pour qu'un miracle se produise.

36

— Petrov !

L'appel furieux avait été lancé depuis le quai, et le cœur d'Anya bondit dans sa poitrine. Deux flèches, l'une de joie et l'autre de terreur, la transpercèrent.

— Sebastian, souffla-t-elle.

— Tu vas avoir affaire à moi, ordure !

Une détonation troua le silence de la nuit, suivi d'une série de cris et du bruit que fit, en tombant à l'eau, le corps du cosaque qui montait la garde au pied de la passerelle.

— Anya !

Un bruit de bottes martela la passerelle. Les deux gardes du pont lancèrent une sommation et un déluge de cris masculins et de craquements de bois s'ensuivit.

Vasili lâcha un juron et Elizaveta poussa un glapissement de frayeur quand quelque chose – ou quelqu'un – cogna la porte de la cabine. Le bois protesta, mais le verrou tint bon. On perçut le bruit écœurant d'un poing entrant en contact avec un os, puis un hurlement de douleur s'éleva. Un double éclair lumineux perça l'obscurité de l'autre côté de la fenêtre de la cabine et une détonation retentit presque instantanément.

Vasili poussa le prêtre, enroula le bras autour de la taille d'Anya et la tira devant lui pour s'en faire un bouclier humain.

— Ici ! cria Anya.

Vasili lui serra si fort les côtes que ses poumons se vidèrent. Elle se pétrifia quand le froid métal de son pistolet se posa sur sa tempe.

— Ne bougez pas, ordonna-t-il.

Un craquement assourdissant s'éleva juste avant que la porte de la cabine vole en éclats. Wolff déboula, braquant une paire de pistolets sur Vasili. Il s'immobilisa en découvrant Anya captive.

— Halte ! hurla Vasili.

Le cœur d'Anya tressaillit. Wolff apparaissait à la fois sauvage et magnifique. Une traînée de sang lui maculait la joue – elle n'aurait su dire si c'était le sien ou pas. Sa cravate était de travers et la manche de sa veste était déchirée au niveau de l'épaule.

Il haletait et affichait une expression qu'elle ne lui avait encore jamais vue. Ses pommettes étaient rouges, mais les yeux qu'il posait sur Vasili étaient froids et aussi noirs que deux puits sans fond. Il évoquait un ange vengeur venu réclamer une âme, et le cœur d'Anya se gonfla de terreur et d'amour. Wylde et Harland l'encadraient, pistolet au poing.

— Lâchez-la, articula Sebastian d'une voix glaciale.

Le bras de Vasili se crispa autour de sa taille.

— Posez vos armes sur le sol. J'ai l'avantage. Le gentleman que vous êtes ne prendra pas le risque de tuer une femme, Mowbray.

Il marqua une pause, puis :

— Alors que nous savons tous deux que je suis un salaud sans cœur qui n'a rien à perdre. Je n'aurai aucun scrupule à tuer mon épouse. Je n'ai plus besoin d'elle, après tout.

Wolff jeta un bref coup d'œil à Anya, puis fixa de nouveau Vasili d'un regard meurtrier.

— Épouse ? murmura-t-il.

— Non ! cria Anya. Ce n'est pas...

Sa dénégation fut interrompue par une violente pression du bras de Vasili.

Un muscle tressauta sur la mâchoire de Wolff, mais il ne baissa pas son arme. Anya le supplia du regard de tirer. C'était un tireur d'élite. N'avait-il pas tué ce bandit à Hounslow Heath alors que la situation était aussi délicate ? Il devait bien pouvoir blesser Vasili sans la mettre en danger, non ? Elle se rappela soudain qu'elle avait une punaise dans la main. Et si elle se penchait et piquait Vasili ?

Elle lut cependant sur le visage de Sebastian que Vasili avait vu juste : il ne se risquerait pas à tirer tant qu'une arme serait pointée sur sa tempe. Tireur d'élite ou pas, le doigt de Vasili pouvait presser la détente par simple réflexe.

Anya faillit sangloter quand il désarma ses pistolets. S'il les baissa, la promesse de vengeance brûlait toujours dans son regard.

— Que vous l'ayez épousée ou non, elle ne vous appartiendra jamais, déclara-t-il.

Il posa sur elle un regard si chargé d'émotion qu'elle en fut bouleversée.

— Vous serez bientôt veuve.

— Reculez, grinça Vasili. Si vous ne descendez pas de ce bateau, vos amis et vous, je la tue.

Les lèvres pincées de rage, Wolff obéit néanmoins à Vasili. Anya réprima un gémissement tandis qu'il enjambait à reculons les débris de la porte et remontait sur le pont.

Ne m'abandonnez pas, je vous en supplie ! Je vous aime !

Elle dut se retenir de hurler ces mots. Elle se sentait gagnée par une étrange lassitude, une sorte d'engourdissement diffus, et son estomac fit un bond quand elle en comprit la cause : la potion commençait à agir. Le ciel fasse qu'elle agisse aussi sur Vasili !

Montant des entrailles du bateau, un gémissement étrange, inhumain, rompit abruptement la tension qui régnait.

Tout le monde se figea comme une silhouette voûtée gravissait les marches d'un pas chancelant. Quand elle se redressa, Anya découvrit avec stupeur un vieillard, vêtu d'une simple chemise de nuit en coton. Il ne semblait pas avoir conscience de surgir au beau milieu d'un champ de bataille. Il jeta un regard circulaire et émit un gémissement, la main plaquée sur le crâne.

Vasili considéra le vieillard en fronçant les sourcils.

— Père Baroukov ?

Il tourna vivement la tête vers le prêtre dans la cabine.

— Mais alors, qui…

Anya avait complètement oublié l'ecclésiastique. Ce dernier contourna la table dans un tourbillon d'étoffe noire et repoussa sa capuche.

Le monde devint flou autour d'elle et ses genoux faiblirent quand elle reconnut un visage qu'elle pensait ne plus jamais revoir.

Non. C'était un effet de la potion. Son frère était mort et…

— Surpris de me voir, Petrov ? s'enquit tranquillement Dmitri.

Anya émit un croassement de stupéfaction – cette voix… L'impossible miracle déferla sur elle telle une lame de fond.

Vasili laissa échapper un grondement presque inhumain.

— Tu es mort ! Je t'ai vu moi-même à Waterloo.

Les yeux bleus de Dmitri, si semblables à ceux d'Anya, flamboyèrent.

— Oui, tu m'as vu, espèce d'ordure. Et tu as fouillé ce que tu croyais être mon cadavre.

Anya était incapable de détacher les yeux du visage de son frère. Il n'avait pas changé, et pourtant, il était différent. Il semblait plus âgé, usé. Ses cheveux étaient plus longs et elle ne l'avait jamais vu avec une barbe, pourtant c'était bien lui, incontestablement. Elle se mit à trembler de la tête aux pieds, et eut envie de rire et de pleurer en même temps. Elle s'affaissa contre Vasili, sans plus se soucier du pistolet toujours pressé contre sa tempe. Le monde se mit à tanguer.

Vasili la força à se redresser.

— Debout ! siffla-t-il.

Dmitri tira lentement une lettre de sous sa cape.

— Voilà ce que tu cherches, Petrov. Ta lettre au général Ney. Celle où tu lui dis que l'armée du tsar est trop éloignée pour aider les Anglais s'il attaque immédiatement.

Dans son dos, Anya sentit la poitrine de Vasili se soulever. Le canon du pistolet se mit à trembler près de son oreille. À l'évidence, il était aussi choqué qu'elle de voir Dmitri en vie.

— Donne-la-moi, haleta-t-il.

Dmitri lui tendit la lettre.

— Prends-la.

Anya comprit son intention : s'il voulait la lettre, Vasili devrait la lâcher ou écarter le pistolet de sa tête.

Il sembla le réaliser en même temps qu'elle.

— Prenez-la, vous, ordonna-t-il à Anya en lui pressant les côtes.

Elle tendit une main tremblante vers le feuillet plié et s'en empara.

Vasili émit un grondement satisfait.

— Dehors, ordonna-t-il à Dmitri. Ne m'oblige pas à tuer ta sœur.

Dmitri croisa le regard d'Anya alors qu'il se rapprochait de la porte, les mains levées en signe de reddition. Il lui adressa un doux sourire d'excuses à fendre le cœur.

— Tu peux garder la lettre, Petrov, dit-il posément. Je l'ai montrée au tsar. Il t'a proclamé traître à la Russie et un mandat d'arrêt a été lancé contre toi.

Vasili sursauta et Anya retint son souffle. Sur le seuil de la cabine, Dmitri était entièrement exposé. Les hommes dehors ne pouvaient même pas le couvrir car son corps les empêchait de viser Vasili. Elle eut l'impression qu'une main de fer lui comprimait la poitrine d'une étreinte plus impitoyable que celle de Vasili. Son frère s'efforçait d'inciter Vasili à tirer sur *lui* plutôt que sur elle.

Seigneur ! Elle n'allait pas le perdre alors qu'elle venait à peine de le retrouver !

— Salaud ! rugit Vasili.

D'un mouvement vif, il écarta Anya et pointa son arme sur Dmitri.

— Non !

Elle enfonça de toutes ses forces la punaise qu'elle tenait à la main dans le cou de Vasili.

Il poussa un rugissement à l'instant où le coup partit. La détonation fut assourdissante dans l'espace clos de la cabine. Du coin de l'œil, elle vit Dmitri tomber à la renverse contre la table.

Vasili pivota vers elle avec un cri de rage. D'un revers de la main, il la cueillit au menton avec le canon de son pistolet. Elle s'affala sur le sol, étourdie, et entendit Elizaveta lancer un cri d'avertissement. Elle leva les bras pour se protéger la tête, anticipant un autre coup... qui ne vint pas.

Une détonation retentit, semblable au bruit d'une branche qui se brise. Dans le silence stupéfait qui suivit, elle vit Vasili se figer devant elle, les yeux écarquillés. Il ouvrit la bouche comme s'il s'apprêtait à parler, baissa les yeux sur son torse, toussa une fois, et s'écroula à ses pieds.

Anya le regarda sans comprendre, s'attendant qu'il se relève et la saisisse. Il demeura immobile. Un trou bien net, de la taille d'un souverain, était apparu sur son torse. Un cercle rouge vif s'agrandit autour du trou, et elle étouffa un cri en réalisant que c'était du sang.

Sa vision se troubla.

— Oh, mon Dieu, il est mort ?

— On ne peut plus mort.

Sebastian traversa la cabine à grandes enjambées, et Anya sentit ses bras puissants se refermer autour d'elle. Il la serra étroitement contre sa poitrine, se positionnant de façon à ce qu'elle ne puisse plus voir le cadavre de Vasili.

— Ne regardez pas, ordonna-t-il d'une voix rauque.

Les yeux fermés, elle se cramponna à sa chemise et pressa le nez contre son torse pour inhaler son odeur. Son menton l'élançait, à l'endroit où Vasili l'avait frappée, mais elle se concentra sur les doigts de Sebastian lui caressant les cheveux et sur les baisers qu'il faisait pleuvoir sur sa tête. Un tremblement le parcourait, semblable à celui d'un cheval de course après un galop.

Elle frissonna aussi.

— Je lui ai planté une punaise dans le cou.

— Brave petite.

— Et il a menti. Nous ne sommes pas mariés.

Elle se souvint brusquement de Dmitri. Se dégageant de l'étreinte de Sebastian, elle se rua vers l'endroit où son frère était tombé. Alors qu'elle craignait qu'il ne soit mort, il se redressa en grognant. Anya se jeta dans ses bras.

— C'est bien *toi*, hoqueta-t-elle. Tu n'es pas mort ? Comment est-ce possible ? Oh, merci, mon Dieu, tu es là ! Tu es là.

Dmitri enfouit le visage au creux de son épaule, puis s'écarta et repoussa les cheveux du visage d'Anya d'une main tremblante. Il la scruta comme s'il cherchait à graver ses traits dans sa mémoire, puis déposa un baiser sur son front.

— J'ai toujours su que je te retrouverais ! On m'a dit que tu étais morte, à Paris, mais je n'ai jamais pu me résoudre à le croire.

Sa voix était rauque.

— Sais-tu combien de temps je t'ai cherchée ? Des mois et des mois ! Pourquoi n'es-tu pas rentrée à Saint-Pétersbourg ? Où étais-tu passée pendant tout ce temps ?

Tous deux parlaient en russe en même temps, chacun dressant la liste des changements survenus au cours de cette année de séparation.

Anya était prise de vertige, gagnée par un sentiment d'irréalité, comme si elle se trouvait dans quelque rêve merveilleux dont elle ne voulait plus jamais se réveiller. La joie qui se déployait dans sa poitrine l'empêchait presque de respirer.

— Que s'est-il passé ? Je croyais que tu avais été tué à Waterloo.

Il laissa échapper un rire amer.

— Presque. Bonaparte peut se vanter d'avoir essayé. Secondé par Petrov.

Il souleva le bras gauche avec précaution et inspecta son poignet : une tache rouge maculait sa manche. Le cœur d'Anya manqua un battement.

— Tu saignes ! Il t'a touché !

— La balle m'a frôlé, c'est tout. Elle m'aurait atteint à la tête si tu n'avais pas détourné son attention, petite rusée.

Son geste impulsif aurait également pu se retourner contre elle, réalisa Anya, épouvantée rétrospectivement. Un bruit dans son dos la fit se retourner. Elizaveta se tenait sur le seuil de la cabine, le sourire aux lèvres et les yeux humides de larmes. Wolff, Harland et Wylde arboraient tous trois la même expression, entre fascination et curiosité.

Quoique à y regarder plus attentivement, seuls Harland et Wylde semblaient curieux. Wolff, lui, paraissait se retenir d'arracher les membres de Dmitri un à un. Foudroyant du regard le bras dont son frère lui enlaçait toujours la taille, il haussa les sourcils d'un air hautain.

— Peut-on savoir qui vous êtes, monsieur ? lança-t-il.

37

Sebastian dut se retenir de ne pas traverser la cabine au pas de charge, arracher Anya des bras du séduisant inconnu et partir avec elle dans la nuit. Ce qu'il voulait, c'était l'emmener au Tricorn, la déshabiller entièrement et inspecter chaque parcelle de son corps afin de s'assurer qu'on ne lui avait fait aucun mal.

Bon sang, son cœur avait presque cessé de battre lorsqu'il avait découvert Anya avec le pistolet de Petrov braqué sur la tempe. Et quand ce faux prêtre s'était interposé entre Petrov et lui, le privant de toute possibilité de tirer, il avait failli presser la détente malgré tout, quitte à blesser cet homme, au cas où la vitesse de la balle lui permettrait d'atteindre aussi Petrov.

Heureusement, Anya avait fait diversion, lui donnant ainsi l'occasion d'atteindre Petrov en plein cœur.

Anya s'essuya les yeux et s'avança vers lui. Elle semblait étourdie, et cependant si heureuse qu'elle irradiait.

— Bonté divine, je n'aurais jamais cru faire un jour ces présentations ! s'exclama-t-elle. Sebastian, je veux dire, lord Mowbray, je vous présente mon frère, le prince Dmitri Alexei Denisov.

La colère de Sebastian reflua. Son frère. Bien sûr. Il n'avait pas fait le lien, dans cet échange frénétique en russe.

Il ne pourrait pas le flanquer par-dessus bord, finalement.

Peste et malédiction.

Le prince lui tendit la main et Sebastian s'en saisit, notant les subtiles ressemblances entre le frère et la sœur. Mêmes yeux bleus, mêmes pommettes hautes, il y avait à coup sûr un air de famille.

Une kyrielle d'émotions contradictoires se livraient bataille en lui. Au soulagement de savoir Anya saine et sauve se mêlait la joie qu'elle ait miraculeusement retrouvé ce frère bien-aimé qu'elle croyait mort.

Dans le sillage de ces émotions, cependant, surgit un écrasant sentiment de défaite. Son frère en vie, elle n'avait plus besoin de protection. À quoi pourrait-il donc lui être utile ?

De nouveau, il eut envie de frapper quelque chose. Baissant les yeux sur le corps sans vie de Vasili Petrov, il fut incapable d'éprouver le moindre remords à l'idée d'avoir tué cet homme. De toute façon, s'il avait été jugé, il aurait été pendu pour traîtrise. Il avait simplement rendu service au tsar en lui épargnant la honte d'un procès public. Nul doute que sir Nathaniel à Bow Street et lord Castlereagh des Affaires étrangères approuveraient l'issue rapide de cette enquête.

Le vrai prêtre, un vieil homme tremblotant doté d'une barbe grise, s'approcha d'un pas traînant et s'agenouilla auprès de Petrov, dans l'intention probable de lui administrer les derniers sacrements. Cela se révéla impossible. Petrov était mort avant même de toucher le sol.

Une balle dans le cœur avait été un sort trop doux en regard du tourment qu'il avait infligé à

Anya, songea Sebastian. S'il n'avait tenu qu'à lui, il aurait fait en sorte que cette ordure souffre le plus longtemps possible. Il avait cependant atteint l'objectif qu'il s'était fixé : éliminer la menace qui pesait sur Anya.

C'était la deuxième fois qu'elle le voyait tuer un homme. Elle devait le trouver répugnant.

Il ouvrait la bouche pour s'adresser au prince, mais Alex le devança.

— Enchanté de faire votre connaissance, prince Denisov, dit-il. Vous devez avoir bien des choses à dire à votre sœur. Puis-je suggérer que nous nous rendions tous dans un endroit un peu plus confortable ?

— Excellente idée, dit Anya avant de se tourner vers son frère. Malheureusement, je crains que notre conversation ne doive attendre.

Sebastian se rembrunit. Elle s'exprimait d'une voix pâteuse et ses gestes semblaient comme ralentis. Souffrirait-elle d'une commotion ? Il s'avança vers elle.

— Pourquoi ? demanda-t-il d'un ton plus brusque qu'il n'en avait eu l'intention. Que se passe-t-il ?

Anya lui adressa un sourire d'excuse. Ses pupilles étaient dilatées, son visage empourpré.

— Parce que j'ai avalé une dose de la potion de Lagrasse. Et je crois qu'elle fait enfin...

Elle n'acheva pas sa phrase. Ses paupières se fermèrent dans un battement de cils. Sebastian la rattrapa avant qu'elle s'effondre sur le sol.

Il adressa un regard affolé à la jeune femme qui devait être son amie, Elizaveta, que Petrov avait enlevée.

— Qu'a-t-elle fait ? s'écria-t-il.

— Elle a piégé Petrov en lui faisant boire un somnifère qu'elle a versé dans la vodka.

— Mon Dieu, souffla Sebastian, horrifié. Quelle quantité a-t-elle prise ?

— La moitié d'un petit flacon. Petrov a bu l'autre moitié.

— Nom de nom !

La panique lui tordit les entrailles. Il souleva Anya dans ses bras et la serra contre son torse. Elle ne pesait presque rien.

— Je la ramène au Tricorn.

Son frère n'éleva aucune objection. Il ôta sa tenue de prêtre, révélant une chemise et un pantalon noir, puis se tourna vers le vieux prêtre.

— Je vous demande pardon de vous avoir assommé et d'avoir emprunté vos habits sacerdotaux, mais c'était pour la bonne cause.

Le prêtre grommela quelques mots en russe avant de faire le signe de croix devant son visage. Sebastian en conclut que tout était pardonné. Il enjamba les débris de la porte en souhaitant que la bénédiction s'étende aussi à Anya.

Alex et Benedict lui cédèrent le passage.

— Il faudrait que quelqu'un reste ici pour régler cela, dit Sebastian en désignant du menton le corps de Petrov.

— Pas moi, répondit Benedict. J'ai quitté le bal sans donner la moindre explication à Georgie. Elle me croit en train de boire un verre. Elle va m'étrangler si je n'y retourne pas tout de suite.

— Même chose pour moi, marmonna Alex. Emmy déteste que je me lance dans une aventure sans elle.

Sebastian soupira.

— Très bien. Allez rejoindre vos épouses. Vous direz à Dorothea qu'Anya est saine et sauve, et qu'elle se repose au Tricorn.

Il se retourna et déclara au vieux prêtre qui avait recouvert d'un mouchoir le visage sans vie de Petrov :

— Je vous laisse prendre en charge votre compatriote. Vous pouvez le remmener en Russie ou arranger son enterrement ici, à votre guise. Le comte Petrov ne présente de toute façon plus aucun intérêt pour le gouvernement de Sa Majesté.

Il ignorait si le vieil homme le comprenait, et s'en moquait. L'important, c'était de ramener Anya au Tricorn de toute urgence. Il quitta la cabine et descendit la passerelle, veillant à la secouer le moins possible. Son souffle faible et ses joues empourprées l'inquiétaient davantage qu'il ne voulait l'admettre. Elle était si menue. La dose qu'elle avait avalée risquait-elle d'être fatale ?

Il confia son précieux fardeau à Denisov le temps de grimper en selle, puis installa la jeune femme devant lui, la tête calée au creux de son bras, et resserra son étreinte.

Benedict, Alex et Elizaveta descendirent la passerelle.

— Tu ferais peut-être mieux de transporter la princesse en voiture, suggéra Alex en désignant l'attelage qui patientait devant la taverne. Ainsi, le prince Denisov pourra vous escorter à cheval.

Ses yeux étincelaient de malice ; il avait deviné que Sebastian rechignait à partager Anya avec qui que ce soit, y compris son propre frère.

— Cela prendrait trop de temps, objecta ce dernier. Il faut la mettre au lit. Le prince peut prendre ton cheval.

— Et moi, je fais comment ? répliqua Alex.

— Tu prends la voiture, rétorqua Sebastian. Il faut escorter Mlle Ivanov jusqu'à Grosvenor Square. Nous avons laissé son fiancé au bal.

Alex soupira, consentant à regret.

— Je te suivrai à cheval, Alex, promit Benedict.

Alex remit sa monture au prince qui l'enfourcha avec l'aisance d'un cavalier accompli. Le cœur de Sebastian se serra au souvenir d'Anya, déguisée en garçon d'écurie, montrant la même aisance à cheval. Il attendit avec une impatience à peine dissimulée que Denisov noue un mouchoir autour de son avant-bras pour éponger le sang de sa blessure.

— En route ! dit Sebastian.

Le trajet jusqu'au Tricorn lui parut interminable. Il éperonnait Éclipse dès qu'il pouvait et priait pour qu'Anya se réveille, mais elle restait désespérément inerte entre ses bras. Il s'était rarement senti aussi impuissant.

Il se souvint de la première fois qu'elle avait partagé un cheval avec lui, au retour de Hounslow Heath. L'exquise agonie de sentir ses mains fines sur sa taille, bien trop près de la bosse révélatrice de sa braguette. Elle s'était montrée si irritable, si pleine de vie, ce jour-là.

Il baissa les yeux sur elle, pressa les lèvres sur ses cheveux, inhala son parfum désormais si familier. Son estomac se noua. Si seulement elle avait été une de ces princesses de conte de fées qu'un prince tire d'un long sommeil par la grâce d'un baiser...

Dès qu'ils atteignirent le Tricorn, il appela Mickey.

— Elle a bu du somnifère de Lagrasse, expliqua-t-il en s'engageant dans le couloir. Va lui demander s'il existe un antidote. Vite ! J'ignore quelle quantité elle a avalée.

Mickey fonça en direction des cuisines.

Sebastian gagna l'étage et ouvrit la porte de ses appartements d'un coup de pied. Denisov était sur ses talons, mais il n'était pas d'humeur à se soucier des convenances. Il déposa doucement Anya sur son lit et entreprit de dégrafer sa robe.

— Son corset va gêner sa respiration, dit-il en décochant un regard de défi à Denisov. Il faut le délacer.

Le prince acquiesça et Sebastian s'en réjouit. Il n'avait vraiment pas besoin des pudibonderies d'un frère aîné alors qu'Anya était en danger de mort.

Il aurait voulu lui arracher sa robe, s'allonger dans le lit auprès d'elle et la serrer dans ses bras jusqu'à ce qu'elle se réveille. Il s'efforça cependant de la dépouiller de sa robe sans l'abîmer. Il lui retira son corset, ne lui laissant que sa chemise, rabattit la courtepointe sur elle et approcha une chaise du lit. Il plaça deux doigts sur le côté de son cou, cherchant son pouls. Son cœur battait très vite. Denisov se posta de l'autre côté du lit.

— Que faut-il faire ? s'enquit-il d'un ton anxieux. Tenter de la réveiller ? La forcer à vomir ?

Des plis de tension encadraient sa bouche et Sebastian se sentit soudain des affinités avec cet homme. L'idée de perdre Anya leur était à tous deux insupportable.

— Je ne sais pas. Je n'ai jamais vu les effets de cette potion sur une femme. Et elle en a peut-être pris une dose trop forte. Son cœur bat très rapidement.

Il écarta les cheveux d'Anya de son front. Elle était très chaude. Ses joues étaient rouges et son souffle anormalement rapide.

Sebastian serra les dents. Il détestait ne pas savoir quoi faire. Il avait vu quantité de blessures sur les champs de bataille ; en présence d'une épaule démise, d'une blessure par balle ou d'une fracture, il connaissait les gestes. En revanche, face à un empoisonnement, il était totalement inexpérimenté.

Que diable lui était-il passé par la tête ? Quand Anya se réveillerait, il l'étranglerait pour avoir pris un risque pareil. Si elle se réveillait...

Ses ruminations furent interrompues par l'arrivée de Mickey, un plateau entre les mains. Un Lagrasse très agité, en peignoir rouge et bonnet de nuit, le suivait de près.

— Elle a bu mon somnifère, n'est-ce pas ? dit-il.

Il examina Anya, lui prit son pouls avant de soulever ses paupières pour examiner ses pupilles.

— Que pouvons-nous faire ? demanda Sebastian.

— J'ai un remède, répondit Lagrasse. Elle doit boire ceci, ajouta-t-il en indiquant le minuscule flacon sur le plateau de Mickey. C'est élaboré à partir de fève de calamar.

Il versa deux gouttes d'un liquide brunâtre dans un verre d'eau et mélangea en le faisant tournoyer.

— Essayez de le lui faire boire.

Sebastian glissa le bras sous les épaules d'Anya et la souleva légèrement. Sa tête se mit à dodeliner et il dut la caler entre son épaule et son menton. Lagrasse lui tendit le verre. Les paupières d'Anya papillotèrent quand il plaça le bord du verre contre ses lèvres, elle ne parut cependant pas le reconnaître quand son regard se posa sur lui.

— Buvez, murmura Sebastian. Il le faut, Anya.

Lorsqu'il inclina le verre, elle tourna la tête et tenta faiblement de le repousser.

— Je vous en supplie, l'implora-t-il d'une voix rauque d'émotion. Anya, c'est moi, Wolff. *Sebastian.* Buvez pour me faire plaisir.

Il n'était pas certain qu'elle l'entende, il réussit pourtant, à force de patience, à lui faire avaler une petite quantité de liquide, et la rallongea avec un soupir de soulagement.

— Et maintenant ? demanda-t-il à Lagrasse.

Le chef grommela vaguement et désigna les deux verres remplis d'un liquide ambré sur le plateau.

— Le cognac vous est destiné, dit-il sombrement. La nuit sera longue, messieurs.

Il s'approcha de la table de toilette, prit la cuvette de porcelaine qui s'y trouvait et la tendit à Sebastian.

— Au cas où.

Il observa le visage d'Anya et ses traits se plissèrent d'inquiétude.

— Gardez la foi. La dame est forte, mais nous devons la laisser se reposer. Nous ne pouvons rien faire d'autre qu'attendre.

38

Anya dérivait dans un étrange brouillard. Ses pensées défilaient à toute allure, se télescopaient et retombaient les unes sur les autres tels les éléments d'un kaléidoscope. Elle revoyait sans cesse le poing de Vasili se rapprocher de son visage, son regard stupéfait, le cercle de sang sur sa veste.

Son corps semblait comme en apesanteur ; elle était aussi désincarnée qu'une fleur de pissenlit et risquait de s'envoler au moindre souffle de brise. Seul le souvenir des bras de Sebastian l'ancrait à la terre. Elle se laissa couler dans cette délicieuse sensation, le plaisir de se sentir enlacée, la chaleur de son souffle dans ses cheveux, le rythme rassurant de son cœur sous son épaule.

Un frisson la parcourut. Ce cœur aurait pu facilement cesser de battre si Vasili l'avait atteinte. La terreur qu'elle avait ressentie quand Sebastian d'abord, puis Dmitri s'étaient retrouvés dans sa ligne de mire l'assaillit de nouveau. Les deux hommes qu'elle aimait le plus au monde. Elle n'imaginait pas la vie sans eux.

De légers bruits commencèrent à lui parvenir. Le cliquetis d'une porte. Le crépitement d'un feu. Le tic-tac d'une pendule. Elle les laissa la submerger comme une vague.

Ses pensées se firent plus précises. Petrov était vraiment mort. Ce qui signifiait que la menace qui l'avait si longtemps hantée avait été éliminée. Elle savait que la disparition de Vasili aurait dû lui inspirer d'autres émotions que le soulagement, mais elle se révéla incapable de la moindre compassion. Des hommes meilleurs que lui avaient péri à cause de son immonde trahison. Justice avait été rendue, même si celle-ci avait emprunté un chemin sinueux.

Un bruit, quelque part au-dessus d'elle, retint son attention. Le grondement familier de voix masculines s'efforçant de parler tout bas. Anya écouta, pas encore prête à ouvrir les yeux.

— Pourquoi ne se réveille-t-elle pas ?

C'était la voix de Dmitri, si chère à son cœur et si inattendue qu'une onde de joie intense la traversa.

— Elle va se réveiller.

Sebastian. Le ton moins assuré que d'ordinaire. Anya réprima un sourire. Il semblait inquiet pour elle. C'était merveilleux.

— Elle va peut-être dormir encore plusieurs heures, reprit Sebastian. Autant me faire un compte rendu de vos aventures, Denisov. Cela fera passer le temps. Que vous est-il arrivé ? La princesse vous croyait mort.

Anya réalisa qu'elle se trouvait dans un lit. Mais où ? Était-elle de retour chez la duchesse douairière ? Chez elle, dans son minuscule appartement de Covent Garden ? Elle entrouvrit les paupières et reconnut les tentures bordeaux de la chambre de Sebastian. Elle était donc au Tricorn. Une onde de plaisir la submergea.

— Je n'étais pas mort, dit Dmitri. Juste inconscient. Le dernier souvenir que je garde de la bataille, c'est la vision d'un Français immense qui fond sur moi avec un sabre – et puis plus rien, jusqu'à ce que je me réveille et que je découvre quelqu'un en train de tirer sur mes jambes. La bataille était finie depuis longtemps. C'était le lendemain et un fripon essayait de me voler mes bottes ! J'ai relevé la tête et ça a dû lui causer un sacré choc, parce qu'il a regardé mon visage couvert de sang et a hurlé comme s'il venait de voir le diable en personne. J'ai hurlé, moi aussi ; il m'a lâché les pieds et s'est sauvé sans demander son reste.

Dmitri laissa échapper un rire bas, auquel celui de Sebastian fit écho.

— J'ai dû perdre à nouveau connaissance, reprit Dmitri, parce que quand je me suis réveillé, j'étais dans une charrette. On m'emmenait à l'hôpital d'Antwerp. Mon crâne avait été brisé comme une coquille d'œuf. Ma convalescence a duré des mois, et je n'ai pas tardé à découvrir qu'il y avait de grands trous dans ma mémoire. Je me souvenais de certaines choses avec une incroyable précision ; comme ce jour où Anya s'est retrouvée coincée dans un des arbres du verger - elle avait huit ans - et qu'elle m'a lancé des prunes lorsque j'ai voulu l'aider à descendre.

Si Anya sourit intérieurement à l'évocation de ce souvenir, elle n'ouvrit pas les yeux. Elle entendit Sebastian exhaler doucement.

— Je la reconnais bien là, en effet.

Son cœur fit un petit bond. Était-ce de la tendresse qu'elle avait perçue dans sa voix ?

Dmitri ricana.

— Malheureusement, enchaîna-t-il, j'avais tout oublié des quelques mois précédant la bataille. Je ne me souvenais pas d'être allé à Vienne, ni du général di Borgo, ni du fait qu'Anya m'attendait à Paris. Je la croyais en sécurité à Saint-Pétersbourg. Dès que j'ai été assez rétabli pour pouvoir voyager, je suis rentré en Russie. J'étais presque arrivé à Moscou quand la mémoire m'est revenue d'un coup. J'avais enquêté sur des rumeurs concernant un traître qui transmettait des informations aux Français, et j'avais intercepté une lettre prouvant qu'il s'agissait de Petrov. Je comptais la remettre au tsar lors du bal de la duchesse de Richmond quand l'ordre est arrivé de marcher sur Waterloo – à 3 heures du matin.

Anya sentit un mouvement d'air indiquant que Sebastian se levait, puis le bruit de ses pas qui s'éloignaient. Il y eut un tintement de verre, suivi du clapotement d'un liquide. Elle perçut l'odeur du cognac et entendit Dmitri murmurer un remerciement.

— Le bal de la duchesse avait lieu dans une grange faisant habituellement office de remise à voitures, car c'était le seul endroit assez spacieux pour recevoir autant d'invités. J'ai caché la lettre sur une des poutres, derrière un nid. Elle y était toujours quand je suis retourné la chercher des mois plus tard. Ensuite, je suis allé à Paris pour retrouver Anya. Je savais qu'elle n'était pas du genre à se jeter à la Seine comme tout le monde semblait le penser.

La note de fierté dans la voix de son frère lui fit chaud au cœur.

— Et quand j'ai appris qu'on avait découvert Petrov, inconscient, dans son appartement, j'ai su que l'histoire ne s'arrêtait pas là. Je l'ai suivi jusqu'à Londres dans l'espoir de la retrouver. Cela faisait des semaines que je l'épiais et que je m'efforçais de m'introduire sur ce bateau, au cas où il l'aurait retenue prisonnière à bord. Quand j'y suis finalement parvenu, je n'ai trouvé personne d'autre que ce vieux prêtre.

Anya ouvrit les yeux. Elle tenta de parler, mais n'émit qu'un croassement. Elle réalisa qu'elle avait la gorge complètement sèche. Les visages des deux hommes qui se tenaient à son chevet apparurent au-dessus d'elle et un grand sourire de soulagement fendit le visage de Dmitri.

— Anya, tu es réveillée ! Dieu merci ! s'exclama-t-il avant de lui tâter le front. La fièvre est retombée. On va te donner de l'eau.

Elle lui rendit son sourire, puis risqua un coup d'œil du côté de Sebastian. Son expression se révéla plus difficile à déchiffrer. Il avait l'air sombre. Un début de barbe lui ombrait le menton et son regard fouillait le sien comme s'il cherchait confirmation à une question qu'il n'avait pas posée.

Anya se redressa sur les oreillers et accepta le verre d'eau qu'il lui tendait. Elle se tourna vers Dmitri.

— Vasili était persuadé que tu m'avais adressé cette preuve. Il voulait s'assurer de mon silence en m'épousant. J'eus beau fuir à Londres, il a tenté de me faire enlever par ses hommes.

Dmitri lâcha un juron ; elle posa sur son bras une main apaisante et adressa un regard reconnaissant à Sebastian.

— Lord Mowbray s'est porté à mon secours et a pris sur lui d'assurer ma protection, en dépit de ses réserves initiales.

Anya le regarda et son cœur s'emballa tandis qu'elle tâchait de trouver les mots justes pour lui exprimer son immense gratitude.

Et son amour.

— En fait, croassa-t-elle, il m'a sauvé la vie à plusieurs occasions, et j'ai envers lui une dette que je ne pourrai jamais honorer.

Le visage de Wolff était si sérieux qu'il semblait sculpté dans la pierre. Il fit passer le poids de son corps d'un pied sur l'autre, comme si ses louanges le mettaient mal à l'aise, sans pourtant la quitter des yeux.

— C'était mon devoir, déclara-t-il d'un ton bourru. N'importe lequel de mes collègues de Bow Street en aurait fait autant.

Qu'il laisse entendre qu'elle n'avait été qu'une mission parmi tant d'autres démoralisa Anya.

— Je vous remercie, milord, dit Dmitri d'un ton solennel. Vous n'avez pas idée des tourments que j'ai endurés quand je croyais ma sœur bien-aimée entre les mains d'un monstre.

Sebastian arqua les sourcils.

— Vous croyez vraiment que je n'en ai aucune idée ?

Dmitri afficha une expression perplexe, cette réponse lui paraissant sans doute énigmatique, en revanche, le cœur d'Anya se gonfla d'espoir. Était-il en train de dire qu'il était capable d'imaginer un tel tourment à cause de son expérience de la guerre ? Ou qu'il avait eu peur, lui aussi, parce qu'il lui était attaché ?

Mais Sebastian, cet entêté, refusa d'en dire plus. Il posa son verre vide sur la table de chevet.

— Vous avez du temps à rattraper tous les deux, dit-il. Je vous laisse.

Il leur adressa un bref signe de tête et disparut dans le salon voisin.

Anya laissa échapper un soupir.

Une lueur d'intérêt s'était allumée dans le regard de Dmitri.

— Petite sœur, dit-il en passant au russe, tu as vécu des aventures, toi aussi, n'est-ce pas ?

Il haussa les sourcils et indiqua le salon du menton. Anya sentit ses joues devenir brûlantes.

— Je ne vois pas de quoi tu parles, répondit-elle en s'emparant du verre d'eau sur la table de chevet.

— Es-tu amoureuse de lui ?

Anya faillit s'étrangler.

— Dmitri ! Quel genre de question est-ce là ?

— Une question honnête, répliqua-t-il, l'air grave. Les mois passés à l'hôpital m'ont donné amplement le temps de réfléchir ; la proximité de la mort aide à y voir plus clair, déclara-t-il en lui prenant la main. J'ai réalisé que rien ne compte dans la vie, excepté les gens. Pas les biens matériels. Ni ce que l'on possède. *Les gens.* La vie ne vaut d'être vécue que pour les relations que l'on entretient. Avec la famille. Les amis. Les amants. Ce qui importe vraiment, affirma-t-il en soutenant son regard, c'est l'amour.

Anya sentit les larmes lui picoter les yeux. Il avait raison. Tout était simple, au fond.

— Oui. Je l'aime, avoua-t-elle en russe pour que Sebastian ne comprenne pas s'il écoutait à la porte. Je ne sais pas quand c'est arrivé, mais c'est la vérité.

Le sourire de Dmitri illumina tout son visage.

— Je ne peux pas dire que je suis surpris. Pas après avoir vu la façon dont il se comporte avec toi. On l'aurait cru possédé.

Anya fronça les sourcils et jeta un coup d'œil vers la fenêtre.

— Je n'ai quand même pas dormi aussi longtemps. Il fait encore nuit.

— Tu as dormi toute une journée et toute une nuit. Et lord Mowbray n'a pas quitté ton chevet un seul instant. Il a veillé sur toi et t'a forcée à boire de l'eau et du lait des heures durant.

Anya en resta bouche bée.

— Je crois qu'il t'aime aussi, ajouta Dmitri en souriant. Il a éconduit tous tes visiteurs – Elizaveta, je ne sais quelle duchesse douairière, une dénommée Charlotte – afin de veiller sur toi personnellement.

— Je l'épouserais volontiers, confessa Anya. Je ne pense pas toutefois qu'il en ait envie. Il me l'a proposé une fois, pour protéger ma réputation. Je lui ai répondu que ce n'était pas nécessaire.

Elle lissa les plis du drap d'un air absent.

— Je crois qu'il pense que je devrais épouser quelqu'un de mieux que lui. Un homme d'un rang plus élevé, à la bourse mieux garnie. Mais Dmitri, il n'existe pas meilleur homme sur terre à mes yeux. Il a tout ce que j'ai toujours souhaité trouver chez un époux. Il est loyal et courageux, tendre et généreux. Et il me fait rire, ajouta-t-elle dans un soupir. Même quand il n'en a pas l'intention.

Dmitri lui étreignit la main.

— Cela me semble un excellent début. En tout cas, mon soutien t'est acquis. Si je peux faire quoi que ce soit pour t'aider, je le ferai volontiers.

Le cœur d'Anya se gonfla de bonheur. Elle était tellement heureuse que son frère soit de retour dans sa vie.

— À présent, déclara-t-il en se levant, si cela ne t'ennuie pas, je crois que je vais aller manger quelques-uns des délicieux blinis de M. Lagrasse et prendre un peu de repos. Je te laisse entre les excellentes mains de lord Mowbray.

Il remua les sourcils et Anya éclata de rire. En matière d'affaires de cœur, Dmitri se révélait aussi peu doué que la duchesse douairière.

— Bonne nuit.

39

Le bras appuyé contre le cadre de la fenêtre, Sebastian s'efforçait de faire le tri parmi les émotions qui bataillaient en lui.

Le soulagement était facile à identifier. Soulagement qu'Anya se soit réveillée et qu'elle ait retrouvé le sourire. La frustration était là aussi, et l'agitation, ainsi qu'un soupçon de colère. Une colère qui aurait dû disparaître avec la mort de Petrov, et qui semblait persister sans raison particulière.

Il soupira. Anya venait sans doute de réduire son espérance de vie de dix ans. L'inquiétude et la peur qu'il avait éprouvées à l'idée de la perdre lui feraient prématurément blanchir les cheveux. Malgré toute son expérience du combat, jamais il n'avait été aussi désespéré, ni aussi effrayé, que lorsqu'il l'avait vue devant Petrov, le canon de son arme pointé sur la tête. Ou lorsqu'il avait craint qu'elle ne se réveille jamais.

Il se renfrogna. C'était parce qu'il n'avait jamais ressenti pour personne ce qu'il ressentait pour elle. Certes, il s'était inquiété pour ses amis pendant la guerre. Mais Alex et Benedict étaient des soldats expérimentés, aussi capables que lui de se tirer d'affaire. Alors qu'Anya était sans défense.

Il soupira de nouveau. Enfin, *presque* sans défense. Elle avait enfoncé une punaise dans le cou de Petrov et l'avait drogué. Elle ne manquait pas de courage.

La cour de l'écurie, sous la fenêtre, était sombre. Un rayon de lune projetait une lueur argentée sur les pavés et sur les toits de St James's. Les étoiles parsemaient le ciel comme si un boulanger négligent avait lancé une poignée de farine contre la voûte céleste. Sebastian contempla la nuit. Ces étoiles étaient une illusion. À cette distance, elles paraissaient froides et inconsistantes, de près, en revanche, chacune d'elles était son propre soleil incandescent.

Anya était ainsi – froide et inaccessible de loin, aussi éblouissante qu'attirante quand on l'approchait.

Non qu'il ait la moindre chance de l'approcher de nouveau. Maintenant que son frère était revenu d'entre les morts, elle allait sûrement retourner en Russie pour reprendre possession de tous ses fichus palais, de ses distilleries de vodka et du reste.

Il les entendait parler en russe dans la chambre à côté, sans doute occupés à rattraper le temps perdu et à faire des projets dans lesquels il ne figurait pas. Pourquoi envisagerait-elle seulement d'épouser un Anglais, propriétaire d'un club, quand elle avait de nouveau le monde entier à ses pieds ?

Furieux contre lui-même et contre la terre entière, Sebastian déboutonna d'un geste brusque les poignets de sa chemise. Il s'était déjà débarrassé de sa veste et de ses bottes durant les longues heures qu'il venait de passer au chevet d'Anya, à prier pour qu'elle se réveille. Sa veste et ses bottes étaient irrécupérables. Tout comme son cœur.

Il se frotta le menton et grimaça en sentant un chaume de barbe. Cela faisait deux jours qu'il ne s'était pas rasé. Il devait avoir une mine effroyable.

Denisov sortit de la chambre et referma la porte sans bruit.

— Maintenant qu'Anya semble être hors de danger, je vais me retirer, annonça-t-il. Vous voudrez bien vous assurer que quelqu'un reste à disposition cette nuit, au cas où elle aurait besoin de quelque chose ?

— Bien sûr, répondit Sebastian en le raccompagnant jusqu'à la porte.

Une fois le prince parti, il jeta un coup d'œil à la porte de la chambre à coucher et tendit l'oreille, guettant le moindre bruit. Anya s'était-elle rendormie ? Devait-il entrer pour s'assurer qu'elle allait bien ?

Résistant à la tentation, il retourna se poster devant la fenêtre.

Il n'aurait pas dû l'amener dans ses appartements. La voir étendue dans ce lit lui était autant un plaisir qu'une torture. Il aurait voulu qu'elle se réveille là jour après jour, que chaque matin ce soit son visage qu'il voie en ouvrant les yeux.

Impossible.

Le cliquetis de la porte le fit se retourner. Anya se tenait sur le seuil, enveloppée dans un de ses peignoirs bordeaux. Elle avait dû le chiper dans son armoire.

Que portait-elle *sous* ce peignoir ? Les pans étaient maintenus croisés au niveau du cou et il était si long qu'il dissimulait ses pieds.

Il fronça les sourcils, histoire de lui présenter un visage aussi peu accueillant que possible.

— Que faites-vous debout ? Vous devez vous reposer.

Son ton bourru et son regard noir ne semblèrent pas plus la rebuter que le fait d'avoir frôlé la mort ne paraissait l'avoir affectée. Elle lui adressa un sourire tranquille qui lui échauffa instantanément les sangs.

— Je n'ai pas sommeil. Je n'ai fait que dormir ces dernières vingt-quatre heures.

Sebastian pria pour rester fort. Ses cheveux dénoués encadraient son visage et il mourait d'envie d'y plonger la main. Cette femme n'avait donc pas idée du désir qu'elle éveillait en lui avec ses cheveux ébouriffés et ses joues roses ? Il retint un gémissement.

Elle s'avança dans la pièce et prit nonchalamment appui contre son bureau.

— Vous avez promis à Dmitri que quelqu'un resterait disponible toute la nuit. Au cas où j'aurais besoin de quelque chose.

— Est-ce le cas ? s'inquiéta-t-il. Vous avez besoin de quelque chose ?

Elle se mordilla le coin des lèvres.

— Oh, oui, répondit-elle d'un ton à la fois innocent et malicieux.

— De quoi avez-vous besoin ? demanda-t-il, le cœur cognant sourdement.

Elle noua les mains devant elle et soutint son regard.

— J'ai besoin de vous remercier. Pour vous être lancé à ma recherche. Pour avoir tué Petrov. Pour tout.

— Il n'y a pas de quoi, dit-il avec un imperceptible haussement d'épaules.

— J'ai eu très peur pour vous. J'ai cru que Vasili allait vous tuer.

— J'ai ressenti la même chose pour vous.

Il traversa la pièce sans réfléchir et se rembrunit en découvrant l'hématome à l'endroit où Petrov l'avait frappée avec son pistolet.

— Mon Dieu, Anya, votre menton.

Elle cilla quand il l'effleura délicatement de ses phalanges repliées.

— Cette ordure, gronda-t-il. Je me félicite de l'avoir abattue.

— Moi aussi. Vous m'avez sauvée.

Il était si près qu'il pouvait compter ses cils et sentait le parfum de sa peau. Son corps entier l'incitait à se rapprocher et à poser sa bouche sur la sienne. Mais s'il s'avisait de la toucher, il ne pourrait plus s'arrêter.

— J'ai besoin d'autre chose, murmura-t-elle.

— Quoi ?

— J'ai besoin de vous.

Sebastian se figea. Elle battit des paupières et il crut se noyer dans le bleu de ses yeux.

— Nous ne pouvons pas faire cela, articula-t-il.

Elle se hissa sur la pointe des pieds, agrippa le devant de sa chemise et l'attira à elle.

— Si, Sebastian, nous le pouvons.

Anya en avait assez de jouer. Elle pressa ses lèvres sur celles de Sebastian, et, l'espace d'un horrible instant, il se figea.

Avant de céder. Émettant un son inarticulé, il lui inclina la tête et lui rendit son baiser avec passion. Elle crut défaillir. C'était exactement ce qu'elle désirait – noirceur, chaleur et abandon complet. Les lèvres de Sebastian épousaient les siennes, sa langue se mêlait à la sienne. Elle ferma les yeux et se pressa contre lui. Ils s'emboîtaient si parfaitement. Le cœur de Sebastian battait follement sous sa paume, et elle eut envie de lui arracher ses vêtements ; elle le voulait corps contre corps, peau contre peau.

Ses jambes la soutenaient à peine. Elle jouait avec le feu, elle le savait. Elle savait aussi que ce qu'elle venait de vivre avait remis les choses en perspective. Elle voulait Sebastian. Pas seulement comme amant, mais comme partenaire, comme époux. Elle devait lui dire qu'elle avait eu tort de refuser sa demande en mariage. Elle devait lui montrer à quel point ils étaient faits l'un pour l'autre.

Il s'écarta soudain, le souffle court, et se passa une main nerveuse dans les cheveux.

— Anya, c'est de la folie.

La tension entre eux était à son comble. Anya contempla son beau visage viril. Elle prit une profonde inspiration pour se donner du courage et, sans détacher les yeux des siens, dénoua la ceinture de son peignoir. Elle le laissa glisser sur ses épaules. L'étoffe s'affaissa sur le bureau derrière elle dans un doux murmure.

Elle était nue. Seule une lampe posée sur un guéridon voisin l'éclairait. Son ventre se contracta quand le sombre regard de Sebastian parcourut son corps offert sans la moindre pudeur. Elle leva le menton et repoussa ses cheveux dans son dos.

C'était la dernière manche : elle misait tout sur sa victoire. Si elle n'avait ni cartes biseautées ni dés pipés, elle comptait bien utiliser tous les tours qu'elle avait dans son arsenal pour gagner la partie. Quitte à se montrer vulnérable et à se mettre à nu, aussi bien physiquement qu'émotionnellement.

— Je vous veux, Sebastian. Ici. Maintenant.

Toujours.

Il secoua la tête. Anya éprouva un affreux sentiment de déception en réaction à ce qu'elle prenait pour un rejet. C'est alors qu'il encadra son visage de ses mains.

— Je ne peux rien vous refuser, marmonna-t-il.

Il appuya son front contre le sien, puis déposa un baiser léger sur l'hématome qui lui bleuissait le menton. Sa langue suivit, caressante, comme si elle avait le pouvoir de bannir la souffrance. Un frémissement parcourut Anya, depuis la poitrine jusqu'au creux du ventre.

Elle tourna la tête pour s'emparer de ses lèvres, mais il se déroba. Posant les mains sur ses épaules, il les fit glisser le long de ses bras nus et entrelaça ses doigts aux siens. Son torse frôla ses seins, lui tirant un soupir tremblé.

Il guida leurs mains jointes derrière le dos d'Anya, la maintenant captive contre le bureau, et cette domination feinte déclencha en elle un frisson de désir. Si un autre homme l'avait entravée ainsi, elle se serait battue bec et ongles pour se libérer. Il s'agissait de Wolff et elle lui faisait entièrement confiance. Elle savait qu'il la lâcherait à l'instant où elle le lui demanderait.

Ce qu'elle ne ferait pas.

Elle se tendit vers lui, sentit son sexe érigé qui se pressait avec insistance contre son ventre. Elle ondula doucement, l'incitant à abandonner ce contrôle qu'il semblait exercer sur lui-même.

— Anya, dit-il d'une voix sourde.

Il prit une profonde inspiration, puis lui lâcha soudain les mains et la hissa sur le bureau. Se glissant entre ses cuisses écartées, il enfouit les mains dans ses cheveux, referma les doigts sur une mèche qu'il tira d'une brusque torsion du poignet. Un mélange de plaisir et de douleur se répandit en elle et son cœur fit un bond quand il unit ses lèvres aux siennes.

Ce baiser était sauvage, aveu de défaite et glorieuse déclaration de victoire. Anya y répondit avec fougue.

La main de Sebastian se referma sur un sein et Anya se cambra en réponse, s'offrant davantage.

Lorsqu'il inclina la tête et aspira la pointe durcie dans sa bouche, elle se tordit de délice avant d'enrouler les jambes autour des hanches de Sebastian qui émit un grondement approbateur. Il captura de nouveau sa bouche, juste avant que sa main s'immisce entre ses cuisses, lui arrachant un cri de surprise ravie.

Anya creusa les reins comme ses doigts la caressait intiment. Elle était toute moite, prête à l'accueillir, et il immisça un doigt en elle, lente et délicieuse invasion qui la fit frémir de plaisir. Un deuxième doigt rejoignit le premier et le plaisir s'intensifia, cependant, après quelques enivrants va-et-vient, il se retira. Elle ouvrait la bouche pour protester lorsqu'elle sentit ses mains remuer entre eux, bataillant avec les boutons de sa braguette.

Il libéra son sexe, attira Anya tout au bord du bureau, et se positionna à l'orée de sa féminité. Pantelant, glorieusement échevelé, il prit appui d'une main sur le plateau du bureau près de sa hanche et lui enveloppa la nuque de son autre main.

— C'est cela que vous voulez ?

Sa virilité glissa contre sa fente, menace taquine, et Anya souleva les hanches en un mouvement d'invite. Leurs regards se croisèrent, s'arrimèrent l'un à l'autre.

— Oui, haleta-t-elle. Oui.

Il entra en elle d'une poussée lente et régulière, sans jamais détacher les yeux des siens. Tous deux gémirent à l'unisson. Anya eut l'impression de partager son âme ; le lien entre eux lui semblait sacré, presque magique.

— Encore, exigea-t-elle.

Il sourit et se retira presque entièrement.

— Encore ? Je vais vous donner ce que vous voulez, *princesse*.

Anya faillit rire. Oui ! C'était comme cela qu'elle voulait qu'il le dise. Comme un mot affectueux et malicieux, et non comme un titre. Son ventre se contracta quand il revint en elle et il émit un grondement.

— Seigneur, vous me rendez fou…

— Tout, souffla-t-elle. Donnez-moi tout !

Elle se cambra à sa rencontre, cherchant à retrouver les sensations qu'il lui avait fait découvrir la première fois. Le changement d'angle annonça une promesse de plaisir fulgurante. Elle se cramponna à ses épaules quand il recommença, et chacune de ses poussées la rapprocha du sommet de la vague. Ses pensées s'émiettèrent tandis que ses muscles intimes se contractaient follement, enserrant Sebastian. Elle laissa échapper un cri juste avant de basculer dans une étourdissante extase.

Elle venait à peine de redescendre sur terre qu'il la souleva du bureau, la retourna et la fit se pencher sur le plateau de bois. Le contact du cuir froid contre la chair sensible de ses seins et de sa joue brûlante fut un choc pour Anya. Sebastian fit courir sa main le long sa colonne vertébrale, lui pressa les fesses et plongea en elle avec un grondement de plaisir.

Sa vigueur propulsa Anya en avant, faisant naître en elle une vague de plaisir inattendue. D'instinct, elle cala les fesses au creux de son aine, l'incitant à la posséder totalement. Il s'inclina au-dessus d'elle, le visage au creux de son cou. Son oreille gauche – la *mauvaise* – se trouvait juste à côté de sa bouche et quelque impulsion perverse la poussa à murmurer « je vous aime ».

Il se raidit. L'espace d'un instant, elle crut qu'il l'avait entendue, et puis l'extase le balaya. Ses muscles se contractèrent tandis qu'il jouissait au rythme des battements de son cœur. Comblé, son désir assouvi, elle le sentit se laisser aller sur elle, pesant de tout son poids.

Seigneur, si elle avait su que c'était *cela* le plaisir qui l'attendait le jour où il lui avait fait cette scandaleuse proposition chez Charlotte Haye, elle aurait accepté sans hésiter ! En fait, c'est *elle* qui lui aurait sans doute offert cinq cents livres.

Au bout d'un long moment, il se redressa et recula. Elle sentit un souffle d'air frais sur son derrière et une étrange humidité entre ses cuisses.

Bonté divine, il s'était libéré en elle. Vu la date de ses dernières menstrues, il n'était pas impossible qu'elle tombe enceinte. L'idée de porter son enfant ne l'emplit pas de désarroi. Au contraire, elle ne demandait rien de mieux. Pour autant, il était hors de question que cela se produise en dehors des liens du mariage. Sans être particulièrement à cheval sur les conventions, elle ne tenait pas à devenir aux yeux de toute l'Europe « la princesse fille mère ».

Il était temps de passer aux choses sérieuses.

40

Sebastian s'écarta d'Anya en se maudissant dans toutes les langues qu'il connaissait. L'explosion qui l'avait privé de l'ouïe devait aussi lui avoir abîmé le cerveau.

Non, faux. C'était *Anya* qui lui avait abîmé le cerveau. Dès qu'il s'agissait d'elle, il perdait toute maîtrise de lui. Son parfum l'enfiévrait, la douceur de sa peau le faisait basculer dans la folie. Il était de la glaise entre ses mains.

La honte et le regret le submergèrent. Par Dieu, c'était une *princesse*, presque une vierge, et il venait de la culbuter sur son bureau comme une vulgaire catin des docks. Ils n'étaient même pas allés jusqu'au lit, et il portait encore sa chemise et son pantalon. Il n'était qu'un animal, un être qui ne méritait pas le nom de gentleman.

Nom de nom, pour la première fois de sa vie, il s'était laissé emporter par la passion au point d'oublier d'utiliser une protection. Et il avait joui en elle.

Les mains tremblantes, il reboutonna sa braguette, puis ramassa le peignoir qui était tombé sur le sol. Anya l'enfila, les yeux baissés et il l'observa avec circonspection, tentant de jauger sa réaction.

Était-elle fâchée ? Blessée ? Honteuse ? Il désigna la porte de sa chambre d'un geste gauche.

— Il y a de l'eau et des linges là-bas. Si vous souhaitez vous, euh… vous rafraîchir.

Sa voix était enrouée et il se racla la gorge. Seigneur, il s'exprimait comme un jeune puceau qui n'a jamais adressé la parole à une femme.

— Merci, souffla-t-elle.

Elle le contourna, la tête haute. Le peignoir formait comme une traîne et il se dit qu'il ne l'avait jamais vue aussi royale. Hors d'atteinte. La porte se referma derrière elle et il demeura immobile, médusé. Il l'avait imaginée dans sa chambre un millier de fois, mais jamais alors que *lui* se trouvait banni au salon.

Il perçut un clapotis quand elle remplit la cuvette. Son anxiété allait croissant. Quel imbécile ! Il avait tout gâché.

Il l'aimait. Il avait besoin d'elle. Il la désirait avec un désespoir qui aurait été drôle s'il n'avait été aussi douloureux.

Il fourragea dans ses cheveux, gagné par le désespoir et une panique sans nom. Il voulait l'épouser, il le voulait plus que tout au monde, mais s'il lui demandait sa main maintenant, elle serait persuadée qu'il s'efforçait de faire preuve de noblesse, de protéger sa réputation au cas où elle tomberait enceinte.

Il ne voulait pas qu'elle accepte parce qu'elle redoutait une grossesse. Sa propre mère avait épousé son père pour cette raison – pour le légitimer et éviter un scandale – et bien qu'il n'ait jamais eu à se plaindre de sa position de fils de duc, leur union n'avait pas été couronnée de succès. Benedict et Alex avaient dit vrai : se marier pour une autre raison que l'amour, c'était courir au désastre.

Il voulait qu'Anya l'épouse parce qu'elle l'aimait elle aussi. Était-ce trop demander ? Il se mit à aller et venir dans le salon.

Il ne pouvait pas la laisser partir sans avoir au moins tenté sa chance. Il n'était pas lâche. Si elle choisissait de l'éconduire, qu'il en soit ainsi, mais il n'était pas question qu'elle retourne en Russie sans qu'il lui ait posé la question, sous peine de passer le restant de ses jours à se demander ce qui se serait passé s'il avait osé.

Certes, le simple fait de lui poser la question faisait de lui un idiot, doublé d'un égoïste. Anya était très au-dessus de lui, pas seulement socialement, mais aussi moralement. C'était une femme bien. Elle apprenait à lire à des filles de joie, pour l'amour du ciel ! Pendant qu'il dirigeait un tripot et servait la soupe à des tyrans et des flambeurs.

Pour autant, il n'avait jamais rencontré personne avec qui il s'accordait aussi parfaitement. Anya n'était pas de ces femmes qui ont constamment besoin d'être dorlotées. Elle était farouchement indépendante et gardait la tête froide en temps de crise – une aptitude aussi indispensable sur un champ de bataille que pour frayer dans la haute société. Elle serait une alliée inébranlable et une amie fidèle.

La porte de la chambre s'ouvrit et son pouls s'emballa comme quand l'ordre de charger avait été lancé à Waterloo. Il entendait presque le roulement des tambours.

Elle avait enfilé une de ses chemises – le tissu blanc dépassait à l'encolure – et s'était coiffée. Ses joues étaient encore empourprées – une délicate nuance de rose –, et son hématome au menton virait au violacé.

Sebastian traversa la pièce et s'arrêta devant elle.

Il posa un genou en terre, lui prit les mains et s'éclaircit la voix.

— Anya. Anastasia. Mademoiselle Denisova.

Bon sang, il regrettait de ne pas avoir pensé à boire un grand verre de cognac !

— Je vous aime. De tout mon cœur et de toute mon âme. Je ne vous mérite pas, mais… Me ferez-vous le très grand honneur de…

Il sentit ses mains se crisper entre les siennes.

— Non, dit-elle fermement.

Il se raidit. Son expression reflétait presque la… pitié.

— Je suis une princesse russe. Vous êtes un comte anglais.

Il tressaillit comme s'il avait reçu un coup et se voûta, vaincu.

— Je suis navrée, ajouta-t-elle d'un ton brusque. C'est le protocole. Il y a des *règles*.

Il faillit rire. *Des règles*. Il en avait plus qu'assez de ces maudites règles. Mais elle continuait de parler et il se força à écouter. Curieusement, elle semblait beaucoup plus calme que lui. Peut-être était-elle tellement habituée à éconduire des prétendants que cette scène n'avait pour elle rien d'exceptionnel.

— Vous ne pouvez pas me demander en mariage, disait-elle. Une personne d'un rang inférieur n'est pas autorisée à demander la main d'une princesse royale.

— Je comprends, murmura-t-il en baissant les yeux. Je n'aurais jamais dû…

Elle tira sur ses mains pour l'inciter à la regarder. Elle souriait, mais ses yeux luisaient d'un éclat insolite, comme si elle était au bord des larmes.

— Non, vous ne comprenez pas, dit-elle, presque amusée. C'est *moi* qui dois présenter la demande.

Son cœur cessa incontestablement de battre.

— Quoi ?

Elle s'agenouilla à son tour et sa voix trembla de façon peu princière lorsqu'elle déclara :

— Lord Mowbray. Sebastian. Je vous aime. Me ferez-vous le très grand honneur de...

Sebastian l'attira à lui avec un rire qui ressemblait à un grognement.

— Oui ! Mon Dieu, oui, je le veux.

Elle noua les bras autour de son cou et se plaqua contre lui si fougueusement qu'il faillit tomber à la renverse. Il prit alors son visage entre ses mains et scella sa réponse d'un vertigineux baiser.

Il s'écarta, haletant, appuya son front contre le sien, et laissa échapper un soupir de soulagement doublé d'un rire incrédule.

— Sapristi ! Vous pouvez vous vanter de m'avoir fait peur avec votre refus.

Elle rit tout bas.

— On ne plaisante pas avec le protocole.

— Surtout pas, renchérit-il d'un ton faussement sévère. Il ne sera pas dit que nous avons dérogé à la règle. Et donc, ajouta-t-il, retrouvant soudain son assurance, cela fait-il de moi un prince ?

— Je crains que non.

— Devrez-vous abandonner le titre de princesse si vous m'épousez ? Vous serez la comtesse de Mowbray, certes, mais comparé à princesse de Russie, je sais que ce n'est pas...

Elle pressa le doigt sur ses lèvres pour le faire taire.

— Non. Je serai toujours princesse. Mais être votre comtesse signifiera bien davantage à mes yeux, souffla-t-elle. Être votre femme sera le plus beau de tous les titres.

Il captura de nouveau ses lèvres, et elle gémit quand sa langue vint à la rencontre de la sienne.

L'aidant ensuite à se redresser, il la souleva dans ses bras.

— Venez ici, ma princesse. Vos pieds ne touchent plus terre, grâce à moi, comme dans les contes de fées.

Il gagna la chambre, la déposa doucement sur le lit et la contempla, en proie à un mélange d'émotions, au premier rang desquelles figurait l'incrédulité. S'y mêlaient la fierté, bien sûr, et un soulagement si vif qu'il en avait le souffle coupé. Non seulement il avait survécu à la guerre, mais à présent – par une sorte de miracle –, il allait pouvoir consacrer le restant de ses jours à aimer et à chérir cette femme aussi merveilleuse qu'irritante.

— Je veux me réveiller auprès de vous tous les matins de toute ma vie, murmura-t-il.

Elle lui adressa un sourire qui lui fit fondre le cœur.

— Cela me semble tout à fait acceptable.

Elle lui tendit les bras et il la rejoignit sur le lit.

— Voulez-vous vivre ici ? demanda-t-il. Ou préférez-vous retourner en Russie ? Peu m'importe où nous irons, du moment que je suis avec vous.

Elle glissa les doigts dans ses cheveux, le caressa comme s'il était un loup apprivoisé et Sebastian sourit intérieurement. Cette comparaison ne lui déplaisait pas. Surtout s'il était amené à la dévorer régulièrement.

— Je ne veux pas que vous quittiez vos amis ou Bow Street, dit-elle. Ni que vous abandonniez le Tricorn, qui est une telle réussite. Je retournerai en Russie en visite, bien sûr, mais nous pouvons vivre en Angleterre.

— Dans ce cas, je nous achèterai une maison digne de ce nom. Peut-être près de chez Alex et Benedict, à Mayfair. Et une résidence de campagne, aussi, si vous le souhaitez. Vous pourrez la choisir. Ou nous en ferons construire une si vous n'en trouvez aucune qui vous plaise. Peut-être pas aussi grande qu'un palais russe, mais j'ai beaucoup d'argent. Vous pouvez me demander ce que vous voulez.

L'entendre aligner les projets fit glousser Anya. Elle lui caressa le torse et son sang s'échauffa en réponse.

— Je ne serais pas contre vivre ici.

Il haussa les sourcils.

— Ici ? Au Tricorn ? Dans un tripot ? Scandaleuse princesse !

— Pas plus scandaleuse qu'en vous épousant, le taquina-t-elle. J'aime bien cet endroit. Les chambres abritent des souvenirs qui me sont chers.

— Tout ce que vous voudrez, répondit Sebastian en l'entourant de ses bras. Oh, Seigneur ! ajouta-t-il. Je parie qu'en Russie toutes sortes de superstitions ridicules entourent les mariages ! Je me trompe ?

Anya ne put s'empêcher de rire.

— Une ou deux, admit-elle. Mais ne vous inquiétez pas, je ne vous apprendrai que les plus importantes.

41

Sebastian Wolff, comte de Mowbray, se tenait au pied des marches de la maison de sa grand-tante et s'efforçait de contenir son excitation. Il ne s'était jamais senti aussi nerveux, pas même la veille d'une bataille.

L'heure de son mariage avait *enfin* sonné. Il avait attendu, sinon de bonne grâce, du moins avec impatience, les trois semaines nécessaires à la publication des bans.

Il avait à peine vu sa promise ces dernières semaines. Il avait dû se contenter d'instants volés et de baisers à la sauvette lors d'événements mondains qu'il n'avait accepté d'endurer que pour la voir. À son grand dégoût et à sa frustration croissante, les convenances avaient été respectées.

Le lendemain de sa demande – de celle d'Anya, plutôt –, il l'avait embrassée et l'avait renvoyée dans sa chambre. Puis il était allé trouver le prince Denisov pour lui demander la main de sa sœur.

Il l'aurait épousée avec ou sans sa permission, bien sûr, mais Dmitri s'était déclaré ravi que quelqu'un se décide enfin à épouser sa rebelle de sœur, et lui avait adressé ses plus sincères félicitations.

La cérémonie se tiendrait dans le salon de la duchesse douairière, à 11 heures précises. Sebastian n'en pouvait plus d'attendre, mais avant cela, il devait se plier à la tradition russe et accomplir toute une série de défis ridicules lancés par ses amis et relations.

— Auriez-vous la bonté de m'expliquer ce qui se passe ?

Dmitri, son presque beau-frère, lui tapota l'épaule.

— Le futur époux – vous – doit prouver qu'il est digne de sa promise. Vous devez accomplir un certain nombre de tâches ou répondre à certaines questions. Chaque réponse correcte vous rapprochera d'une marche de votre fiancée.

Sebastian soupira. Très fort.

— Je l'ai déjà arrachée à ses ravisseurs. Deux fois. Et je l'ai sauvée des griffes de Petrov.

— Cela ne compte pas. C'était avant vos fiançailles.

Sebastian leva les yeux au ciel.

— C'est positivement médiéval. Vous en êtes conscient ?

Dmitri haussa les épaules.

— Vous devez vous efforcer de la sauver. Vous ne pouvez pas vous contenter d'entrer chez elle et de l'emmener.

— Bien sûr que non, railla Sebastian. Ce serait bien *trop* raisonnable.

À l'insistance de Dmitri, il grimpa les marches et frappa à la porte. Un Mellors impassible lui ouvrit.

— Bonjour, milord, dit-il avec un petit sourire narquois des plus inhabituels. J'espère que vous êtes prêt.

Il recula, révélant Dorothea, assise sur une chaise à haut dossier au pied du grand escalier, ses jupes déployées autour d'elle tel quelque portier de la mythologie grecque. Le frère de Sebastian, Geoffrey, montait la garde près d'elle, un grand sourire aux lèvres.

— Sebastian, enfin ! s'exclama sa tante. Tout le monde t'attend.

Sebastian leva les yeux vers l'escalier. Elizaveta se tenait à mi-hauteur de la première volée de marches, et il aperçut Benedict et Georgie, tout sourire, sur le premier palier. Alex, lui, était penché au balcon du deuxième étage.

— Vous devez monter l'escalier, dit Dmitri. Et réussir toutes les épreuves. Anya est au dernier étage.

— Évidemment, marmonna Sebastian.

— Je suis le premier obstacle, annonça Dorothea. En tant que chef de famille, j'exige que tu fasses un cadeau de grande valeur, en gage de ton estime.

Sebastian tira un écrin plat de la poche de sa veste.

— C'est facile. Regardez. Je lui ai apporté un cadeau de mariage.

Il souleva le couvercle et Dorothea retint son souffle à la vue de la parure qui reposait sur le velours sombre.

— Saphirs et diamants, assortis à son diadème, commenta-t-elle, admirative. Bravo, mon garçon. *Bridge & Rundell*, lut-elle, imprimé en lettres dorées sur la doublure de l'écrin. Il paraît que leur liste d'attente est longue de plusieurs mois pour les nouvelles commandes…

Sebastian se sentit rougir. Sa réponse révélait que son amour pour Anya existait avant même qu'il se le soit avoué à lui-même. Et à quoi bon le nier ? Il était sans doute amoureux d'elle depuis qu'il l'avait secourue sous la pluie. Peut-être même depuis plus longtemps.

— Je les avais commandés en même temps que le diadème.

Dorothea lui adressa un sourire satisfait.

— Excellent choix. Tu peux passer.

Sebastian porta la main de sa tante à ses lèvres, remisa l'écrin dans sa poche et gravit les premières marches jusqu'à Elizaveta. La jolie jeune femme lui sourit et fit la révérence.

— Milord.

— Madame Reynolds.

L'amie d'Anya s'était mariée deux semaines plus tôt avec l'avocat aux cheveux blonds, Oliver Reynolds. Anya et Sebastian avaient assisté à la petite cérémonie à St Martin-in-the-Fields. Sebastian s'était même débrouillé pour s'asseoir près d'Anya à l'église, au mépris du protocole.

— En tant que plus ancienne amie d'Anya, j'ai quelques questions à vous poser afin de vérifier que vous connaissez bien votre promise, déclara Elizaveta. Premièrement, quelle est sa couleur préférée ?

Sebastian plissa le front, tâchant de se souvenir des robes qu'il lui avait vues depuis qu'elle vivait chez sa tante. Elle avait commandé une nouvelle garde-robe, plus adaptée à son rang, mais elle ne semblait pas préférer une couleur à une autre. À dire vrai, la seule chose qu'il remarquait s'agissant de ses robes, c'était le nombre de boutons et d'agrafes, histoire d'estimer le temps qu'il lui faudrait pour la dévêtir.

Il se souvint soudain de sa cape préférée, celle qu'elle avait apportée de Paris, ainsi que des saphirs et des diamants qui se trouvaient dans sa poche.

— Bleu et argent, répondit-il avec assurance. Des couleurs froides.

— Oui ! s'extasia Elizaveta. Question suivante, où avez-vous rencontré votre fiancée ?

Sebastian commençait à trouver cela divertissant.

— Eh bien, si vous tenez à le savoir, j'ai fait sa connaissance dans un bordel.

La jeune femme haussa les sourcils. Sebastian entendit sa tante étouffer un cri et Benedict ricaner.

— C'est une longue histoire, reprit-il. Je vous la raconterai une autre fois.

— Assurément, gronda Dmitri derrière lui.

— Très bien. Quel est son livre préféré ?

Sebastian eut un blanc. Ils avaient parlé de bien des choses, Anya et lui, mais ses préférences en matière de littérature n'en avaient pas fait partie. Il regarda autour de lui et se souvint du volume illustré qu'il avait vu dans son bureau.

— Je sais qu'elle aime beaucoup les contes de fées russes, avança-t-il. Surtout ceux dans lesquels il est question de loups et de princesses.

Il lui tardait de recréer certains de ces contes dans l'intimité de leur chambre conjugale.

Elizaveta étrécit les yeux, mais parut satisfaite.

— C'est assez près de la vérité. Dernière question. Quand vous êtes-vous embrassés pour la première fois ?

— Dans ce même bordel. Chez Mme Haye à Covent Garden.

Sebastian ignora le grommellement désapprobateur de Dorothea et jeta un coup d'œil à Benedict.

— Je crois légitime de souligner que c'est toi, Benedict Wylde, qui m'a un jour assuré que je ne risquais pas de trouver ma future épouse dans un bordel de Covent Garden. Tu avais tort.

— Je le reconnais, lança Benedict. Et je suis ravi de m'être trompé.

— D'autres questions ? s'enquit Sebastian.

Elizaveta secoua la tête et s'écarta.

— Vous pouvez avancer, lord Mowbray.

Sebastian s'en alla rejoindre Georgie et son époux sur le premier palier.

— Savez-vous, demanda cette dernière en guise de préambule, qu'il y a environ mille sept cents miles entre Londres et Saint-Pétersbourg ?

Sebastian la dévisagea, déconcerté.

— C'est la question à laquelle je dois répondre ?

— Non. Je me demandais simplement si vous le saviez. Benedict m'a dit que vous aviez l'intention d'emmener Anya là-bas pour votre voyage de noces. Si vous naviguez à la vitesse moyenne de cinq nœuds, il vous faudra environ deux semaines pour y arriver par la mer.

Sebastian et Benedict échangèrent un regard perplexe, et Benedict haussa les épaules. À l'évidence, il avait l'habitude de recevoir ce genre d'informations nautiques de la part de son épouse.

— C'est... euh, bon à savoir, dit Sebastian. Mais si ce n'est pas ma question, quelle est-elle ?

Georgie lui adressa un regard sérieux.

— Mon test est une énigme. Nous devons nous assurer que vous êtes assez intelligent pour vous maintenir au niveau de votre épouse, qui est très intelligente.

— Je sais.

— Exception faite de l'inexplicable manque de bon sens qu'elle a manifesté en *te* choisissant pour époux, glissa Alex depuis l'étage supérieur.

Sebastian lui décocha un regard venimeux.

— Je vous écoute, dit-il à Georgie.

— Qu'est-ce qui vole à sa naissance, gît sur le sol durant sa vie, et coule au moment de la mort ?

Sebastian fronça les sourcils. Qu'est-ce qui vole ? Les oiseaux ? Les balles d'un mousquet ? Qu'est-ce qui gît sur le sol ? Bien des choses. Et qu'est-ce qui coule au moment de la mort ? Un noyé ?

— Je vous donne un indice, murmura Georgie. C'est froid. Et il y en a beaucoup en Russie.

Le front de Sebastian redevint lisse.

— La neige ! s'écria-t-il.

— Oui ! Bien joué !

Benedict s'avança.

— À moi. Mon test est une épreuve de force. Nous devons nous assurer que tu es assez fort pour protéger ta future épouse.

Il écarta les jambes et croisa les bras.

— Tu dois me soulever pour pouvoir passer.

Sebastian gémit. Benedict était au moins aussi lourd que lui et il était tout en muscles. Cela dit, ç'aurait pu être pire ; ils auraient pu lui imposer de se battre contre Mickey.

Il s'avança, fléchit les genoux et encercla la taille de Benedict de ses bras. Le tissu de sa veste s'étira dangereusement dans son dos et un craquement de mauvais augure lui parvint.

Nom de nom ! Il n'était pas habillé pour soulever un robuste gaillard. Mais que valait une veste neuve en regard de toute une vie avec Anya ? Rien. Il aurait brûlé toute sa garde-robe s'il avait fallu.

Il n'empêche, c'était une sacrée belle veste.

— Attends.

Il lâcha Benedict, se débarrassa de sa veste et la posa sur la rampe. Il se retourna, saisit le poignet de Benedict, se pencha et cala l'épaule contre son ventre. Il banda alors ses muscles et le souleva, l'effort lui tirant un grognement.

— Fichtre, Wylde, souffla-t-il. Tu n'étais pas aussi lourd quand je t'ai sorti de ce fossé près de Badajoz.

Le souvenir qu'il mentionnait jaillit dans sa mémoire et soudain, il ne fut plus dans l'escalier de Mayfair, mais dans une plaine d'Espagne, torride et poussiéreuse. Il avait porté son ami de la même façon quand il avait été blessé durant l'attaque de la citadelle, et l'avait mis à l'abri derrière les lignes britanniques alors que les balles françaises sifflaient autour d'eux.

Grâce à Dieu, tous deux avaient survécu.

— Attention aux porcelaines ! s'écria Dorothea, affolée, le tirant de ses pensées.

Sebastian fit quelques pas de côté, évitant de justesse un guéridon chargé de sujets en porcelaine de Meissen, et reposa Benedict sur le sol avec un soupir de soulagement.

Pourvu qu'il ne se soit pas froissé quelque chose. Il avait l'intention d'être au sommet de sa forme pour sa nuit de noces. Cette pensée déclencha un afflux sanguin revigorant au niveau de sa tête. Et plus bas, aussi.

Il se redressa, se recoiffa devant le miroir mural, puis renfila sa veste.

— Voilà. Quelle est l'épreuve suivante ?

— C'est ici que cela se passe ! lança Alex.

Sebastian le rejoignit au deuxième étage. Emmy, l'épouse d'Alex, l'accueillit sur le palier avec un sourire espiègle.

— La bourse ou la vie ! déclara-t-elle d'un ton faussement agressif. Vous devez payer une rançon pour récupérer votre fiancée. Une contribution à mon œuvre de charité préférée.

— Celle qu'elle a créée avec son frère, clarifia Alex. Le Fonds de solidarité Danvers. Il aide les vétérans blessés à trouver un véritable emploi plutôt que d'en être réduits à mendier dans les rues.

— Une cause louable, murmura Sebastian. Que voulez-vous, milady ?

Les yeux brillants d'Emmy se posèrent sur son épingle de cravate.

— Ma foi, il se trouve que j'adore les diamants. Et je vois là un remarquable solitaire, lord Mowbray. Je l'accepterai en paiement de votre passage.

Sebastian gémit intérieurement, mais porta la main à sa cravate. Emmy l'arrêta.

— Vous pourrez me le donner après la cérémonie. Je ne voudrais pas ruiner votre tenue de marié.

— Vous êtes bien aimable, rétorqua Sebastian, sarcastique.

— Parfait. Dernière épreuve, annonça Alex. Tout est prêt, Mellors ?

— Tout est prêt, monsieur, confirma le majordome.

Il gravit l'escalier, aussi imperturbable qu'à l'accoutumée, et tendit un bol de porcelaine à Sebastian. Ce dernier y jeta un coup d'œil. Il contenait ce qui ressemblait à un cube de glace de belle taille. Une forme sombre, sorte de poisson minuscule, était suspendue en son centre.

— De quoi s'agit-il ?

— La clef de la chambre de ma sœur, gloussa Dmitri en désignant la porte qui se trouvait derrière lui. Vous devez l'utiliser pour rejoindre votre fiancée.

Sebastian se demanda si c'était censé être symbolique – briser la glace pour atteindre le cœur vital. Enfouir son cœur sous une couche protectrice ne lui était pas étranger. Sa mère était morte de la variole quand il était enfant et il avait perdu de nombreux amis pendant la guerre. Il trouvait plus facile de respecter une certaine distance émotionnelle ; cela permettait d'atténuer la souffrance. Il donnait un peu moins de lui-même chaque fois.

Jusqu'à sa rencontre avec Anya.

— Tu peux peut-être le lécher ? suggéra Alex. Tu dois le faire fondre d'une façon ou d'une autre.

— Ou le briser avec un marteau, proposa Benedict.

— C'est la méthode préférée d'Anya, avança Elizaveta, maligne.

Sebastian s'empara du bloc de glace. Une douleur remonta le long de ses doigts et palpita au creux de sa paume en réaction à la morsure du froid. Il tendit le bras devant lui pour éviter d'abîmer ses bottes quand le glaçon se mit à goutter.

— Dépêche-toi ! gloussa Alex. Tu fais une flaque sur le tapis !

— Tu pourrais enlever ta chemise et le placer sous ton aisselle ? hasarda Benedict.

Sebastian lui coula un regard noir.

— Tu sais combien de temps il m'a fallu pour perfectionner ce nœud de cravate ? J'ai dû m'y reprendre à six fois. Je ne le déferai pour personne – excepté ma femme, ajouta-t-il avec un sourire.

Mellors plaça le bol sous le glaçon tandis que Sebastian le remuait entre ses mains à la façon d'une savonnette. Il soufflait dessus de temps à autre pour qu'il fonde plus vite. Ses doigts le brûlaient, mais il persévéra, et quand il fut assez petit, il le fourra dans sa bouche. Il le suça comme une pastille pour la gorge jusqu'à ce qu'il sente un goût métallique sur sa langue.

Il récupéra la clef avec un cri de triomphe et écarta Alex de la porte.

— Anya ? appela-t-il. Je vais entrer !

La clef tourna dans la serrure avec un cliquetis satisfaisant et il poussa le battant. Il entra, découvrit Anya au milieu de la pièce, et se retourna vers le palier. Ils étaient tous là : Dorothea et Geoffrey, Benedict et Georgie, Alex et Emmy, Dmitri, Elizaveta et Mellors. Sa famille, par les liens du sang ou de l'amitié.

Sebastian leur adressa un sourire victorieux. Et claqua la porte.

42

Sebastian fit face à Anya et son souffle se bloqua dans sa gorge. Tout en bleu pâle et blanc, c'était une véritable apparition. Ses cheveux étaient relevés en un chignon élaboré et ses yeux étincelaient presque autant que les diamants de son diadème.

— Vous avez réussi toutes les épreuves ! dit-elle en riant. Je savais que vous le pouviez !

— Vous êtes éblouissante, s'écria-t-il.

Elle traversa la pièce et se jeta dans ses bras.

— Vous n'êtes pas trop vilain, vous non plus.

Elle lui offrit ses lèvres et il s'en empara avidement.

— Seigneur, vous m'avez tellement manqué, souffla-t-il. Je vous ai apporté un cadeau, ajouta-t-il en s'écartant légèrement pour plonger la main dans la poche de sa veste.

— Encore un ? dit-elle avec un petit sourire perplexe. Vous m'en avez déjà fait des centaines. Des gants, du parfum, des éventails. Vous savez que je n'ai pas besoin de toutes ces choses, Sebastian. Je n'ai besoin que de *vous*.

— Je sais. Mais j'aime vous les offrir, vous allez donc devoir vous y habituer.

Elle lui adressa un sourire de reproche, souleva le couvercle de l'écrin et murmura quelques mots en russe. Décidément, il allait devoir apprendre sa langue au plus vite.

— J'ai pensé que nous pourrions lancer une nouvelle tradition, dit-il. Les épouses Denisov portent ce diadème le jour de leur mariage, mais vous serez une Wolff quand cette journée s'achèvera. Cette parure est donc la vôtre, celle que vous transmettrez aux générations à venir.

Il agrafa le collier autour de son cou et déposa un baiser sur son épaule nue.

— Merci, souffla-t-elle.

— Je crois que vous feriez bien de commencer à m'apprendre le russe. Commet dit-on « épouse » ?

— Cela se prononce *jina*. Vous pouvez aussi m'appeler *liou-bi-ma-ya*. Cela veut dire « mon aimée ». Ou peut-être *daragaya*, qui signifie « ma chérie ».

— *Da-ra-ga-ya*, répéta-t-il docilement.

— Très bien. Vous pouvez aussi dire tout simplement *maya*.

— Et cela veut dire ?

— Mienne.

— Cela me plaît, dit-il avant de la gratifier d'un doux baiser sur les lèvres. Beaucoup, ajouta-t-il en consultant la pendule. Vous êtes prête à descendre ? Il est presque 11 heures.

— Oui.

Anya se sentait aussi légère qu'un flocon de neige tandis qu'elle descendait l'escalier au bras de Sebastian.

Elle était pleine d'allégresse depuis qu'elle avait accepté sa demande. C'était tellement inhabituel, si différent de l'anxiété qui avait été la sienne pendant des mois, qu'elle avait à peine osé y croire au début.

Mais plus le temps passait, plus elle se disait que cela pourrait bien durer éternellement.

Sebastian l'aimait. Il le lui avait prouvé avec son corps quand ils avaient fait l'amour, et par ses paroles et ses actes au cours des semaines suivantes. Il s'était montré le plus prévenant des fiancés. Il avait dansé avec elle toutes les danses qui leur étaient permises, outrageusement flirté à tous les événements auxquels ils avaient assisté, et lui avait si efficacement fait l'amour avec des mots doux qu'elle avait plus d'une fois été sur le point de se jeter dans ses bras pour faire des choses proprement scandaleuses.

Dieu merci, la torture touchait enfin à son terme.

Ils pénétrèrent dans le salon et elle sourit, heureuse d'y voir tant de ceux qu'elle aimait rassemblés. La douairière avait décrété que tous les amis d'Anya, quelle que soit leur profession, étaient bienvenus sous son toit. D'où la présence de Charlotte, plus élégante que jamais dans sa robe de soie vaporeuse, assise à côté de Dmitri, et de Jenny, qui flirtait de manière éhontée avec le prince Troubetskoï.

— Je n'en reviens pas que vous ayez réussi à convaincre le père Baroukov de célébrer ce mariage, chuchota-t-elle à Sebastian.

— Je lui ai offert son billet de retour pour Moscou. C'était bien le moins qu'il puisse faire. De plus, il m'a semblé raisonnable que notre union soit sanctifiée par l'Église d'Angleterre *et* par l'Église orthodoxe de Russie. Je veux être sûr que vous êtes mon épouse sur chaque continent.

Anya accepta le bouquet de roses blanches que lui remit une Jenny radieuse. Le prêtre commença le service et son cœur se gonfla de bonheur quand ils échangèrent les alliances et prononcèrent leurs vœux. Elle éprouva une fierté sans nom quand Tess s'avança pour lire, d'une voix hésitante mais claire, un passage du Cantique des cantiques.

Elle jeta un coup d'œil à Elizaveta, qui lui adressa un sourire de soutien tout en essuyant des larmes de joie avec le mouchoir trop grand d'Oliver.

La duchesse douairière, assise de l'autre côté d'Elizaveta, adressa un sourire complice à Anya. À en juger par son expression satisfaite, elle se considérait comme pleinement responsable de cette fin heureuse.

Anya remarqua que Dmitri prêtait à peine attention à la cérémonie tant il était captivé par Charlotte. Il ne la quittait pratiquement pas des yeux et tous deux étaient plongés dans une conversation chuchotée.

Anya croisa mentalement les doigts pour eux. Ils formaient un beau couple et méritaient de trouver le bonheur après ce qu'ils avaient traversé. Dmitri se soucierait d'autant moins du passé de Charlotte que le sien était loin d'être irréprochable. Quant à Charlotte, elle ferait la meilleure des épouses, aimante, attentionnée et rompue aux usages du monde.

Le prêtre se racla la gorge et Anya reporta son attention sur lui. Il déposa une couronne de lauriers sur la tête d'Anya et fit signe à Sebastian de s'incliner pour lui permettre d'en faire autant avec lui.

Sebastian prit alors la main d'Anya et tendit le bras devant eux. Ses doigts étreignirent les siens tandis que le prêtre enveloppait leurs mains jointes de son étole afin de les unir symboliquement. Après une ultime bénédiction, ils furent officiellement déclarés mari et femme.

Les invités les acclamèrent bruyamment et Anya regarda Sebastian en riant, ravie de le voir si fier. Lorsque leurs regards se croisèrent, la promesse qu'elle lut au fond de ses yeux lui fit palpiter le ventre. Elle crut qu'il allait l'embrasser, mais tout le monde s'était levé et se pressait autour d'eux pour les féliciter. Mellors ordonna aux valets de distribuer des coupes de champagne.

Dmitri s'avança, une miche de pain frais entre les mains.

— Une tradition russe, expliqua-t-il comme Sebastian lui adressait un regard perplexe. Avant de commencer à porter des toasts.

Anya laissa échapper un gloussement.

— Ce pain, déclara Dmitri à voix haute, fourni par l'excellent chef Lagrasse, permettra de déterminer qui donnera les ordres dans le foyer. Une question délicate.

Un chœur d'acclamations amusées et de commentaires acerbes s'éleva autour d'eux. Dmitri plaça la miche de pain à hauteur de tête entre Anya et Sebastian, les forçant à s'écarter l'un de l'autre.

— Nos jeunes mariés doivent détacher un morceau de pain avec les dents sans se servir de leurs mains. Celui qui arrachera le plus gros morceau sera celui qui portera la culotte.

Sebastian mit Anya au défi d'un haussement de sourcils.

— Je vous trouve tout à fait charmante en pantalon, murmura-t-il.

Elle accueillit le compliment avec un sourire provocant. Gardant les mains le long du corps, elle mordit dans la miche de pain. Sebastian l'imita et elle eut du mal à ne pas rire quand leurs regards se croisèrent au-dessus du dôme doré. Il tourna la tête pour arracher un énorme morceau et Anya en fit autant, ses joues se gonflant comiquement.

Elle récupéra le morceau de pain et se souvint de ce jour, à Paris, où elle avait avalé ses diamants.

Comme cela semblait loin ! Jamais elle n'aurait pu prévoir que son voyage trouverait une telle conclusion.

Dmitri inspecta le pain pour donner son verdict.

— Les résultats sont très serrés, déclara-t-il solennellement.

— Balivernes. Ma bouchée est clairement plus grosse, dit Anya.

— Absolument pas, contesta Sebastian.

Dmitri les gratifia d'un sourire taquin.

— Ciel ! La première dispute !

Tout le monde s'esclaffa.

— Je crains cependant qu'il n'ait raison, petite sœur. Sa bouchée est nettement plus grosse. Bonne chance, mon ami ! déclara-t-il en tapotant l'épaule de Sebastian.

Tous trois prirent un verre de champagne sur le plateau que leur présentait Mellors.

— Et maintenant, décida Dmitri, les toasts !

Sebastian captura le regard d'Anya et ils échangèrent un sourire qui lui mit le rouge aux joues.

— Je sais l'importance que vous autres Russes attachez aux toasts, commenta Sebastian d'un ton suave.

— Cela devrait être fait avec de la vodka, dit Dmitri, mais nous pouvons commencer par du champagne, je suppose. Le premier toast s'adresse aux nouveaux mariés.

Il leva son verre et tout le monde l'imita.

— Aux nouveaux mariés !

Sebastian leva son verre et Anya but obligeamment une gorgée du liquide acidulé.

— Nous savons tous que l'alcool laisse un goût amer dans la bouche, déclara Dmitri. Et le remède à l'amertume, c'est la douceur. Pour le prochain toast, les époux doivent adoucir la boisson d'un baiser, parce que les baisers sont doux, n'est-ce pas ?

— Oh, que oui ! s'exclama Alex.

Dmitri se tourna vers le reste du groupe.

— Et vous devez tous crier « *gorko !* » qui veut dire « amer » en russe, pour les rappeler à leur devoir.

Sebastian tendit son verre à Benedict et Anya remit le sien à Elizaveta. Il s'approcha, l'enlaça et l'attira à lui. Anya retint son souffle quand il s'inclina et captura sa bouche, la gratifiant d'un baiser passionné. Un baiser riche de promesses et d'amour qui fit bondir son cœur dans sa poitrine. Un chœur de « *gorko ! gorko !* » retentit autour d'eux et ils s'écartèrent à regret.

— Était-ce assez doux pour vous, madame Wolff ? murmura son mari.

Anya sourit.

— C'était parfait, monsieur Wolff. Tout simplement parfait.

AVENTURES & PASSIONS

6 octobre

Jude Deveraux

La saga des Montgomery - Le lion noir

Inédit

Ranulf est comte, chef de la Garde noire et favori du roi. Auréolé de gloire et estimé de tous, il n'en demeure pas moins un homme sombre et solitaire. Lorsqu'il croise le chemin de Lucy, une ravissante jeune fille désargentée, Ranulf est frappé par sa fraîcheur et sa grâce. Elle seule semble capable de l'émouvoir et de lui redonner goût à la vie. Mais les lourdes menaces qui pèsent sur lui pourraient bien compromettre ce bonheur qui semblait si accessible.

✦

Joanna Shupe

Cinquième avenue - Un ange dans les bas-fonds

Inédit

Justine est la benjamine de la richissime famille Green. À vingt et un ans, cette discrète jeune fille s'occupe des plus démunis et s'attache notamment à poursuivre les époux indélicats qui abandonnent sans ressources leurs femmes et leurs enfants. Alors que Mme Gorcey lui demande de retrouver son mari, un vaurien notoire, Justine fait appel à de Jack Mulligan, le chef de la pègre de New York. Si le célèbre dandy accepte de collaborer avec elle, le prix de son soutien est inacceptable aux yeux de la jeune fille. Cependant, Jack sait se montrer si persuasif que le cœur de la jeune fille s'enflamme. Mais leur histoire est impossible, d'autant que le passé de Jack ressurgit, ne laissant aucune chance à l'amour.

Kerrigan Byrne

Amitié - Mensonges sur l'oreiller

Inédit

Francesca Cavendish, comtesse de Mont Claire, s'est assigné une mission : venger le massacre de sa famille. Pour y parvenir, elle soustrait des informations aux hommes qu'elle séduit. Lorsque sa quête de justice lui fait croiser la route de Declan Chandler, elle ignore que sa vie est en grand danger. Ce diabolique séducteur, introduit dans tous les milieux de Londres, est aussi l'arme la plus dangereuse de la Couronne. Si la beauté et le courage de Francesca forcent l'admiration de celui que l'on surnomme le Démon du Dorset, d'autres sentiments pourraient bien ébranler sa légendaire inflexibilité.

✦

Marsha Canham

Le loup des mers - La rose de fer

Inédit

Alors que son bateau est attaqué par un galion espagnol, Varian St. Clar est sauvé par Juliet Dante, la fille du légendaire Loup de mers, et en devient l'otage. Le jeune captif lui apprend qu'il est chargé par le roi d'approcher son père, pour une mission secrète. D'abord sur ses gardes, Juliet accepte de le conduire auprès de Simon Dante. Si les relations entre le prisonnier et sa geôlière sont d'abord houleuses, le feu de la passion qui les consume bientôt leur fait perdre toute prudence face aux multiples dangers qui les menacent...

Harper St. George

Jeunes filles à marier - Une riche héritière

Inédit

Les Crenshaw sont des Américains très riches depuis deux générations. Pour être admis dans la meilleure société, le mariage d'une de leurs filles avec un aristocrate anglais faciliterait bien des choses. En visite à Londres, Mme Crenshaw manigance pour qu'un jeune et beau duc désargenté, Evan Sterling, demande la main de sa cadette, Violet. Or, par hasard, le duc a déjà fait la connaissance d'August, l'aînée des Crenshaw, lors d'un combat de boxe clandestin à l'occasion duquel ils ont échangé un inoubliable baiser. Cependant, August a bien d'autres ambitions que celle de devenir duchesse. Pour refroidir les ardeurs d'Evan, elle multiplie frasques et caprices. Qu'importe ! Quand il s'agit de ses désirs, Evan ne renonce jamais...

✦

Johanna Lindsey

Les Malory - Lord Anthony

Pour échapper à son cousin qui veut l'épouser pour la spoiler de sa fortune, Roslynn quitte l'Écosse et se réfugie à Londres. À l'occasion d'un bal, elle rencontre Anthony Malory dont les conquêtes ne se comptent plus. La jeune femme est fascinée par son charme. Malheureusement, il fait partie de ces hommes contre lesquels on l'a mise en garde : les séducteurs. À fuir à tout prix ! D'ailleurs, c'est d'un mari dont elle a besoin, pas d'un amant. C'est bien dommage ! Pourtant, sans le savoir, cette rencontre vient de sceller le destin de Roslynn...